你依然在我心深处

You are still in the depths of my heart

景汐 著

天津出版传媒集团
百花文艺出版社

图书在版编目（CIP）数据

你依然在我心深处 / 景汐著 . -- 天津：百花文艺出版社，2016.7

ISBN 978-7-5306-6939-6

Ⅰ.①你… Ⅱ.①景… Ⅲ.①长篇小说－中国－当代 Ⅳ.① I247.5

中国版本图书馆 CIP 数据核字（2016）第 018602 号

责任编辑：边　静　郭　瑛

出版人：李勃洋
出版发行：百花文艺出版社
地址：天津市和平区西康路 35 号　邮编：300051
电话传真：+86-22-23332651（发行部）
+86-22-23332656（总编部）
+86-22-23332478（邮购部）
主页：http://www.baihuawenyi.com
印刷：香河利华文化发展有限公司
开本：880 × 1230 毫米　1/32
字数：210 千字
印张：9
版次：2016 年 7 月第 1 版
印次：2016 年 7 月第 1 次印刷
定价：32.00 元

目
录

CONTENTS

目录

CONTENTS

楔子
那年的沽川

六月下旬，沽川市已经进入漫长的梅雨季。

金钰半个小时前被妈妈从家里赶出来，此时正一手撑着雨伞，一手扶着自行车把，艰难地往学校骑行。

今天是高考放榜的日子，作为一名顽固多年的学渣，金钰深知一张成绩单能换来妈妈多少声怒骂。其实几天前她已经偷偷打电话查过成绩，但因为六科总分加起来比二本线还少了十几分，所以迟迟没敢告诉家里。

拿到成绩单后，金钰顶着班主任的黑脸溜出了高中大门。

虽然躲不过一世，但是能躲一时算一时。本着这个破罐子破摔的宗旨，她没有直接回家，而是骑车往“树洞”去了。

所谓“树洞”，其实就是一栋三层高的烂尾小楼。

几年前，沽川市政府大肆发展旅游业，很多外地房地产商纷纷涌入，想趁机捞上一笔。结果政策有变，加之此地长年多雨，根本就不适合发展旅游业，于是大批楼盘搁浅，来不及拆迁的烂尾楼群屹立不倒，就这么变成了沽川市的特色。

金钰的秘密“树洞”就是在那时候发现的。

每当她考试考砸，和闺蜜吵架，被暗恋的男生冷嘲热讽，被班主任劈头盖脸一顿骂……她都会在放学时，到烂尾小楼里坐一会儿再回家。

她从来没在自己的“树洞”里遇见过别人，今天是破天荒头一遭。

因为常年无人打扫，烂尾楼的台阶上早已积满灰尘。男人穿着浅色衣裤，就这么席地坐在台阶上，也不管脏不脏。雨水从他发梢衣角滴落，和周遭的灰尘混在一起，显得脏兮兮的。

金钰收了伞，立在一旁的墙根，转而瞥了一眼男人指缝间的香烟，不由得对他生出些同情——烟从雨里来，都潮成那个鬼样子了，他居然还能凑合着抽。

也真是难为他了。

六月虽是盛夏，可最近阴雨连绵，天气还是冷飕飕的。一阵小南风吹过，湿冷单薄的短袖紧紧贴在男人的身上，像是要把最后一点儿热度也从他年轻的躯体里拿走。

未出意料地，他开始发抖，吐出的烟圈勾勒出瑟瑟的形状，看起来可笑又可怜。

金钰站在台阶下面抬头看他，犹豫着要不要避一避这个陌生人，干脆临时换一个“树洞”。她没料到，那个眉头紧锁的男人竟会先开口同她讲话。

“小姑娘，你怎么一个人来这种地方？”他的声线低沉沙哑，有点儿久病未愈的感觉。

金钰奇怪地反问："我为什么要告诉你？"很快，她又心生警惕，大声冲他喊道，"还有，谁说我是一个人来的？我约了好几个同学，他们马上就到！"

男人仿佛一眼就看穿了她的谎话，摇摇头，半晌都没搭腔。

他依旧拧着眉头，一口接一口地抽烟。烟圈越积越多，浓到化不开的地步，便朦朦胧胧地横亘在他们之间。

金钰逐渐看不清男人的脸，只能借由台阶上的一地烟蒂，揣测他的愁容。

过了会儿，他站起身子，顺着台阶走了下来。路过金钰身边时，他没头没脑地停下来，扭头看了她一眼。

雷雨交加，天色阴沉得可怕。本来烂尾楼里光线就很暗，再被这个身材高挑的男人当面一挡，金钰霎时觉得空气里充满了危险的气息。

她心里吓得要死，表面还故作镇静，扯着嗓子冲他喊："你看什么看？！"

男人轻不可闻地叹息一声，低声说："没什么事的话，早点儿回家，免得家里人担心。"

言罢，他迈开步子，头也不回地走了。

她回不回家碍着他什么事了？金钰傻愣愣地望着男人逐渐远去的颀长背影，只觉得这个人八成是脑子有病，不过好在不是什么地痞流氓。

经过这么一搅和，金钰再怎么郁闷，也没心情在"树洞"里久留。她撑开雨伞，也跟在男人身后，走出了这栋年久荒芜的烂尾楼。

之后的一年，金钰落榜复读，又在这里见过他几次。寥寥数面，他们没机会聊什么爱与理想，但至少，她牢牢地记住了他的脸。

很多年以后，金钰仍然清楚地记得那个梅雨连绵的夏天。

在青石板铺就的狭窄巷子里，曾有两人匆匆走过——他们总是一前一后，一个行在花伞下，一个闯在风雨中。

第一章
往事似梦如谜

在金融危机时期，每个大学毕业生都有自己的烦恼，金钰也不例外。

上个月，金钰以“总裁助理”的身份，傲然加入德鲁集团。可惜的是，她至今尚未见过总裁。

金钰担心刚到手的饭碗就这么飞了，急得四处托人帮忙打听消息，好不容易才知道了一点儿内幕。

两个月前，德鲁集团被几家对手公司联手给坑了，丢掉一笔上亿的大单子，老总裁急火攻心病倒了，说是在医院里住了好些日子，情况依旧很不乐观。

如今，新总裁的人选已经确定下来，只是据说人在国外，也不晓得什么时候才能走马上任。

位于德鲁大厦顶层的总裁办公室一直不开门，金钰只好每天混迹在楼下的办公区里，和秘书室的几个姑娘坐在一起，一有空就八卦公司秘闻，借机增进友谊。

周五下午，金钰和秘书室的李冉聊得正欢，就接到了乔幸打来的电话。

乔幸是外地人，四年前来到沽川市读大学，和金钰成了上下铺的铁杆室友。大学毕业之后，寝室里其他人都去北上广深打拼，只有乔幸和金钰留在了沽川市。

“芋头，我在潮汕砂锅粥订好了位子，出来一起吃个饭啊！”

“没问题！什么时间？”

“就现在，我已经到饭店了，你也快过来。”

金钰下意识地瞄了一眼墙上的挂钟，瞬间傻掉了。

“现在？这、这才三点半啊！”她刻意压低声音，嘀咕道，“乔老板，你当年多乖啊，从来都不逃课。现在居然……翘班？”

“周五晚高峰本来就不容易抢到位置，砂锅粥又不让提前预定，不早点儿过去怎么行？反正先不说那些有的没的，一句话，来不来？”身为寝室长的乔老板虽然学会了翘班，可她办起事情干干脆脆和讲起话来风风火火的劲儿，倒是不减当年。

姐妹相约实属难得，可金钰之前从没干过迟到早退的事儿，犹豫半晌也没敢答应。

旁边的李冉看不下去了，凑过来怂恿金钰：“总裁不至于专挑今天来公司的，你要是真有别的事儿就先去办吧，万一有什么情况，我立刻给你打电话。”

金钰还是不大放心：“不会出什么岔子吧？”

“不会不会，你就放心去吧，我帮你盯着。”

李冉这个职场老油条，把话说得四平八稳的，金钰鬼使神差地就信了。

结果，她刚坐上公交车，李冉就打来电话，急吼吼地说：“金钰金钰！你赶紧回来，去顶楼办公室！我听我们领导说，总裁来公司没瞅见助理，这会儿貌似要奓毛！”

“哪个总裁？”

“当然是新总裁！”

金钰闻言一拍脑门，蹦下公交，撒丫子就开始往回跑……

电梯从一楼开始上升，不出几秒，就到了顶层。

总裁爹毛是个什么局面？金钰连想都不敢细想。可实际上，从办公室里传来的那声“请进”，却平静得出乎她意料。

金钰推门而入，循声往老板椅那边望去，顿时愣在了当场。

看到他的一瞬间，金钰几乎错将他认作是烂尾楼里的男人。但她一想到那人落魄的样子，又暗自否认，怎么可能？

“我叫任之初，从今天起担任德鲁集团的总裁。”任之初言简意赅地亮出身份，冷眼打量着她，“你就是我助理，金钰？”

金钰还有些没缓过神，迟疑片刻才回答：“……是的，任总。”

“解释一下你玩忽职守的原因。”任之初靠在椅背上，眼睛一眨不眨地落在她的脸上。

金钰被他得盯得直发毛，耷拉着脑袋，小声扯谎说：“我姐……生病了。”

任之初沉默许久，久到金钰心都凉了。

她好不容易鼓起勇气抬头看他，想再试试以情动人，结果“任总”俩字还没说完，就被他不耐烦地打断了。

“下不为例。”

她如获大赦：“谢谢任总，我保证没有下次了！”

任之初点点头，起身穿上西装外套往门口走，边走边说：“我有事要出去一趟，半小时之后回来。你趁这时间把最近三个月各部门的工作报告都整理好，发一份到我邮箱。”

金钰对着任之初的背影表决心：“好的，我一定办妥！”

所以古人常说，冲动是魔鬼啊……

案头的资料堆积如山，办公电脑上的报表让人眼花缭乱。

金钰全神贯注地忙碌了二十五分钟，却只整理出一小半的报告。眼看着再过五分钟老板就要回来了，她急得太阳穴突突直跳。

她一边咬牙继续奋战，一边忍不住在心里暗忖——最近几个月，德鲁集团不是已经被对手公司打击得快要穷途末路了吗？怎么还会有这么多部门提交这么多的工作报告？

虽说树倒猢狲散不是什么好事儿，可至少在这一刻，金钰却是巴不得德鲁集团这棵大树赶紧倒了，暂时免她被工作折磨之苦。

五分钟后，任之初还没回来，乔幸的电话却率先打了过来。

金钰这才想起自己刚才急着往公司跑，然后就一直和冷面老板以及他安排下来的工作死磕，根本就忘了跟乔幸汇报最新动态，估计乔幸以为她现在应该快到潮汕砂锅粥了呢。

金钰一边在心里默默盘算着怎么对乔幸解释，一边心虚地接起了电话。

还没等乔幸开口，她便抢先一步认怂：“乔老板，我跟你承认，我又犯错误了。”

乔幸问道：“怎么个情况，又堵车了？”

“不是堵车，说起来全是泪啊……”金钰哀叹一声，直言说道，“我半路接到同事的电话，被抓回来给总裁卖命了。你是不知道，我这老板简直是个……”

她一肚子苦水没来得及往外倒，结果任之初偏偏赶在这个时候推门而入。也多亏她反应快，及时把“变态”二字咽了回去，要不然她这份总裁助理的工作也就危险了。

金钰暗吁一口气，却发觉任之初看她的眼神好像有点儿不对。

她愣了一秒，然后忽然反应过来——自己不仅忘了挂掉电话，甚至还忘了赶快放下电话。她居然就这么举着手机和任之初四目相对了好一会儿，活像一个极其没有职业操守的傻缺。

金钰正愁着这次该怎么解释自己的“玩忽职守”，结果屋漏偏逢连夜雨，乔幸偏在这时候火上浇油地嚷了一句：“你三天不放我鸽子会怎样啊？不知道我在饭店等你大半天了吗？！”

临近用餐高峰，潮汕砂锅粥里顾客往来不断，乔幸的周围不是一般的嘈杂，于是她喊话的嗓音也不是一般的大。

总裁办公室里安静得针落可闻，国产山寨手机的听筒与免提效果又几乎没差别，所以……

金钰虽然很不愿意面对现实，但她相信，乔幸刚才所说的话，已经一字不差地落入了任之初的耳中。

她匆匆挂了电话，垂下头，半晌没敢抬眼看他。

任之初走到办公桌近旁，讥讽道：“你姐病得可真不轻。”言下之意，她翘班的谎话已被拆穿，并且无药可救。

金钰默不作声，自暴自弃地点了点头。

他话锋一转，又问道：“报告都整理好了吗？”

而她继续保持沉默，又破罐子破摔地摇了摇头。

“怎么，没得解释？”任之初怒极反笑，将手里的车钥匙摔在木质办公桌上，发出刺耳的声响。

金钰耷拉着脑袋思索了半天，还是觉得自己现在解释什么都是多余的，反正人之将死，怎么救也救不回来。

“真的很抱歉，”她抬起头来，满脸真诚地望向任之初，干脆直接表决心，“任总，我保证没有下次了！”

任之初轻蔑地嗤笑了一声：“上次我说‘下不为例’的时候你也是这么给我保证的，管用吗？”

金钰明知自己频频犯错，所以不敢贸然顶嘴，只垂头躲在一旁不作声，尽量降低自己的存在感。

任之初绕过办公桌，在她旁边的老板椅上坐下来，话锋一转对她说道：“把目前整理好的部分拿给我。”

“啊？”金钰愣了一下，才反应过来他是要看工作报告，“哦，整理完的我刚才打印出来了，都在这里！”

她忙不迭地将厚厚一叠工作报告双手奉上，如同极力讨好主人的哈巴狗。

任之初接过文件，只交代了一句“继续整理剩余部分”就开始头不抬眼不睁地忙他自己的事情，再没理会旁边那个心悬一线的可怜助理。

难道刚才她说谎旷工偷懒煲电话粥的事儿……就这么算了？也许这位老板真的就是这样一个急性子，脾气来得飞快，去得也飞快？

金钰想来想去，还是有些摸不着头脑。

她一边继续整理冗杂的报表，一边偷眼瞄了一下身旁的任之初，心里祈祷着能从他的脸上瞧出那么点儿雨过天晴的意思。

可是，看到他侧脸的一瞬间，她又不淡定了。

棱角分明的脸庞，斜飞入鬓的眉宇，直挺坚毅的鼻梁，还有几乎抿成一条直线的薄唇。他这副俊朗无双的模样，怎么看都与五年前在烂尾楼里抽烟的男人别无二样。

金钰不由得有些恍惚，本该认真工作的思绪也飞往回忆的角落。

五年前，沽川市还没有现在这么繁华，即便是在市中心，也找不到太多林立的高楼，当然更难瞧见堵得一塌糊涂的马路。

那时候，时光缓和又安逸，而金钰还只是个无忧无虑的胖女孩。高年级的坏小子时常故意嘲笑她胖得像学校门口的石墩子，金钰心头不快，就去烂尾小楼里自暴自弃地喝可乐，打算干脆把自己变成个死胖子，以此来报复社会。

这种发泄式的躲藏总是很管用，它仿佛有种魔力，能在很短暂的时间里令金钰恢复快乐。所以从小到大，她已经习惯了用这个土办法哄自己开心。

直到那年，她遇见他。

他的下巴蓄着淡青的胡楂，看起来却并不邋遢，只是偶尔会有点儿狼狈。他的脸上总是一副苦大仇深的神情，话不多，笑容更是几乎没有。他从来不带雨伞，指间总是夹着梅雨季节难免发潮的香烟。

金钰至今依然可以清楚地回忆起烂尾楼的每一个画面，因为恰恰是这个寡言少语的男人，却带着一句很有分量的话闯入她的小世界，并且不经意间，深深地扎根在她的心坎里。

他说——你要相信，一切都会好起来的。

很多事情都说不清楚缘由，就像是命中早已注定了一般，还没尝过人间疾苦的金钰，好巧不巧地就记住了这句话。

第二年六月，复读生活如期结束，金钰如愿考上沽川本地最好的大学，却在新学期报到的第一天接到家里打来的电话。

母亲李彩桥在电话里哭得上气不接下气，仿佛下一秒就要晕过去，好久都没有说出一句完整的话来。也就是在那个秋老虎突然来袭的燥热下午，金钰永远失去了她的父亲。

家里失去了唯一的顶梁柱，生活忽而变得那么艰辛。

李彩桥本来就是没什么文化的农村女人，早先在电力厂里做出纳员，后来厂子不景气，她就成了沽川市的第一批下岗工人。

金父去世后，李彩桥也几次试着再找工作，可总是不能如愿。后来她干脆买了辆二手的三轮车，每天早上在离家不远的巷子口卖菜，出早市虽然赚得不多，但好歹能维持她们母女的日常开支。

只是，高昂的大学学费就成了难题。

金钰也曾一蹶不振，想过退学，然后和母亲一起去早市卖菜养家。可是某一次，她一个人躲到烂尾楼里偷偷哭泣，却不期然想起那人曾对她说过的话。

一切都会好起来的。

在那样无助的时候，她只能选择相信他的话，然后咬牙坚持着走下去。在那些灰暗的日子里，那个男人的一句话，几乎成了金钰全部的信仰。

就这样，她带着一份近乎偏执的信念，开始了往返于图书馆和各种打工场所的困苦生活。

金钰始终执拗地对自己说——无论如何，她一定能够坚强地走完最黯淡的时光，然后给自己、也给母亲挣得一个明朗而安稳的未来。

金钰曾听人说，没有不经历痛苦就能成长的好事，所以她从不怨怼生活施予她的重量，反而时常心存感恩。

当然，在她的生命里，还有另外一些更加值得感恩的人和事，就比如那个如同信仰一般存在于她回忆里的落魄的男人。

很多次，她都想找到他，问问他那时究竟为什么而愁苦，也问问他，是否愿意接受她的一点儿余力，允许她把自己的坚强和勇气也分给他一点儿。

只是可惜，金钰后来一直没有再见过他。

五年后的今天，她从风雨里一路走过来，消瘦了很多，也漂亮了许多，眉目间已不再是从前的稚嫩模样，反而平添了女人的风姿与柔情。

此时几近傍晚，天色已经有些黯淡。

金钰坐在明亮安静的总裁办公室里，仿佛又看到了回忆里的那个人。可是她仍旧不敢确定——眼前的任之初，真的就是他吗？

分毫不差的容颜，却掩藏着截然相反的气质。一个平和温暖，如同蒙了淡淡愁绪的暖阳；而另一个却冷漠倨傲，恰似犀利狡黠的冷月。

金钰很迷茫，但却没有太多时间迷茫，因为任之初已经不耐烦地催促了她好几次。

“我最多再给你半个小时，如果还是整理不完剩下的这么点儿东西，”任之初半眯着眸子睨了她一眼，冷声威胁道，“明天你就直接去人事部拿个离职证明，然后卷铺盖走人吧。”

果然，回忆总是很丰满，而现实却总是很骨感。

就在几分钟前，金钰还傻傻地以为自己找到了漫漫长路上的指路明灯，结果老天爷当即一盆冷水泼下来，告诉她其实这个不近人情的老板才是她的衣食父母。

穷人没资格和钱作对，而金钰显然被“离职证明”四个字吓得不轻。她赶忙收回胡乱飘荡的思绪，埋头伏案，又继续忙碌起来。

她只顾着和工作死磕，根本没留意时间，直到将所有报告整理完毕，才发现窗外的暮色已经很深。她下意识地瞥了一眼时间，心中暗叫不妙。

只不过是一晃神的工夫，竟然就过去了一个多小时！说到底，她还是没能按时完成任之初交代的事情，而且这一次他连催都没催一句。

金钰有些沮丧地想，任之初一定是对她失望到极点了吧。她偷瞄他的侧脸，妄图洞察老板的心情，可他顶着一张顽固的冰山脸，根本就没有什么表情可供她参考。

任之初拿着报告随便瞧了几眼，便顺手将其放在了办公桌上。

他扭头看向金钰，声色俱厉地说："说实话，我从来没见过办事效率像你这么低的人，而且更关键的是，你完全没有'勤能补拙'的觉悟，对待工作的态度也不是一般的懒散。"

金钰听到这里就觉得大事不妙了。她想，如果不出什么意外的话，任之初大概马上就要开口撵人了吧？

可实际上，他却话锋一转，给她留了一线生机。

"不过你也不是一无是处，至少还算是有点儿小聪明。"

金钰知道他这话指的是什么。其实她无非就是按照重要程度给所有部门排了个顺序，然后按照优先级，把市场部和销售部的工作报告最先整理出来了。

她抬头对上任之初的视线，可怜巴巴地盼着他能宽宏大量地留下她。

好在，他没有负她所望。

"我再给你一个星期的时间，能不能留下来，看你自己的表现。"

金钰仿佛被人喂了一大颗定心丸，喜得双眼直放光。她兴冲冲地从椅子上站起来，对他说道："谢谢任总！我一定会……"

任之初挥手打断她的话，不耐烦地说："行了行了，你快别给我乱保证了。"

"没问题，我保证再也不乱保证了！"其实话刚说完，金钰就意识到自己没救了。

“……”当然，任之初也已经明白了什么叫“孺子不可教也”。

夜幕笼罩在车水马龙的沽川市，此刻，放眼望去，一栋栋高楼灯火通明。

金钰从下午一直忙到晚上九点多，已经疲倦得有些睁不开眼睛。她强打起精神，按照任之初的要求给秘书室的员工发了一封通知邮件，然后才离开公司。

从德鲁大厦出来，她快步穿过门前的马路，去对面的公交站等车回家。

出乎她预料的是，公交车还没来，李冉的电话倒是先打了过来。

“金钰，你现在说话方便吗？”

“我刚从公司出来，没什么不方便的。怎么了，这么晚打电话过来，是有什么事吗？”

李冉说了句什么，可是金钰没有听清。

电话那边很吵，嘈杂的背景音里，隐约可以听出路边的小贩在吆喝着“铁板鱿鱼十块钱三串”。

金钰忙到这个时间还没吃饭，显然是饿得神志不清了。

她听着电话那边不断传来夜市的热闹声音，莫名其妙就产生一种错觉，仿佛公交车站也飘荡着烤串和麻辣烫的辛香。

伴随着这种若有似无的美食香味，一辆深灰色的宾利轿车从远处徐徐驶来，不偏不倚地停在了金钰面前。

副驾车窗缓缓摇下来，金钰有些不明所以，探过身子往车里望去。车内灯光有些昏暗，浅浅地落在任之初的脸庞上，将他原本硬朗的轮廓渲染成柔和的模样。

这一刻，金钰脑子里忽然就有点儿懵了。

她没来由地想起《大话西游》里的一句台词——我梦中的白马王子，是一个盖世英雄，有一天他会驾着七彩祥云来迎娶我。

任之初看了金钰一眼，见她正在讲电话，虽然没有开口，但也没有继续开车。他只是不着痕迹地移开了视线，看起来像是在专门等她。

金钰被他这么一瞧，倒是恍然回过神来。

她压低声音对李冉说："先不跟你说了，等会儿我再打给你……"言罢，没等对方做出反应，她就匆匆挂断了电话。

金钰笑着往前走了几步，主动和任之初打了声招呼。

他没看她，只是用命令的语气说："上车。"

金钰犹豫片刻，还是摇了摇头："不麻烦您了，我坐公交回去就好。"

"上车，"任之初转头对上她的视线，"别让我说第三次。"

再推辞下去就显得有些矫情了，金钰笑着说声"谢谢"，然后开门上了车。

车还没开过第一个红绿灯，金钰的手机又响了。她不由得有些纳闷儿，怎么大家都赶在这么个节骨眼上扎堆儿来找她。

她瞥了一眼来电显示，随即又转头看向一旁开车的任之初。

任之初没有回应她的视线，他一边仔细观察着 T 字路口的路况，一边低声说："赶紧接电话，铃声吵得我头疼。"

明明是好心，却非得端着领导架子，不肯好好说话。金钰忽然觉得这样的任之初有点儿好笑，就像一只别扭的大猫。

电话接通，乔幸的声音从听筒里传来。

"芋头，你现在下班了吗？"

没在公司，可是在老板车里，这算下班了吗？金钰愣了片刻，也不知该怎么回答，索性跳过乔幸的问题，直接问道："怎么了，有什么事吗？"

"其实也没什么事，就是一个人寂寞地吃完了砂锅粥，来控诉一下你放我鸽子这事儿。"

金钰开玩笑道："凭我对你的了解，我怎么觉得你八成是来跟我炫耀的？"

"还真是，你都不知道那家的虾蟹粥味道有多赞！"乔幸笑了笑，又说，"要不然我赞助你一顿消夜，以作补偿，怎么样？"

"改天吧，我刚吃过晚饭。"金钰随口撒了个谎，谁知空空如也的胃偏在这时"咕噜"了一声，彻底将她出卖。乔幸自然听不见，可一旁的任之初却听得一清二楚。

金钰顿时有些尴尬，又和乔幸简单说了几句便挂了电话。

她讪讪地看向任之初，故意扯开话题："不好意思啊，刚才是我大学室友的电话。"

任之初应了一声，可是等他再度开口，说的却完全是另外一回事："先陪我随便吃点儿东西，然后我再送你回去，没问题吧？"

"我都可以，看您安排吧。"金钰微笑着点头，简直想毕恭毕敬地哭给他看。眼看着快十点钟了，她倒是真想说"有问题啊，请您放我回家"，可她哪里敢？

说到底，她也只能由着任之初把车开往市中心。

像任之初这样富有又冷傲的人，会喜欢去什么样的地方用餐呢？这一路上，金钰一直都在琢磨这个问题。

她想到了很多种可能，可是当他最终把车停在糖坊街口，她还是免不了有些讶异。

如果金钰没记错的话，几年前她和那个男人相逢的“树洞”，就在糖坊街的尽头。

最近几年，政府连续加大拆迁改革力度，那些烂尾楼早已被一排排齐整的商铺所取代。金钰虽然已经有一阵子没来过这里，然而此刻，她还是一眼就认出了这个地方。

任之初率先下车，快步绕到副驾驶这边，伸手替金钰拉开了车门。

下车的时候，金钰下意识地抬头看向任之初。四目相对的瞬间，她只觉得心跳如鼓，一时竟分不清现在与从前。

与这个男人一起回到这条熟悉的街道，究竟是刻意还是巧合?

她有些出神地凝望着他挺拔的背影，思虑良久，却怎么也猜不透。

糖坊街自从被开发成商业区，就一直以“昼夜不休”闻名于沽川。夜里十点多钟，别的商业街早已关门歇业，只有这里依旧灯火通明。

格子砖铺就的道路，看起来敞阔而平整。暖橘色的路灯照耀在路的两侧，将连绵的商铺装点成格外红火的模样。

金钰一边走一边四下张望，也不知是什么古怪心理在作祟，她的视线总是会不由自主地落在任之初的侧脸上。

有那么一瞬间，她忽然心生感慨。

不过是短短五年的时光，原来很多事情都会变得和从前不一样。

在金钰的印象里，糖坊街只有纵横交错的青石板路，以及泥土和青草的芳香。曾几何时，她甚至以为那种清香已经刻在了青石板上，变成糖坊街独有的味道。

而如今，她回到这里，却只能闻到各种消夜的味道。

颠覆记忆的不只是眼前的街景，还有身边这个似曾相识的男人。金钰几次转头看向任之初，想问他为何偏偏选在这里，但最终还是什么都没说。

他们沿途经过很多家餐厅，可任之初始终视若无睹，依旧大步流星地朝前走。

金钰穿了一整天的高跟鞋，脚痛得要命。然而为了跟上他的步伐，她不得不拼了命地朝前走，踩在刀刃上的感觉简直苦不堪言。

眼看着快要走到路的尽头，任之初终于停下了脚步。

金钰以为看到了天堂，谁知他转头看向她，认认真真地说了一句："没看到什么想吃的，走吧，换个地方。"

这不是成心吗？她和他有什么仇什么怨！

金钰气得险些摔倒，反复在心里默念了十几遍"我穷我活该，有钱就是爷"，这才勉强压住了扑上去挠他的冲动。

此时，她又累又饿，心里委屈得不行，结果就是……她竟有点儿想放弃从前那个荒唐的念头。

任之初到底是不是记忆里的那个男人，金钰忽然就懒得再追究了。

有着同样的面孔能怎样，带她重回旧地又如何？也许从这一刻开始，每个人都将找回各自的身份——就比如他和他，一个是修罗，而另一个却像是佛陀。

当然，不管她心里再怎么不情不愿，表面功夫还是要做足的。

"抱歉任总，怪我没有提前安排好。"金钰赔着笑，忍气吞声地说，“既然这儿不合适，那我们就再找找其他地方吧，辛苦您了。”

任之初没再多说什么，点点头，转身往来时的方向走去。而她咬牙咽下心里的委屈，也快步跟了上去。

许是受心情影响，金钰忽然觉得周围商贩的吆喝声格外刺耳。

“走过路过瞧一瞧，最正宗的长沙臭豆腐嘞！”

“地球上最好吃的炭烧冰淇淋，千万不要错过！”

“铁板鱿鱼十块钱三串！”

……等一下！这话怎么听起来那么耳熟？

金钰正在心里犯嘀咕，结果眼梢一转就瞧见了一个熟悉的身影。

看到李冉的一瞬间，金钰简直想给自己点根蜡烛。

她真搞不懂，今天怎么就这么倒霉？本来就被折腾得可怜兮兮，还偏要在这个时间和这个地点，与任之初一起遇见这位八卦女王。

认识李冉的人都知道，她这人其实心地不坏，但就是太喜欢传小道消息，而且大多时候还都传得荒腔走板。

金钰可不想被传出什么谣言，尤其还是和任之初这样的大角色。她赶忙低下头，脚步也随之变得急促。

可任之初就像是存心和她作对，偏在这时叫住了她。

“先别急着走，我看这家淮扬菜馆不错。”

金钰楚楚可怜地抬头望他，还没来得及答应，就听到李冉的呼唤从斜后方传来……

“居然在这儿碰见你，真够巧的！”说话的工夫，李冉已经在金钰和任之初面前停住了脚步。

视线在那两人之间徘徊了半晌，李冉到底还是没忍住八卦的欲望，颇有深意地问道："金钰，不介绍一下吗？这位是……"

对于任之初的总裁身份，她应该暂时隐瞒吗？金钰半晌没开口，轻咬住下唇，一副左右为难的样子。

李冉等得不耐烦，挑着眉毛追问道："你男朋友？"

"不是不是，你可别乱讲！"

金钰担心李冉再说出什么没法收场的话，赶忙挽着她的臂弯，把她拖到了离任之初稍远一点儿的地方。

"呦，随便问问就害羞了啊？"李冉不明所以，还不住地拿她打趣，"那依我看，八成就是男朋友了！"

金钰被她闹得没办法，也只得如实交代。她刻意压低了声音说："这位祖宗，你快别胡闹了，他可不是什么阿猫阿狗！他是咱们公司新来的总裁，任之初啊……"

李冉愣了片刻，恍然说道："我就说怎么看着这人有点儿眼熟，你这么一说我才想起来下午刚见过他一面。"

金钰没有多言，只是点了点头。

李冉识趣地没再多问，转而换了个话题。

"都这么晚了你还在外面应酬，也真够辛苦的。"她顿了顿，又关切地问，"哦，对了，这周末你不用回家吗？"

金钰摇了摇头："本来这周也没打算回家，明天上午任总要开会，我这个当助理的，总不好临阵脱逃吧。"

"你要是不提这茬，我还差点儿忘了呢！"提起周末加班的事儿，李冉瞬间变得愤慨万分，"刚才我正在那边跟几个朋友一起吃烤串，结果手机邮箱突然给我推送来一封邮件。你大半夜发的那个会议邀请，哎呦喂，看得我差点儿一口鱿鱼噎死在当场。"

对于李冉的控诉，金钰自然没有立场搭腔，于是也只是讪讪地笑了笑。

李冉却不依不饶，扭头瞥一眼任之初的身影，继续吐槽："人啊，真是不可貌相！你看他长得一表人才的，怎么工作起来就这么变态呢？大周末早上开会，他脑子是不是让门给夹了……"

李冉越说越激动，眼看着就要控制不住音量。

金钰生怕这话被任之初听见，连忙装模作样地干咳两声，借此拦住了李冉，不让她再胡说下去。

"好了，咱们该回去了，别让老板久等。"金钰说罢，就径自往任之初那边走去。李冉不以为意地耸耸肩，也不急不缓地跟了上去。

当着任之初的面，李冉又象征性地和金钰寒暄了几句，然后便自觉告辞。

也不知为什么，金钰望着李冉远去的背影，心里竟隐隐生出一种不妙的预感。

她总觉得李冉看向她的目光里，暗藏了几分狡黠和算计。可是，那个圆滑世故的女人，究竟想要从她这里得到什么呢？金钰却百思不得其解。

难道，一切只是她的错觉吗？

第二章

栖居风雨间

七月阳光正好，可天气预报却说，由于冷空气的影响，沽川市从今日凌晨开始降温。

金钰不大相信天气预报说的，只穿了件单薄的雪纺衬衫，搭配一条高腰黑色工装裤，就这么干脆利落地出了门。

会议定在上午九点，金钰提前半小时抵达公司，却发现任之初来得比她还早。她甚至连喝杯水的时间都没有，匆匆放下包，转头就拿着文件跟任之初一起去了会议室。

时间还早，会议室里几乎没什么人。

任之初向在场的几位高层打过招呼，便在离门口不远的地方，随便找了个不显眼的位置坐下来。金钰坐在他的斜后方，能清楚地看到他脸上的神情——淡定疏离，懒于应酬。

临近九点，各部门的总监基本都已经到齐，几位副总裁也陆陆续续出现在会议室里。任之初抬起手腕看一眼时间，起身往长圆桌最里端的主宾座位走去。

他没有直接就坐，而是淡淡地扫视全场，然后回头对金钰说："还差一个人，你去催一下。"

金钰一个新来的小喽啰，哪能看出来会议室里少了哪尊大佛？

她拧着眉头思索片刻，终于想出来一个蠢办法，就是看看在场少了谁的秘书。

经过初步排查，金钰基本可以确定——除了李冉，秘书室的员工都在这间屋子里。于是，她起身去走廊，给李冉打了通电话。

“喂，李冉，你在哪呢？”

“我一早就到公司了。”

“那你们总监怎么还没到会场？任总已经在催了！”眼看着会议就要开始，她急着找人，连语速都比平时快了许多。

可是，电话那边的李冉却不怎么配合。

“你催我也没用啊，”她漫不经心地打了个哈欠，懒洋洋地说，“刚才赵总打电话来，说路上堵车了，大概还得过半个小时才能到公司，你跟任总说一声吧。”

金钰无奈，只好先挂断电话，转身回到会议室里，将情况如实汇报给任之初。

任之初听完她的话，拧着眉头反问：“哪个赵总？”

金钰答道：“应该是统管市场和销售的副总赵瑞麟。”

“好，我知道了。”他没什么表情地点了点头，说道，“那就先开始吧。”

这是任之初第一次以总裁的身份出席德鲁集团的正式会议。

照理说，作为一位年纪轻轻的空降总裁，他的开场白应该拿出点儿诚意来。可惜的是，任之初并没有这份闲心。

他只是简单地做个自我介绍，便开始了今天会议的正题。

“在座哪位是负责研发的？”任之初问道。

不远处，一个秃顶男人主动站起来，毕恭毕敬地回答说：“任总，研发和质检目前都是我在负责。”

任之初看向他，点头说道：“好，那就由你先开始吧。简单介绍一下这两部分的现状，以及所面临的问题。”

金钰举着录音笔，尽职尽责地记录会议内容。

秃顶男人讲得头头是道，可不知为什么，金钰却看到任之初的脸色越来越差。三分钟后，他似乎实在忍无可忍，终于抬手打断了那人的演讲。

“所有部门的工作报告我都已经仔细看过，我不想浪费时间听重复的内容。”说这话的同时，他的视线冷冷地扫过在座每个人的脸，“功过自在人心，谁都没必要为自己邀功。而现在，我只想听你们讲讲那些没有写进报告里、却必须面对的问题。”

任之初这三两句话还没说完，在场几位高层的脸上就已露出不悦的神色。坐在他身后的金钰见情况不对，默默地按下了录音笔上的暂停键。

此时，会议室里安静得针落可闻，而这种寂静将每个人的情绪都放大到有些夸张的地步。

金钰虽然只是个无足轻重的总裁助理，可到了这个节骨眼上，她却也成了任之初的战友。他们两个是一条绳子上的蚱蜢，是这间屋子里的众矢之的。

如芒在背的感觉真是糟糕透了，金钰浑身不自在，可他看起来还是那么处变不惊。她盯着他淡定的后脑勺瞧了瞧，最后只得无奈地叹息一声。

过了几秒钟，任之初率先开口打破了沉默。

“请继续吧，我并不是针对你。”他缓和了语气对那个手足无措的秃顶男人说。

那人点了点头，然而憋了半晌，却一个字都没能说出来。

金钰对着任之初的后脑勺撇了撇嘴，忍不住在心里替在场的其他人打抱不平。

任之初要是真想听什么“必须面对的问题”，怎么不在开会之前就交代下去？他非得在会上搞得别人束手无策，明显就是存心要刁难手下的人，就像昨天在糖坊街故意刁难她一样。

把自己的快乐建立在别人一次又一次的难堪之上，真的有那么好玩吗？金钰想不通，任之初怎么会有这样令人生厌的恶趣味。

由新任总裁造成的僵局，最终被另外一位集团元老打破——紧闭的会议室大门由外向内推开，一个年过半百的老头儿不疾不徐地走了进来。

虽然李冉没有露面，但金钰知道，这人肯定就是赵瑞麟。

李冉曾说，赵老头儿的脾气好得不得了，但他有个雷区是绝对不能碰的，那就是——他天生罗圈腿，走路内八字！

金钰淡淡地扫了一眼，确认此人是内八字无误，然后便下意识地移开了视线。

赵老头儿的脸上挂着十分和蔼的笑意，在任之初旁边的空位落座。

"抱歉，路上一直堵车，所以来迟了。"赵瑞麟和和气气地解释道。

任之初意味深长地打量他一眼，话里有话地说："赵总稍微来迟一点儿也是情有可原。"

没人知道任之初暗指的究竟是赵瑞麟的地位，还是他不大方便的罗圈腿。

因为这一句话，会场里的气氛愈加诡异起来。

赵瑞麟还是在微笑，只是笑得脸都绿了。

会议的后半程，金钰只想用四个字来概括——惨不忍睹。

任之初像是大姨夫来了似的，坚持用各种各样匪夷所思却又合情合理的要求，成功碾压了所有人的智商和情商。到最后，就连传说中无往不利的赵老头儿也被唬得没话说，只将一张老脸憋得通红……

这会儿，会议刚刚结束不到三分钟，大家都像躲瘟疫一样撤退了，空旷的会议室里就只剩下悠然自若的他，以及噤若寒蝉的她。

吃了炸药的活祖宗就在眼前，金钰连呼吸都变得小心翼翼，生怕任之初一个不高兴，再殃及了她这条无辜的池鱼。

可惜，天不遂人愿，任之初最终还是回头看向了她。

他的视线明明那样平静，如同一碗端平的水，既没恶意，也没危险。可金钰却被他看得头皮发麻，只恨自己没学过遁地之术。

任之初沉默几秒钟，然后冷不丁地冒出来一句："金钰，你刚才想说什么？"

"啊？"金钰一愣，压根没明白他指的是什么，结结巴巴地回答说，"我……我没想说什么啊……"

"哦？那你坐在后面一会儿撇嘴一会儿叹气的，是什么意思？"

……这家伙后脑勺长眼睛了吗？！

金钰抬头看着任之初，突然就无言以对了。

她以为任之初又要刁难她，可这次他并没有。

他沉吟片刻，低声问她："你也觉得我刚才做得很过分，是不是？"

点头？她不敢。

摇头？她不想。

所以金钰只能保持沉默。

任之初没有逼她回答，又自顾自地说："想留在我手下做事，就必须搞清楚到底谁才是老板。他们不仁不义，我没道理心慈手软。”

什么不仁不义？金钰有些迷惑。

她一脸茫然地看着他，小声说道：“任总，我……没太明白。”

任之初瞧了她一眼，不咸不淡地说：“你没必要明白。”

这次失败的上下级交流就这样戛然而止，他起身离开会议室，而她跟在他身后，绕着长长的回廊，悻悻地往电梯间走去。

任之初一直没有讲话，直到上了电梯，他才低头对金钰说：“周一上午你去趟人事部，补签一份五年的长期合同，我会提前跟他们打好招呼。”

话题切换得太快，惊喜来得太过突然，金钰一时没反应过来，竟然傻傻地反问：“为什么？”

话刚说出口，她就立刻悔得恨不能咬掉自己的舌头。

要是任之初误以为她对自己没信心，那该怎么办？

难得的是，任之初这次并有要为难她的意思。

更难得的是，他居然还很有耐心地向她解释了一番。

“因为聪明的人很多，但听话的人很少。你虽然和我想象中不大一样，但总的来说……”他看着她笑了笑，“你是个听话的员工。”

电梯门开了，他迈开修长的双腿，身姿挺拔地走了出去。

眼看着门又要关上，可她却还愣在里面，根本忘了出来。

或许荒唐，可金钰第一次意识到——原来任之初也会笑，而且他的笑容竟然温柔得一塌糊涂，让人忍不住就想起很多美好的词语，比如长河落日，又比如春暖人间。

她匆匆跑出电梯，故作镇定地跟在任之初的身后，却觉得心跳如鼓。

然而，当她走进任之初的办公室，看到他一脸漠然地坐在办公桌后面，又忍不住怀疑那个笑容只不过是她恍然生出的一种幻觉。

金钰见他正对着笔记本电脑看得认真，一时间也不好开口打扰，于是就那么定定地站在离办公桌半米远的地方，随时待命。

难得有这样清闲无事的时候，金钰东瞅瞅西望望，最后将视线停在任之初的脸上。

老天爷果然是公平的，他赋予任之初一种生人勿近的清冷气质，作为补偿，又赐予他挺拔的身材，以及英俊的容颜。

他不说话的样子确实很令人着迷，金钰暗暗地想，假如任之初不是她的顶头上司，那么，她说不定真的会渴望靠近他。

这个念头来得太过突兀，连金钰自己都吓了一跳。她有意识地收回跑远的思绪，恰巧看到任之初抬手揉了揉太阳穴，脸上是疲倦却淡然的神色。

不知为什么，在这一刻，金钰忽然又想起烂尾楼里的男人，以及那个徘徊在她心里无数次的念头——他究竟在烦恼什么？而她能为他做些什么？

她不由自主地也皱起眉头，轻声问他："任总，需要我做些什么吗？"

任之初并不晓得她内心里的翻云覆雨，亦没有抬头看她，只是淡淡地回答说："暂时不需要。"

也不知是哪里来的怪念头，金钰望着他的侧脸，竟觉得自己必须为他做点儿什么，不然心里就不舒坦……

她抿了抿嘴唇，低着头走过来，拿起他手边的茶杯，小声说："那我去给你沏杯热茶吧，从早上开会到现在都没见你喝过水。"

任之初仰头看了她一眼，嘴唇微动，似是想说点儿什么，可最后还是什么都没说，只是轻轻点了点头。

人与人之间的距离，真的是妙不可言。

就在今天早上，金钰还觉得任之初就是个活生生的冷血动物，他骄纵傲慢地对待周围的人们，将来注定闹得众叛亲离。可此时此刻，她却又觉得，他离她那么近，近得仿佛可以透过雨季潮湿的空气，听到彼此胸膛里心跳的旋律。

屋里的气氛忽然就变得微妙起来，金钰受不了这样似是而非的暧昧，于是拿了杯子就落荒而逃。

大厦顶层没有开水间，金钰在楼下秘书室的门外找到了一台好用的热水炉。

骨瓷的茶杯，有着清凉而又温润的独特质感，握在手心里，令她觉得有些难忘。

滚烫的沸水逐渐盈满茶杯，水汽一点点蒸腾开来，氤氲出茶叶的淡雅清香。金钰虽然不懂茶道，可也知道这大红袍的味道应该不错。

她满意地点点头，转身准备回去时，听见了秘书室里传来异样的声音……

男人的喘息，女人的轻吟，这两种声音交织在一起，勾勒出活色生香的画面。

金钰没兴趣知道秘书室里的偷情男女到底是谁，她只想在心里暗骂自己点儿背，也不知究竟是走了什么霉运，才会在公司里撞见这种不该撞见的事儿。

她从脸蛋一直烧到耳根，正打算赶紧离开这个是非之地，谁知偏在这时，李冉的娇声媚语伴着她的喘息一起落入金钰的耳中。

“赵总，你怎么对我这么坏？”

竟然是李冉和赵瑞麟？！金钰心里一惊，蓦地就顿住了脚步。

赵瑞麟似乎悄声说了句什么，可他的声音压得很低，金钰没听到内容。隔了片刻，李冉轻蔑地笑了一声，而她那拖着尾音的娇声细语，倒是被金钰听了个清清楚楚。

“任之初有把柄在我们手里，难道还愁扳不倒他？”

金钰一听到“任之初”三个字，立刻就变成了草丛里机敏的兔子，恨不能把两只耳朵全都竖起来，听听他们到底能说出个什么所以然。

然而，她怎么也没有想到，自己竟然也被卷进了“把柄”之中。

李冉慢条斯理道：“别瞧着他和金钰表面上都一本正经的，背地里指不定怎么在床上翻云覆雨呢！像这样的丑闻，从来只怕没人说，不怕没人信。”

赵瑞麟低声笑道：“小心肝儿，还是你灵通，要不怎么都说我离不开你呢。”

“那您看，我之前瞧上的 Tiffany 钻戒……”李冉欲言又止，话里话外的意思已经再明白不过。

果不其然，赵瑞麟二话不说就应了下来：“买，今天就给你买！”

李冉听了这话，自然笑逐颜开。

不过是一墙之隔，却仿佛隔开了两个世界。

那边，赵老头儿和李冉你一言我一语聊得热火朝天，而这边的金钰却已经气得眼冒金星。

她担心等会儿赵瑞麟和李冉出来撞见她，于是强迫自己定了定心神，转头从安全通道往楼上走去。

许是因为一时之间心里揣了太多的念头，金钰每一步都走得心神难定。

眼看着快到顶层，可她却一个恍惚，被脚下台阶绊了个结结实实，还没来得及做出反应，便眼睁睁看着手里的骨瓷茶杯朝前飞了出去！

滚烫的水花溅到手背上，火烧火燎地疼。

可金钰此时哪里还顾得上什么疼与不疼？她满脑子就只剩这么一个念头——这可真是要了亲命啊！今年的工资都加起来还不知道够不够赔这个杯子呢……

她摊着双手立在原处，望着散在台阶上的昂贵残渣，只有“默默无语两眼泪”的份儿。

闯了这么大的祸，等会儿该怎么跟任之初交代？金钰几乎想破了脑袋，却还是没能编出一个合情合理的借口。

她正纠结万分之际，任之初却已经闻声赶到现场，像故意来找她讨个说法似的。

“任总，对不起！我……”金钰低着头不敢看他的眼睛，脑子里乱成一锅粥，连句像样的解释都说不出来。

任之初居高临下地瞧着脚边的碎瓷片，轻轻皱了皱眉头，却没有苛责她。

而后，他的视线不动声色地落在了金钰的手上。

本来是一双纤白柔弱的手，为了给他沏一杯热茶，却被灼热的开水烫出一串狰狞的水泡，连带着周围的皮肤都变得红肿不堪。

任之初遥遥地看着她，不知为什么，心中忽而生出一种很强烈的疼惜和不忍。

事实上，他和她还算不上熟悉，更谈不上有什么交情。

可即便这样，他也不愿看到她为他受伤，更不愿看到她在受伤之后，流露出那样惶恐与不安的神色，仿佛她犯了什么滔天的罪过，仿佛他根本没可能会宽恕她。

在金钰的心里，在德鲁集团那么多员工的心里，他任之初究竟是怎样的一个人?

是食人饮血的恶鬼，或是践踏万物的修罗？可他，明明都不是啊……

任之初望着她低垂的眉目，忽然觉得很挫败，也很无奈。

他轻不可闻地叹息一声，绕开散落满地的碎瓷片，走到了金钰的身边。

“一个不值钱的杯子，摔了就摔了，没什么要紧的。”他的语气比平时温和了许多，和早上会议室里那个冷傲刻薄的新任总裁简直判若两人。

金钰之前一直担心会受到责罚，却没有想到任之初不仅不怪她，反而还温声软语地安慰她。

她心中一暖，抬起头来看向他，恰巧任之初也正凝眸望着她。

破天荒头一遭，金钰竟从任之初的眼眸中看到了一丝波澜。这种几不可察的变化仿佛沾染了微妙的温度，一点一点暖到了她的心里。

她的薄唇轻轻动了动，想说“我赔一个茶杯给你”，但到底还是忌惮那未知的高昂价格，半晌没能憋出一个字来。

任之初率先移开视线，看着她烫伤的右手，不容分说地命令道：“你现在就去洗手间，用冷水冲一下手背，然后回办公室找我。”

“……呃？”金钰一时没反应过来，傻傻地低头看了看自己的手背。

见她依然站着不动，任之初不悦地皱起眉头，沉声说：“还愣着干什么？快去。”

金钰低头瞥了一眼地上的残局，声音低低地说：“我把这儿收拾干净就去。”

“你别管了，我叫保洁来收拾。”他说完这话，似乎没有耐心再陪她磨磨蹭蹭，干脆上前一步握住她的手臂，一路把她拖到了洗手间门外。

金钰再回到总裁办公室时，任之初已经关掉了办公电脑。

滑稽的是，他穿着笔挺的深灰色商务西装，手里却拎着金钰早上匆忙扔到沙发角落的鹅黄小拎包……

他走到门口，居高临下地说：“下班，跟我去趟医院。”

金钰的目光依然落在那个不搭调的拎包上，她想笑却又不敢笑，憋得很是辛苦。

任之初顺着她的视线瞧了一眼，倒也不觉得尴尬，只是没什么表情地说：“你手不方便，这个我就先帮你拿着。”

“任总……”金钰刚要说话，却一不小心没忍住，闷声笑了出来。

她赶忙装模作样地干咳了两声，一脸尴尬地转移话题道：“还是不麻烦您了，我没什么事，不用去医院的。”

“让你走就痛快点儿跟着走，哪来这么多废话？！”言罢，任之初不耐烦地锁上办公室的门，阔步往电梯间走去。

金钰望着他颀长而高挑的背影，不由自主地笑弯了眉眼。

这个别扭得像猫一样的男人，多有趣。

沽川市最有名的几位烧伤科医生，基本上都扎堆在人民医院的外科诊室里，因此，这家医院常年人满为患。

任之初给金钰挂完专家号，已经是中午了。

医生轮班吃午饭，可患者们依旧废寝忘食地继续等着治病，结果就是——三楼走廊上，排队的人群已经一路堵到了楼梯口。

金钰随着人群一点点往前挪动，可是大半个小时过去了，她却只挪了不到两米。

“这么长的队，估计得排到半夜。”她叹了口气，抬头望向一旁的任之初，征询他的意见，“要不然还是算了吧？我烫得也不怎么严重，回家涂点儿牙膏就行了。”

任之初像看怪物似的睨了她一眼，幽幽地反问：“牙膏管用还要医院做什么？”

金钰其实想告诉他“这个叫民间疗法”，但是怕说错话又惹得老板不高兴，于是只好讪讪作罢。

任之初沉默片刻，不知怎的又想起来刚才的茶杯事件，拧着眉头问金钰：“对了，你刚才是怎么回事？沏杯茶还用得着跑到安全通道里？”

“那个，因为是周末嘛，”金钰解释道，“办公室里的饮水机没有插电源，所以我就去楼下开水间了。”

一提起开水间，金钰自然而然地就想起了她在秘书室外面听到的是是非非。

她严肃起来，打算将自己听来的情况如实告诉任之初。

“对了任总，其实刚才我打碎茶杯是有原因的。”

任之初古怪地瞧了她一眼，说道：“我没说让你赔。”

“……呃？”金钰愣了一下，随即反驳道，“不是的！我说这个不是为了替自己开脱罪名！”

他似笑非笑地反问：“那你赔？”

金钰没想到他会来这么一招，瞬间就没勇气吱声了。她弱弱地掂量一下自己的钱包，然后无耻地沉默了。

赔还是不赔？这真是一个严峻的课题。

她思量再三，最后还是决定当一回鸵鸟，直接绕开这个话题。

“任总，其实我刚才是想说，你最近还是多注意提防一下赵瑞麟吧。”她小心翼翼地开口，直入正题。

“嗯。”他淡淡地应了一声，好像根本没把这事儿放在心上。

金钰觉得不能就这么糊弄过去，于是义正言辞地继续说道：“我刚才在秘书室门外，听到李冉和赵瑞麟聊天，说手里握着你的把柄，要找机会……”

金钰摸着鼻梁住了嘴，心里琢磨着——就这样直截了当地对自己老板说出“扳倒你”三个字，是不是有点儿大不敬的意思？

“找机会什么？”任之初轻蔑地扬了扬嘴角，“扳倒我？”

“呃，他们是这么说的。”她一边回答，一边在心里犯嘀咕——有这样一个精明敏锐的老板，她不需要费力地跟他兜圈子，也因此避免了很多尴尬，可与此同时，她也不敢再奢望自己做了错事可以瞒天过海。

这到底是她的幸运还是不幸呢？金钰一时也想不到答案。

她不知还可以说些什么，只好随着任之初一起沉默。

隔了半晌，他转头看向她，问道：“李冉就是那天在糖坊街碰见的姑娘？”

“没错，就是她。”金钰叹息道，“那天我们实在是运气不好，偏偏被她给撞见，害你被赵瑞麟抓到了要命的把柄。”

任之初还没开口作答，她又一脸担忧地继续说了下去。

“虽然我不知道他们到底在密谋什么，可是看起来就很棘手的样子。这方面我懂得不多，可能也帮不上你什么忙，总之……”她抬头凝视他的眼睛，郑重其事道，“任总，你最近一定一定记得万事小心！”

四目相对时，总能传递出一些未曾言说的讯息。

任之初只与她对视了很短暂的一瞬间，便率先移开了视线，如同逃难一般。

他忽然觉得有些讽刺——原来一个人坚强冷漠了太久，真的会不习惯别人给予的关怀和温暖，以及那般静默温存的目光。

他强迫自己冷下心肠，拿出集团一把手应有的气场，笃定地回答道：“你刚才说的那些，我心里都有数。不存在什么‘要命的把柄’，也没有处理不掉的人和事。”

他顿了顿声，转头看向金钰，又继续说道：“金钰，你只需要顾好自己的本职工作，不用担心其他的。”

任之初既然这样说了，金钰自然也不好再多言。

沉默在两人之间蔓延开来，任之初不知在想些什么，眉头皱成一团，嘴唇也几乎抿成了一条直线，整个人都笼罩着淡然而坚毅的气息。

金钰默不作声地看着任之初的侧脸，没来由地就回忆起一些本该淡忘的琐碎细节。

比如今天上午，他在说另外一句话时，脸上也是这样的神情。那时他说——他们不仁不义，我没道理心慈手软。

事实上，在这个中午之前，她一直都对任之初抱有一定成见。所以早上旁观高层会议时，她只留意了他如何冷傲地对待别人，却不曾关注别人是否也同样刻薄地对待他。

而此刻，当她细细回想当时的情况，才后知后觉地意识到，其实自己根本就没有体谅到他的难处。

本来，作为新上任的总裁，在集团内部树立威信就是极为重要且极为困难的事。

然而就在这个风声鹤唳的关头，赵瑞麟却仗着自己是德鲁的老员工，故意迟到那么久，让任之初当众难堪。这就难怪任之初说话不留情面了。

她还记得赵瑞麟出现之后，其他几位高层便开始公然质疑任之初的决定，摆明了是拿赵瑞麟当作靠山。

任之初可以不忌惮别人，却不能不忌惮赵瑞麟，因为那人手里握着的是德鲁集团的销售命脉。他一让再让，可是赵瑞麟一伙人却愈加得寸进尺，最后他不得已才奋起反击，搞得大家不欢而散。

想到这里，金钰才恍然看清了事情的真相。

原来故意要让这次会议变得“惨不忍睹”的人，并不是任之初，而是赵瑞麟那个阴险至极的老狐狸！

金钰一瞬不瞬地凝视了任之初好一阵子，直到他终于觉察到她的视线，转头迎上她的目光。他的眼神沉静如水，就这么不声不响地望进了她的心里。

这一刻，金钰的心里忽然生出很多难言的感慨。

她才发现，原来任之初的脸庞看起来那么年轻，如果不是先知道他的身份，她几乎会将他错认为从象牙塔里刚走出来的英俊学长。

她不知道他为什么要在这样风华正茂的年纪，毅然决然地肩负起德鲁集团的沉重事业，她只知道他的眼中有她理解不了的沉静，如同历经风雨的宝石，气度不凡，却叫人没来由地想要好好疼惜。

这样的他，凭什么要承受那些数都数不清的误会与中伤？甚至就连金钰自己，也曾一次次地将他冤枉成冷血无良的恶人。

一想起这些，她就忍不住后悔，也很恼怒自己的真假不识。

懊恼的同时，之前那种奇特的感觉似乎又将她笼罩。金钰很想问问任之初——她能为他做些什么呢？

这句话在嘴边徘徊了几次都没说出口，然而他却仿佛读懂了她眼神里的深意。

“对了金钰，有件事情你下周记得处理一下。”

“没问题！”她想都没想就应了下来，然后才问，“什么事？”

“跟后勤部说一声，另找一家服务的物业公司，现在这个撤掉。”

金钰一时没跟上他这跳跃式的思维，愣了好几秒钟才反应过来他在说什么。

可是，就因为物业公司忘了在周末给饮水机插上电源，就直接解除合作关系？这事儿要是传出去了，媒体会不会给德鲁集团打上“有钱任性”的标签啊……

她想了想，还是决定劝说一二：“任总，其实这次是我自己不小心，也不能都赖到物业公司的头上……”

他挑眉反问：“所以你的意思是，他们不用走，你走？”

金钰见他一脸严肃，一时也分不清这话是玩笑还是认真的。

她最怕他拿炒鱿鱼这事儿来威胁她，立刻一叠声地表态：“不不不！我也不走！其实我是想说，不用非得和他们解约，警告一下应该也会有效果啊……”

任之初低头瞧了她一眼，似乎懒得多作解释，直接扔给她一句：“是你说了算还是我说了算？”

金钰被他噎得半天说不出话，只好在心里默念三遍“您是爷，您说了算”，然后微笑认怂：“好的任总，我下周一就去通知后勤部。”

他眼底浮现一丝笑意，算是接受了她的认怂，口头上却没有直接应允，转而说道：“周三吧，先给你放两天病假。”

金钰乐滋滋地接受了他的好意，说了声“恭敬不如从命”，然后就没有下文了。

任之初也不再开口，两人又陷入沉默，气氛莫名变得有点儿微妙。

作为总裁助理，金钰多少还是有点儿察言观色的能力的。她知道给老板带来这种冷场体验不大合适，于是隔了片刻，又开始硬着头皮没话找话。

“任总，您饿不饿？”

“你别总惦记着找借口逃跑。”他答非所问，看也没看她一眼。

什么叫“狗咬吕洞宾，不识好人心”？金钰无语地心想，他就是！

她抽了抽嘴角，决定看在他亲自送她来医院的份儿上，暂且不跟他一般见识。

时钟指向下午一点半，午休时间已经结束，几位主治医师都已经回到了诊室里。

照理说排队的进度应该加快才对，可也不知道为什么，周围的人群就像是凝滞了一般，还是好半天都挪不出一寸远。

走廊里空调明显不足，空气闷热得不像话，金钰稍一抬头，就可以看到任之初的额头上挂着细密的汗珠。

这一幕令她恍然有种时光逆转的错觉，不知不觉就忆起了五年前的梅雨季节。

那时候，烂尾楼里的男人从不打伞，总是一路淋着雨来。在金钰的记忆里，那个人的额头上也时常挂着细细的雨滴，像极了任之初现在的模样。

就在昨天，金钰还想过要放弃追寻答案，可是今天她却又迷失了。

眼前的任之初，真的不是她曾经认作信仰的男人吗？如今想来，他只是与人聊天的方式有点儿别扭，处理事情的手段有点儿高超，可总的来说，他并不是她之前以为的那样糟糕啊……

金钰陷入一种交错渺远的情绪里，一时走了神，连医生叫她名字都没有听到，最后还是任之初把她拎进诊室的。

给金钰看病的是一位中年女大夫，此人从医多年，早已见多识广。

她看了一眼金钰右手背的烫伤，不屑地说："这也用得着来医院？回家涂点儿牙膏不就好了吗！"

金钰听到"牙膏"二字，饶有兴致地转头望向任之初，只见他袖手立于一旁，脸上是一副被人嘲笑了还不敢发作的促狭神色。

她暗自憋笑憋得辛苦，根本没留意医生给她涂药包扎时疼不疼。

有经验的医生处理起她这种小伤只需要三五分钟，转眼的工夫，中年女大夫就开门送客了。

任之初二话没说扭头就往外走，显然多一秒钟都不想待在这里。

金钰跟在他身后，出门前隐约听到医生在他们背后吐槽道："现在这些小男生可真是没得救了，一个两个都拿女朋友当眼珠子似的捧着。"

金钰不确定任之初是否也听到了这句，可她看到他的脸色比刚才还差，也就猜到了大概。

走出医院大门的一瞬间，冷风呼啸而过，金钰下意识地打了个寒战。

她忽然想起天气预报说今天要降温，可自己这个蠢货，居然作死地不肯相信，穿着单薄到令人发指的雪纺衫就出门了。

任之初的宾利轿车停得离门口有一段距离。去取车之前，他顺手把自己的西装外套丢到了金钰怀里，与西装一同丢过来的还有一句硬邦邦的话："我可不想给你超过两天的病假。"

西装是用极其考究的羊毛料子剪裁而成的，金钰一时竟分不清，令她觉得温暖的究竟是这昂贵的布料，还是它所保留的独属于任之初的温度。

她披着他的外套，遥望着他稳步远去的背影，心中难免感触颇多。

在这个风和日丽的下午，寒流已经猝然来袭。那么等到下个星期，他们是不是又要一起面对风雨？

想到即将迎来的动荡与风波，金钰心里有些忐忑。

她不知道李冉和赵瑞麟会闹出怎样的动静，也不知道任之初将会如何化险为夷，一切的一切都如坠迷雾。

可是为什么？即便这样，她还是很期待星期三的来临。

金钰想了很久，最后还是不得不承认——也许，她仅仅是为了陪伴一只别扭得令人心疼的猫。

第三章

心动有时，温暖有时

周三清早，金钰搭乘公交车去公司，路过公司附近的巨幅广告牌时，发现之前刊登的汽车广告已经被替换掉。

新广告是关于限量版邮票的，其中有这样一句话——In God We Trust，我们信仰上帝。

目光落在那句广告语上，金钰若有所思地抿紧了薄唇。

信仰这种东西，一旦拥有过，就会明白它的好处。它就像是枯井里的一盏明灯，令人爱不释手，欲罢不能。

思及这些，金钰又不可抑制地想起了五年前灰头土脸的自己，也自然而然地想起了如今光彩照人的任之初。

新总裁走马上任，正是树立威信最棘手的阶段。虽然任之初总是一副镇定自若的样子，可金钰的心里却免不了要为他生出几分担忧。

她总想为他做点儿什么，可眼下的情况，除了不给他增添麻烦，她还能做些什么呢？

金钰有些茫然，一时之间，似乎怎么也看不清楚漫漫前路。

公交车摇摇晃晃地开出几站地，优哉游哉地抵达德鲁大厦附近的车站。金钰收回飘远的思绪，随着拥挤的人群下了车。

走进集团正厅，金钰一如往常地和前台小妹打了声招呼："早上好！"

若是在以往，前台小妹一定不会放过这个绝佳的机会，非要趁着金钰等电梯的时候拽住她闲聊八卦。可是今天，她却只是朝着金钰浅浅一笑，算是打过招呼，然后就没了下文。

金钰心里一凛，总觉得哪里不太对。没等她想清楚其中究竟，电梯就降到了一楼。门开了，她信步走进去，眉头依旧是轻轻地拧着。

事实上，金钰并不是一个很敏锐的人。可就算迟钝如她，也能觉察到德鲁集团的异样。

曾经愉悦轻松的氛围彻底烟消云散，这栋楼里的每一个人仿佛都已将神经绷得紧紧的，即使是在拥挤的电梯里，人与人之间也像是隔着厚厚的铜墙铁壁。

短短几天时间，这栋大楼里究竟发生了什么？电梯抵达顶楼时，她的心中仍然带着这样那样的困惑。

总裁室的门是半敞开的，金钰还未走进屋里，就遥遥地看到了清早的阳光，以及被光线勾勒成柔和模样的任之初的身影。

此时，他端着一杯热茶，沉默地站在落地窗边，只留了挺拔的背影给她。也不知是不是错觉，金钰总觉得这样的任之初看起来格外疲惫，也格外孤单。

“任总，”她敲门而入，礼貌却不疏离地同他打了声招呼，“早上好，我回来上班了。”

他转过身来看向她，目光落在她烫伤的手上。

“手没事了？”

“没事了，”金钰象征性地转了转手腕，开玩笑说，“不信我可以跟你掰腕子。”

“掰腕子就不用了，不耽误工作就好。”任之初心里想笑，表面上还是一本正经的样子，“你打开电脑看一下我刚转给你的邮件，等会儿九点钟有个高层会议，提前准备一下。”

金钰并没有立刻回应，而是回身把总裁室的门关了个严丝合缝，而后才小心翼翼地向他问道："任总，最近这几天……集团里是有什么大事儿发生了吗？"

任之初轻轻挑眉，不答反问："你怎么看出来的？"

金钰如实答道："一早上到这儿就觉得气氛怪怪的，大家看起来都很……拘谨。"

任之初沉吟着没有说话，似乎并不打算将这个话题继续下去。

见他不开口，金钰稍有些不知所措，但仍不愿意就此作罢，又低声追问："是不是赵瑞麟和李冉又和你作对了？"

他还是没回答，淡淡地反问："你觉得呢？"

她无奈道："我就是觉不出来所以才要问的……"

任之初也懒得再兜圈子，直接回答说："确实，集团高层最近会有比较重大的人事变动。"

金钰闻言，心里不由得咯噔一下。

比较重大的人事变动？究竟是什么变动？是赵瑞麟采取了什么动作，还是任之初借机给予什么反击？这对任之初来说是有利还是不利……

短短几秒钟，数不清的问号和念头在金钰的脑海里轰隆隆地碾过。说千道万，她不过是担心他。

金钰差点儿多嘴问他到底是谁走谁留，可转念一想，这些发生在高层间的往来斗争，任之初根本没有义务也没有必要向她汇报详情。

她不再追问，垂着眼帘轻声说："抱歉任总，我不该问这么多。"

任之初的视线落在她的眉梢眼角，目光里除了惯有的疏离与玩味，还藏了一些极难察觉的温存。

他虽然未置可否，心里却已经给出了答案。

再过三分钟，高层会议就要开始了。

任之初四平八稳地坐在老板椅上，眸色镇静地望着已经到场的人，抿着薄唇一言不发。他仿佛天生就拥有集团一把手才具备的强大气场，即便是沉默也会给人带来一种无声的压迫感。

相比起来，坐在他斜后方的金钰就显得太没见过世面了。她心里很是焦灼，总担心赵瑞麟一行人又要当场给任之初难堪。

中国有句俗话——皇上不急太监急。金钰觉得，这话里的“皇上”大概说的就是任之初。

临近九点钟的时候，所有接到会议邀请的人都已经准时围坐在圆桌旁边。

任之初从椅子上坐直了身子，朗声说：“既然人都到齐了，现在就开始今天的会议。这次叫大家来，主要是公布几项决定，其中最重要的是——集团组织结构调整和管理人员安排。”

他开门见山，直奔主题，一边说着一边将 PPT 投影到大屏幕上。

众人的目光落在他身后的幕布上，汇成了决定去留的焦点。

金钰扭着脖子回头望去，只见 PPT 中央一行醒目的大字——原市场及销售部副总裁（赵瑞麟）将调往公关及企划部，市场及销售部总监 / 高级总监将直接向我汇报。

别说是没见过大风大浪的菜鸟金钰，就算是那些个职场老油条，冷不丁看到这个调职决定也难免要面色一凝。

任之初作为整个集团最年轻最位高权重的总裁，竟然在上任一周之内撤走了赵瑞麟这样的元老级人物，而且还这么大手笔地直接将他调到了德鲁最不看重的边缘部门——企划部……

这招杀鸡儆猴来得太过突然，着实将那些与赵瑞麟相熟的元老们唬了一愣。

没有人猜到任之初会这般明刀明枪地和赵瑞麟对峙，因为这种硬碰硬的作风，之前根本不可能在德鲁集团出现。

此时，每个人的呼吸声都降到了最低，仿佛稍微弄出一丁点儿的动静，都有可能被任之初盯上，甚至被当场殃及。

金钰还记得几天前的周六，也是在这间会议室里，众人你一言我一语，纷纷仗着有赵瑞麟撑腰，间接或是直接地表达对任之初的不满。

而今天，整个集团高层的对峙形势却来了个彻头彻尾的大反转。

足足有一刻钟的时间，偌大的会议室里都异常安静。

金钰暗忖，此时此刻，每一位手捏德鲁股权的老总也许都在心里感叹不已。

棒打出头鸟，那些和赵瑞麟有瓜葛却侥幸没被牵连的人，心里一定在暗暗庆幸，当然，也免不了要失落。不管怎么说，任之初的铁血手腕已经是摆在明面上的事情，没了赵瑞麟罩着，这些人往后的日子应该也好过不到哪去……

金钰虽然只是一个无足轻重的小助理，但她早就自觉地将自己划入任老板的阵营。

也说不上为什么，她就是打心底里希望他别被旁人欺负，最好还能像现在这样欺负欺负那帮目中无人的老家伙。

照常理来说，比较重要的高层人员调整应该由整个董事会来决定，可是这一次，任之初却没有提前和任何人打招呼。

哪怕是在会上，他也只是摆出一副泰山压顶岿然不动的姿态，直接将决定告知众人。

从头至尾，他甚至没有问过赵瑞麟一句：对于这个调整，你有什么意见吗？

金钰明白，任之初既然要打压赵瑞麟，就绝对不会给他留下任何活路，因此，征求他的意见就成了一件可有可无的场面事。

任之初不是一个很有耐心的人，他才懒于和自己的下属客套。

“现在我所公布的只是初步调整，后续还会有更多方案陆续呈现出来。”他意有所指地瞧了瞧赵瑞麟的几个亲信，短暂的沉默，足以让所有人明白他的意思。

没有人敢在老虎头上拔毛，尤其此刻，任之初就像一只刚从山林里饿着肚子回来的野生老虎。就连被打压得最凄凉的赵瑞麟，也只能是脸色铁青地坐在角落里，并没有开口为自己辩驳什么。

金钰的视线从大家的脸上一一扫过，最后停在赵老头儿所在的方向。

她有种直觉——这人既然一直在想办法扳倒任之初，便绝不会就此善罢甘休。赵老头儿和任之初的持久战役，这才刚刚打响……

自从任之初将赵老头儿调去了边缘部门，德鲁高层之间的明争就逐渐转为了暗斗。

最初的几个星期，金钰还像从前一样，时不时地去秘书室找姑娘们聊聊八卦，可渐渐的，她越来越明显地感觉自己被孤立了。

秘书总归是和自己上司一条心的，就像她自己也越来越护着任之初。

有时候她忍不住会在心里感慨，感情真是一种很微妙的东西，它像是一只无形的手，会在不知不觉间擒住一个人的心。

随着时间流淌，金钰越来越搞不懂自己对任之初究竟是怎样一种感觉。她只知道，她不知不觉就习惯了凡事为他考虑，也习惯了他对她提出各种各样的要求。

时光如白驹过隙，转眼之间，已经是九月上旬。

最近几日，秋老虎在沽川市里横行霸道，金钰每天早上都为穿衣搭配犯愁，总觉得穿多了中午太热，穿少了早晚太冷。

周末的时候，金钰约了乔幸一起去逛街，她们买了同款式的针织衫，薄厚适中，很适合这个季节早晚外穿。

周一早上，金钰穿着新买来的衣服去上班，刚到办公室，就接到了乔幸打来的电话。

“喂，乔老板，怎么一大清早打电话过来，是有什么事儿吗？”金钰在办公室里压低声音问道。

也不知怎么，她的第一反应就是——乔幸那件针织衫有问题，这通电话是来招呼她一起去退换货的……

这种事情在大学时期上演过无数次，以至于在金钰的脑海里几乎形成了条件反射。

然而，乔老板这通电话却不是为了那种芝麻绿豆的小事。

“芋头，我听说咱们辅导员前阵子生病住院，上礼拜才回学校。”乔幸直奔主题，快言快语地说，“刚好今天是教师节，下了班咱们回去看看她？”

“呃，你稍微等我一下……”

金钰没敢直接答应，捂着话筒，满眼探寻地看向一旁的任之初。

他回望她一眼，什么都没说，只是随意地摊了摊手，示意她自由安排时间。

金钰心里一高兴，下意识地给了任之初一个飞吻，然后迅速对电话那边的乔幸说："好的好的，我老板恩准了，我下了班就过去找你！"

乔幸笑着打趣："啧啧，我说芋头啊，你最近是不是春心萌动了啊？怎么我听你说'我老板'这三个字的时候，浑身都有种甜腻腻的感觉……"

金钰一时无言以对。

乔幸又故意用娇滴滴的语气说："而且，人家刚才似乎隐约听见了疑似飞吻的声音，亲爱的，你知道那个'么么哒'是从哪里传来的吗？"

金钰再次哑口无言。

紧接着，她忽然发现任之初似乎一直在盯着她看，这才突然意识到自己的山寨手机基本和大喇叭没差别。一时之间，她恨不能找个地缝钻进去溜走。

她脑子懵懵的，随口应付了乔幸几句，便赶忙挂掉了电话。

"咳咳，任总……"金钰磨磨蹭蹭地往任之初那边挪了两步，很是尴尬地摸了摸鼻梁，低声说道，"那个，刚才我朋友乱讲话，你可千万别往心里去啊……"

任之初满脸严肃地沉默了片刻，一本正经地回答说："我倒是没往心里去，但是金钰，我也有个疑惑想问。"

"什么疑惑？"她忐忑地望着他，担心自己回答不了他的问题。

他沉思了两秒钟，抬头看向她的眼睛，问道："刚才那个'么么哒'到底是从哪里传来的，你知道吗？"

金钰愣在当场，等到反应过来是怎么回事儿时，简直扶额无语问苍天！

身为一个传统布料行业知名集团的大老板，任先生可以不要这么一本正经地搞笑吗？！

金钰禁不住在心里默默念叨——那句名言怎么说的来着？每一个成熟男人的心里都住着一个小男孩。任之初显然用实际行动证实了这句话是个永恒的真理……

当然，金钰自己也后知后觉地意识到，那个飞吻真的很不妥当。

她见任之初没有过多追究，赶紧找个借口转移了话题。

“任总，今天中午应该还没安排饭局。我听说 C 四街那家日料店，今天中午所有堂食套餐都打对折，您看……要不要去吃这家？”

“你来安排就好了。”他表面上公事公办地应着，可看向她的眼神却写满了“此人有趣”四个大字。

金钰假装什么都没看出来，硬着头皮说：“好的，那我这就打电话预定餐桌！您看是要肥牛套餐还是鳕鱼煲套餐？”

“都可以，看你想吃什么吧，随意安排就行。”任之初的笑意逐渐从眼底浮上了眉梢，他浅浅地笑着，语气也温和了许多。

金钰傻傻地望着他，竟有些脸红心跳。

她忽然回忆起前几天，眼前这个男人也曾这样猝不及防地展露过他的温柔……

早在五年前，金钰还是一个喜欢下雨天、喜欢石板路的文艺小胖妞，那时候她还很享受撑着小花伞走在雨中的浪漫感觉。可是如今，她变成了一个现实的女人，总觉得梅雨太闷，秋雨太冷。

上个星期，一场秋雨将沽川市淋了个透湿。

金钰出门忘记带伞，晚上又在公司加班到很晚，结果，在冷雨和夜风的双重侵袭之下，一不小心就得了重感冒。

深夜里，她鼻塞头痛，吃了几粒感冒药就躺了下来。

说不清是感冒药的作用，还是最近加班太辛苦，金钰躺在那里只觉得头昏昏沉沉的，辗转反侧了好几个小时却怎么也没能入睡。

这样一直折腾到凌晨两三点钟，她终于放弃了挣扎。

她梦游似的瞪着出租房的天花板，脑子里闪过一个极其分明的念头。

在如此脆弱的时候，她想到的竟然不是儿时无忧无虑的生活，也不是母亲这些年来对她的爱之深重，更不是艰难岁月里的坚强与孤勇……

奇妙的是，她意识里所剩下的唯一的念头就是——任之初交给她的工作还有一部分没有做完，她不能拖延，不然他会皱眉头的。而她，想帮他分忧，不想让他总是皱着眉头……

大半夜爬起来打开电脑继续忙碌。

她也不知自己究竟哪里来的这么大的动力，一边发着低烧，一边顽强地和堆积如山的工作奋战到黎明时分。

专心搞定手头的事情，金钰揉着酸痛的脖颈，看一眼屏幕右下角的时间，才发觉已经是凌晨五点一刻。

将工作报告发到任之初邮箱里，她又往他手机上发了一条短信，说是请半天病假。

没过十分钟，任之初的电话就打了过来。

“金钰，你什么情况？”

他的声音里还带着未尽的睡意，金钰虽然没从其中听出不满的意思，可她用膝盖想一下也知道，老板被她吵醒了一定会闹情绪……

她一时脑子有点懵，结结巴巴地问他：“任、任总，是不是我……呃，发短信吵醒你了？”

他回答说：“不是短信，是手机邮箱的推送。你一直忙到现在？”

金钰愣了片刻，忽然觉得惊喜盖过了歉疚。

公司的手机邮箱她也安装了，所以她知道，默认的新邮件推送是不会有声音和震动提示的，所以必须要针对重要的人设置特别关注才行。

一般来说，任之初在下班时间只会关注政府高官和其他公司大老板发来的邮件，他连德鲁其他的副总都置之不理，可是她一个小小助理，居然有幸出现在任之初“特别关注”的名单里。

如果金钰没记错的话，她以前也曾在夜里给他发过邮件，那时他并没有被吵醒。这就说明，在任之初的心里，她的地位已经悄然发生了变化……

他也开始在意她了，对吗？

这个念头冷不防地冲进脑海里，令她忽然感到那么甜蜜，又那么忐忑。金钰这才后知后觉地意识到，原来她一直都很渴望被他在意，一直都很渴望他对待她不同于其他的员工。

在这样寂静的黎明时分，世界仿佛陷入一种巨大的温柔，任之初也不似平日那样高高在上。他打电话过来，仿佛也不是为了工作，仅仅是问问她为什么通宵没睡。

金钰抿着嘴角笑起来，心头一暖，一句话徘徊在心头，差点就要脱口而出。

她真想问他——任之初，你究竟是不是五年前烟雨朦胧里曾给予我信仰的那个人？如果真的是你，我多想此后与你风雨同路。可就算不是你，我也还是愿意……

许是夜色太温柔，胸腔里的情愫被无端放大了许多许多倍。

她能清楚地听到自己的心跳声，也能清楚地感知到自己对他的迷恋。

正当她陷入渺远的沉思中时，任之初的声音又从听筒那端传来。

“喂？怎么没声音了？”他的语速比往常稍快一点，显然是有些着急了。

“啊，没有怎么……”金钰回过神来，赶忙收敛起泛滥的情绪，回答说，“我睡不着，所以就起来加班了。”

任之初沉默片刻，低声说道：“以后不准熬通宵加班，会影响到第二天的工作状态，反而耽误事儿。”

她下意识地说：“我知道了，谢谢任总关心。”

话说完就后悔了，她其实并不确定他究竟是出于关心，还是出于不满。

他没有刻意强调什么，只是浅浅地说了一句“去休息吧”，就挂断了电话。

听筒里传来“嘟——嘟——”的忙音，金钰傻傻地举着手机，半晌没舍得放下来。

她分明觉得自己脸都红了，而且绝对不是因为发低烧。

这是她第一次清楚地意识到——这个男人是真的关心她，哪怕他总是说着别扭的话，可他心里却是柔软而温存的。

其实金钰早就知道，他是个面冷心热的人，所以相处得越久，她便越是打心底里心疼这个骄傲的男人。

她知道他一定过得很辛苦，虽然，她至今仍然没有了解他很多。

金钰躺在床上，任凭心事恣意泛滥。

半睡半醒之间，她收到了任之初的短信。

“病假批准。”

简简单单的四个字，公事公办，看不出情绪。

金钰还没来得及回一句“谢谢任总”，就收到他另外一条信息。

“另外，下午我有事不在集团，你也不用过来了，在家里好好休息吧。”

这回，她终于欣慰地感觉到，给她发短信的是那个令她心悸的男人，而不是一台负责审批的机器。

她弯起嘴角，觉得天边的鱼肚白都是温暖的颜色。

也许她得不到他的喜欢，但有这份关心就已经足够好了。

她又想起他在电话里低哑而富有磁性的声音，想着想着，便安然坠入梦乡。

次日清早，金钰为了报答任之初额外赠送她的半天病假，不到七点钟就到了集团总裁室。只不过，任之初这个工作狂比她来得还要早。

“任总，早上好！”她虽然在家休养了一天，可是感冒不仅没有减轻，听鼻音反而加重了不少。

任之初本来在专心地研究行业新闻，听到她这声问候不由得拧起了眉头。

他抬头望向金钰，只见她鼻头通红，眼睛也是红彤彤的，原本清秀的脸庞看起来那么苍白瘦弱。

一种说不清道不明的情绪霎时笼上他的心头，他忽然想要好好照顾她，不让她这么脆弱又坚强。

任之初招招手，叫她走到近旁。

当她在他身侧站定，他微微仰头望进她如水的眼眸，鬼使神差地，竟下意识地用拇指轻轻抚摸过她的眉眼。

他的语气温柔得像是要捏出水来："病得这么严重怎么不早说呢？等会儿带你去医院看看，这两天先在家歇一歇……"

金钰几乎傻掉了，心跳不争气地变成了奔马律，哪怕是隔着一尺半的距离，她也担心藏于心跳中的情愫会被任之初听个一清二楚。

她所喜欢的男人，她以为不可能靠近的男人，此时，却对她做着这样温存而暖心的事。

世上还有比这更令人无措又狂喜的事情吗？金钰想，一定没有。

人与人的相处总是相互的，当他真真切切地关心她，她便也心甘情愿地想为他多付出点儿什么。

属于任之初的触感仍然停留在她的脸上，金钰没敢摇头，生怕稍微动一下就会打碎这样奢侈的美梦。

然而她也没有厚着脸皮接受任之初的特赦。

她声音轻轻地说："任总，我不用去医院，只是感冒而已，吃了药过几天就好了。"

似是不满于她的拒绝，任之初收回手，沉声说："你怎么每次都这么倔！非得我把你绑去医院吗？"

"哦……"她望着他稍有些愠怒的眼神，自觉地放软了声线，"我知道你是关心我，可是真的不用……"

"快省点儿力气，跟我废话也没用。"他话音未落，作势就要起身关电脑，看样子是真打算把她绑到医生面前。

金钰的目光从他电脑桌面的任务栏一扫而过，赫然发现他开了十几个窗口，俨然已经忙翻了天。

她哪里还敢麻烦他亲自送她去医院呢？

“别别别，任总！我去医院，我这就去！”她一叠声地向他表态，“我自己能去，真的！您快别跟着我折腾了……”

他的动作顿了片刻，脸色却没有和缓。

“你工作那么多，白天做不完晚上又要辛苦熬夜了，”她低低地说，“总熬夜对身体不好……”

他沉吟片刻，这才又重新坐回到位置上，缓声说：“那我继续忙我的，你自己去医院看看，然后直接回家歇着。明后天我都不在集团，你也不用过来，下周一正常过来上班就好。”

“可是我……”然而有些话，诸如“不想连续好几天都看不到你”，不能如此莽撞地说出口，金钰只能将那些迂回的心事好好收藏起来。

任之初挑眉看向她，静静等待着下文。

金钰轻不可闻地叹息一声，温声软语地说：“那就……下周一见。”言语之间，尽是掩藏不住的依恋和不舍。

许是她表现得太过明显，就连任之初也察觉到了。

在她转身出门前，他又将她叫住：“晚饭我买点清淡的东西给你带过去，到时候打电话给你。”

面对着突如其来的善待，金钰简直惶恐到差点儿就招架不住了。

她还没来得及说“不”，任之初就慈眉善目地威胁说：“你再拒绝我一次，试试看这份工作还保不保得住。”

她心中辗转，不禁对他莞尔一笑，轻轻点了点头。

任之初这个人，虽然看起来总是冷冷的，仿佛完全不近人情，可实际上金钰却知道，这男人的心思比谁都澄明，比谁都和煦。

她不敢主动攀附于这般高高在上的他，可她又贪恋他的一点点温存。他什么都懂，所以每次都“强迫”她接受这些令人温暖的琐碎细节。

他太懂得如何给她足够的台阶，让她一点点走到他的面前……

这样的男人，叫她如何能不沉沦？

经历了上个星期的悄然靠近，金钰在这个星期一的清早送给任之初一个漂亮的飞吻也就不是什么难懂的事儿了。

恍然回过神来，她将越跑越远的思绪收回来，转身去打电话给C四街的日料店。

她甚至不用看菜单，就迅速地预定了任之初最爱吃的东西。

三文鱼和北极贝的刺身拼盘，一壶清酒，以及名叫“岁月童话”的招牌寿司卷。

“这份‘岁月童话’请不要放白芥末，另外，刺身拼盘里麻烦多给点儿寿司姜，还有……”金钰感冒还没完全好，讲起话来温声细气的，然而该确认的细节却是一星半点儿都不含糊。

任之初在一旁默不作声地听她讲电话，越听越觉得心头有什么情绪难以抑制。

他忽然发现，原来不知不觉间，这个名叫金钰的小女人已经这么了解他的小习惯。

她知道他的每一样喜欢与不喜欢，她懂得他的每一次辛苦与欣慰……

记不得有多久了，任之初习惯了独自前行，从未奢求过还有人能与他携手并肩。而如今，他的生命里却出现了她。

有些时候，她令他心疼又怜惜，每每望着她的模样，总觉得心中满是温情。然而更多时候，她却像是一米阳光，将他空茫的心脏都填满，不留下一丝的缝隙。

有那么一瞬间，他心里生出一种强烈的冲动，想要将这个小女人据为己有，从此好好珍惜。不过很快，他又将这股冲动压抑下去，若无其事地抿了抿嘴唇。

金钰并不知晓他那些翻涌的思绪，自顾自地和餐厅那边讲清楚，然后满意地收了线。

她稍一转头就发现不对劲——任之初为什么一瞬不瞬地盯着她的脸？而且，他的唇边还带着可疑的浅淡的笑意，就像是要和她说些什么不伦不类的决定……

“怎……怎么了？”她的小心脏可承受不了太刺激的消息啊！

“没怎么，安排得还不赖。”任之初不动声色地移开了视线，隔了半晌，才又慢半拍地补了一句，“我都有点儿期待中午这顿饭了。”

金钰原本以为，这顿午餐应该再平淡不过，然而事情的发展却总是与她预料的不大一样。

因为她已经提前打过电话，预定了靠窗的座位。两人进了日料店的大门就直奔那个位置走过去。

他们刚坐下没多久，门又开了。

从金钰的角度可以清楚地看到，李冉挽着赵瑞麟的臂弯，步态轻盈地走了进来。任之初是背对门口坐着的，然而他刚抿了一口茶水，就见金钰脸色陡然一变。随之回头，他便也瞧见了方才那一幕。

他立刻转过头来，示意金钰不要声张。金钰虽然不解其意，但也听了他的话，赶忙低下头，没有惹人注意。

这时，餐厅里坐满了人，然而没有人高声讲话，所以屋子里还算安静。

赵瑞麟没有发现金钰和任之初，他正在讲电话，聊的内容恰恰是和任家有关。

“你说咱们哥俩这么多年的交情，你还用跟我说这见外的话？”赵瑞麟顿了片刻，又道，“不过任老哥啊，你那个小儿子真是远不如你！不怕你不高兴，我说句实在话，德鲁放在他手里，迟早是要垮的呀……”

金钰听着这话，自然也明白了几分。

敢情赵老头儿是和任老爷子告状呢，看这个架势，摆明了是想继续拿任老爷子当靠山，和任之初再战高下。

金钰的脸色很难看，仿佛这些刺耳的言辞说的不是任之初，而是她。

她小心翼翼地看了一眼任之初，却没有从他的脸上瞧出什么不悦的神色。

她不由得暗叹——这个男人的定力真是强大得令人无语。就算是天塌下来，他估计也还是跟什么事儿都没有一样……

也不知电话那边的任老爷子说了些什么，赵瑞麟刚才还板着的老脸一下子就乐出了褶子。

“行，既然你都这么说了，那我当然是一百个放心！”他笑呵呵地说，“下个礼拜二是吧？没问题，那我等你消息！好嘞任老哥，回头我一定请你好好撮一顿！”

赵瑞麟收了线，笑逐颜开地搂紧了李冉地细腰，在离任之初两米远的位置坐了下来。

直到这时，任之初才放下手中的茶杯，用不大不小的音量说：“金钰，叫服务员再加一份刺身拼盘。”

金钰明白，刺身拼盘不过是个幌子，让赵瑞麟知道他任之初听到了那通电话，这才是他的真实目的。

她故作不知，一边招呼服务员帮忙加菜，一边用眼角余光偷偷打量赵瑞麟和李冉的反应。果不其然，她看到那两人脸色一僵，看样子这顿午餐是没办法愉快地享用了。

金钰收回视线，看着对面的任之初，欲言又止：“任总，你……”

他抬眼看她，淡淡地反问：“我怎么？”

其实她是想问他接下来有什么打算，可转念一想，又觉得自己问这话有些越界，于是犹犹豫豫了半天也没问出个所以然。

“……你觉得还用不用再加点儿什么？”她讪讪地转移了话题，心里暗恨，为什么自己就不能和他聊些有深度的话题。

任之初可不是寻常之辈，他的洞察力敏锐得简直不像话，即便是对女人的小心思也不例外。

他对她笑得一派柔和，讲话的语气也不似在公司里那么强势：“别想那些杂七杂八的了，你还有什么想吃的就叫服务员加，这顿饭算我的。”

“呃，好……”金钰傻傻地应着，只觉得心头有种莫名的情绪在泛滥。

这样的任之初，令她觉得有点陌生，仿佛不是德鲁集团高高在上的总裁。可是这样的任之初，却又令她觉得有点儿熟悉，仿佛隔着五年的空白时光，那个落拓而沉默的男人又回来了。

她想要找到的人，真的是他吗？

一旦心中藏了太多沉重的心思，再美味的午餐也变得味同嚼蜡，对此，金钰深以为然。好不容易吃完这顿饭，金钰才和任之初一起回到了集团。

当天下午，任之初说要召开紧急会议。金钰回想起中午赵瑞麟那通电话，再看看任之初冷酷的神情，心里也就猜了个八九不离十。

如果赵瑞麟那通电话真的有作用，那么不出下周二，任老爷子就会出面干预德鲁目前的高层人员调动，而赵瑞麟很有可能借此机会翻身。

金钰怎么也想不通，为什么任老爷子宁愿帮一个外人，也不愿意相信自己的亲生儿子。

集团内部的明争暗斗进行到这个阶段，恐怕也快要决出胜负。这种时候，拼的大概就是谁的砝码更重，谁更能把握机会先发制人。

金钰心怀忐忑地随他出席了会议，然而任之初的表现却叫她再次对这个男人刮目相看。

从一开始，会议室的氛围就冰到了极点。

任之初没有说一句废话，直接将厚厚一摞文件摔到圆桌正中央，居高临下地命令道："现在开始传看这份文件，给你们五分钟时间。"

时间一分一秒地流逝，有人额头开始冒出冷汗，有人心中悬空的巨石缓缓落了地。

五分钟后，任之初睨了一眼赵瑞麟和他的几个亲信，冷声问道："都看懂了吗？告诉我，这是什么。"

没有人敢搭腔，直到他指着负责研发和质检的秃顶男人，点名说：“你来说。”

“这……”秃顶支吾着不肯说话，只觉得自己真是倒了八辈子血霉。本来他就是个很中立的人，想着安安生生在这家传统老企业里混混日子，两边都不得罪。可最近也不知怎的，他总是很无辜地被任之初拿来当枪使，这次又是。

“怎么，不知道这是什么？”任之初反问，语气明显又威严了几分。

秃顶愁得简直想挠头，实在顶不住任之初施予的压力，只好低声回答说：“呃，是、是账目……”

“说清楚，是什么账目！”

“……”任之初这小子，摆明了是要逼死他啊！这人在心里“呜呼”一声，只得硬着头皮再度开口，“是赵瑞麟私下挪用集团财产的账目……”

“私下挪用集团财产？你说的还真够客气！”任之初冷哼一声，毫不留情地说，“让我告诉你们，这个是犯法的。”

听他说出“犯法”两个字，在场所有人都已猜到了接下来将要发生的事。

不出金钰的预料，任之初当场宣布：“赵瑞麟利用集团进行非法活动，不顾集团利益，给董事会和集团所有员工带来极其负面的影响，因此，我代表董事会正式宣布——从今天起，赵瑞麟不再有资格任职于德鲁集团，并且，集团律师将全权负责起诉事宜，其法律责任，我必定追究到底！”

这个男人，如同苏醒的雄狮，带着摄人心魄的力量，就连金钰的心也不禁为之震撼。

她默默地仰望着眼前的男人，第一次觉得，原来这世上真的有人可以如此高傲、如此果敢，原来这世上真的有人值得她用一生去仰望，去追随……

不论他是不是五年前的男人，如今的任之初，都已然成为她的信仰。

“谁有异议，谁就跟他一起滚。”任之初的视线冷冷地扫过每个人的脸，语气里是不容置疑的霸气，“散会。”

言罢，他扬长而去，只留下目瞪口呆的众人，呆坐在硝烟弥漫的会议室里。

第四章
爱与不爱之间

任之初与赵瑞麟的较量已经告一段落，金钰望着任之初沉默而孤傲的背影，真的打心底里替他长舒一口气。

然而，她也能感觉得到，这种胜利对于任之初来说，并不是什么值得开心的事。

他沉默地回到总裁室，沉默地继续未完成的工作，一直到傍晚夕阳西下时。

眼看着时钟已经指向九点一刻，下班高峰期过了，德鲁大厦里的员工几乎都已经离开了集团。

任之初揉了揉酸痛的眉心，声音低哑地问金钰：“你等会儿有时间吗？”

金钰半个小时前搞定了他安排给她的工作，就默默地坐在一旁等他忙完，可也不知怎么，等着等着就睡着了。

此时，任之初一声低语将她从睡梦中唤醒，她睡眼蒙眬地望向他，愣了十几秒钟才不好意思地问：“不……不好意思啊，我刚才没听清。”

任之初看着她困得迷迷糊糊的样子，觉得有点儿好笑。她哪里是没听清？根本就是没听见啊。

他耐着性子又重复了一次：“我是问你，等会儿有没有时间？”

“应该有……吧……”金钰不是很确定地回答说。

“没事，没时间不用勉强。”他顿了顿，语气里隐隐有半分失落的味道，“反正也不是工作上的事。”

不是工作上的事？那就是私事。难得他想跟她谈谈私事，这种机会金钰才不会傻到放过！

她忙不迭地说：“不勉强不勉强，我有时间的！”

他没作声，静静地盯着她看了片刻，随后莞尔：“那好，陪我去吃点儿消夜，然后再送你回家。”

提及消夜，金钰脑子里闪过的第一个念头就是——彻夜不休的糖坊街。许是心有灵犀，又或许是莫名其妙的缘分在作祟，半个小时后，任之初还真的将他的爱车停在了糖坊街口。

金钰跟在他身后进了一家港式茶餐厅，心中梗着无数个疑问，点菜时都有些心不在焉。她随口要了一份豉蒸凤爪，根本没意识到自己从来都不吃鸡爪子这种东西。

菜上来时，金钰对着面前一盘鸡爪子干瞪眼睛，不论如何也下不去手。任之初将她的心不在焉和手足无措都看在眼里，不动声色地将他自己点的水晶虾饺推到了金钰面前。

金钰看了一眼面前的美食，觉得有些好笑，随即又有些无奈——明明应该是她陪着他，可是为什么，他给她的感觉却好像反了过来。

她伸筷子夹了一个虾饺到自己面前的小碗里，羞赧又微甜地说：“谢谢任总。”

他淡淡地开口，说的却是令她心头一颤的句子：“以后私下里不用这么客气，直接叫我名字就好。”

形状美好的嘴巴动了动，金钰尝试了一下，却没能当着他面唤出“任之初”三个字。

有时候，一个人的名字在心里的分量越重，反而越难以轻易说出口。

她不知道自己是从什么时候开始将他的名字刻在心上的，只知道此时此刻，念他的名字令她觉得莫名紧张，就是那种小鹿乱撞的紧张。

任之初见她半晌没说话，又自顾自地说下去：“最近这段时间，辛苦你了。”

“为什么突然这么说？”金钰不解，总觉得领导说这话不是什么好事儿，仿佛下一秒就要来个大反转，将她扫地出门。

不过这次是她想多了，任之初并不是欲抑先扬，而是出于真心。

他继续说：“你跟着我，免不了要被其他人排挤，我都看在眼里。”

金钰歪着脑袋想了想，忍不住说：“我是心甘情愿的，拜托你别赶我走。”

“……”任之初觉得她和自己的脑回路没处在同一个次元，无奈地反问，“我什么时候说过要赶你走了？”

“呃，那可能是我想错了……”

“嗯，你别总是胡乱琢磨那些有的没的，我只不过是想跟你说，我明白你为我付出的这些辛苦，一点儿都没有赶你走的意思。”

平日里金钰习惯了任之初的少言寡语，这会儿，突然听他说出这么一长串暖心的话，她还真觉得有些无所适从。

想了想，她还是决定敞开心扉，对他说实话。

“其实有时候确实会觉得，被大家孤立的滋味不太好受。”她搅动着饮料杯子里的软吸管，垂着眼帘说，“但我觉得值得，尤其是今天下午开会的时候，我看到你那么有魄力，就觉得只要是跟着你，别人怎么对我都是值得的……”

这番话说得几乎要将深藏的心事彻底出卖，她微微脸红，怎么也不敢抬眼看他。

任之初默默地听着她说，修长而骨感的手指不由自主地紧了又紧，良久才说：“我不想对你说‘谢谢’这么客套的话，但是金钰，这段日子集团里 99% 的人都在针对你，但你一直都跟我站在同一边。很多事情我都看在眼里，也记在心上。”

金钰果然还不习惯他的温言软语，低头咬着吸管，半晌不知怎么搭腔。

任之初没有为难她，转头叫服务员端上一瓶梅子酒，自斟自酌，一副愁肠百结的模样。等到几杯温酒下肚，他看她的眼神不知不觉就多了几分感情，似是怜惜，却又更胜怜惜。

她也好奇地喝下杯中的酒，醇香中夹杂着丝丝缕缕的酸甜，很是满足味觉的渴望。

在酒精的作用下，他终是忍不住问她：“金钰，你为什么……”他似是有些局促地顿了顿，但还是问出了心中所想，“为什么这么坚定地站在我这边？”

她显然没想到他会问得这么直白，一时之间，心中百感交集。

常言道——酒壮怂人胆。

本来金钰是没胆子主动向任之初提起往事的，可她酒量不大，才喝了一杯就觉得脑袋昏昏沉沉，智商下降了不少，勇气值倒是呈几何倍数激增。

她下意识就吐露了心声：“因为你很像五年前我认识的一个人……”

说完这话，她抬起头勇敢地看着他的眼眸，却不期然地看到他的眸子里闪过一丝说不清的情绪。是惊讶吗？还是喜悦？她一时也分不清楚。

见任之初没言语，她又轻声细语地问道：“那你呢？你为什么愿意相信我？”

他沉默了好久，而她心中的期待几乎快要随着时间的分秒流逝而消失殆尽。

就在金钰几乎绝望的一刻，任之初终于缓缓地开口。他对她说：“因为你，也很像五年前我认识的一个人……”

原来真的是他！竟然真的是他……

胸口像是被一团团绚烂烟火所侵袭，灼热而酸楚。金钰怔怔地望着任之初的脸，竟有些不敢相信这是真的，就像是一个刚从刺骨寒冬走过来的可怜人，回到温室的第一反应并不是温暖，而是痛楚。

几年前的回忆如潮水般翻涌而来，她凝望着他英俊的眉眼，忽而就落下眼泪来。

“任之初，你知不知道，这几年我一直在找你……”她哽咽着说，“那天在办公室里和你重逢，我几乎不敢相信自己的眼睛。可是又觉得你变了很多，变得都不像是我记忆里的你……”

任之初实在不忍心看她哭得这般梨花带雨，闪躲着移开了对望的视线。他低垂着俊秀的眉目，温声说：“你也变了很多，所以我一直都没敢确认。”

金钰又给自己倒了一杯酒，猛地仰头灌下肚，头脑懵懵地说：“既然真的是你，那我就知道以后该怎么做了。”

他不解：“什么意思？”

她泪眼朦胧地看着他，将那些埋藏在心底的往事娓娓道来。

关于坚强，关于信仰，关于过往和未来，关于黯淡与光彩……时隔这么多年，她终于可以把心里的话语说给对的人听，她终于可以当面对他说一声“谢谢”。

金钰语速很慢，慢得如同重新经历一遍。

她对他讲述着她最困顿的日子，也告诉他，是他的一句话，支撑她走过那最为黑暗、最为绝望的年月。

“任之初，真的谢谢你……”她泣不成声，再没有更多言语，只有大颗大颗的眼泪从眼角滑落，蜿蜒着氲湿脸颊，悄然冲刷着岁月在她心里留下的创伤。

她哭得柔弱而可怜，他情难自禁地伸手抚摸上她的脸，用拇指替她擦去泪痕，那样温柔的动作，像是要将她当作珍宝一样来呵护。

哭了良久，她终于再度开口：“我能不能问，这几年你身上究竟发生了什么？”

“为什么问这个？”

“我很想了解你的过去，做梦都在想……”

“为什么？”任之初虽然一直在克制，可心里真的想知道，这个女人为什么连梦里都想要靠近他。

金钰泪眼婆娑地望着他，字字清晰地说：“我曾经在书上看过这样一句话——因为懂得，所以慈悲。我很想懂得你的痛苦，然后我才知道应该如何去报答你对我的好……”

她沉默片刻，又轻声说：“你知道吗？你真的对我很好很好，是你在我最疲倦的时候给了我全部的希望。所以拜托你，告诉我吧，好不好？”

任之初是那么聪明的人，当然看得懂她眼底的热切与渴望。他多么想装作视而不见，可是五年前，他就做不到对这个女孩子狠下心肠。五年之后，人事已非，他变得冷酷绝情，像是另外一个人。但就是这样，他看到她，却还是忍不住会心软。

他至今都搞不懂自己对金钰究竟是怎样一种感情，更不明白为何他总是会莫名其妙地在她的脆弱面前败下阵来，不论是晶莹的眼泪，还是低落的语气，哪怕只是一个失望的表情，都会令他觉得心有不忍。

缘分这东西，多么奇妙！

有时候，它是鹊桥，引人重逢相会、步步靠近；有时候，它又是枷锁，注定将彼此的后半生捆绑在一起，任谁也不能够逃离。

沉默在两人之间蔓延开来，任之初没有再喝酒，却不知从哪里掏出一支香烟，点燃了，放在唇边一口一口地吸着。

烟圈在周围缓缓晕开，像是一道朦胧的屏障，将任之初和金钰隔开了整整五年的时光。透过消散的岁月，金钰仿佛又看到了那些个烟雨蒙蒙的日子，看到那条总是湿漉漉的石板小路，以及那时稚嫩的、黯然的她与他……

任之初静静地与她对视着，不知过了多久，香烟都烧到了尽头，他才悠长地叹了口气，缓声说道："如果我讲给你听，你能不能答应我一个条件？"

"什么条件？"其实金钰觉得自己多余问这句话，反正不管他要求什么，她都会答应。

"你不能爱上我，不论到了什么时候，都不能。"他紧紧盯着她的眼眸，一字一顿地问，"做得到吗？"

"……"金钰觉得这男人就是上天派来跟她开国际大玩笑的。

她该如何回答？她好像已经爱上他了啊……

沉思许久，她终于咬着牙回答说："做——得——到！"

有什么大不了？反正只要她不说，他也不会知道。眼下最重要的事，就是给自己一个机会，聆听与他有关的往事，体察他的痛楚，进而学会如何去爱他。

任之初是个信守承诺的人，他听到金钰的答案，便真的将那些不堪回首的往事一件一件地向她道来……

早在任之初还没出生时，他的父亲任江涛就白手起家创办了一家因传统工艺而闻名沽川的布料厂。

短短几年时间，任江涛将布料厂经营得风生水起，厂子效益好，可供周转的资金也日渐多了起来。而后，在事业心的促使下，他联合几位商场上的伙伴，共同成立了如今的德鲁集团。

任之初是含着金汤匙出生的，从小到大，他从来都不知“穷”是个什么滋味，但凡他想买的，或者幼儿园里其他小伙伴想买的东西，没有他得不到的。

可他的童年快乐吗？其实一点儿都不，因为爸爸妈妈都忙着工作，没有时间陪伴他。

这种孤零零的状况一直持续了好几年，直到任之初四岁那年，家里迎来了第二个宝宝——他的妹妹，任茜。

他总嘲笑任茜刚出生的时候长得像一坨抹布，然而这并不妨碍他喜欢这个大眼睛、肉嘟嘟的妹妹。

妹妹的出生给家里带来了巨大的喜悦，这个可爱的小姑娘就像是上天赐予任家的天使，聪明可人，不哭不闹，总是一副笑嘻嘻的样子。

然而，这份难得的天伦之乐只持续了不到半年的时间，紧接着，任之初的母亲便在一场事故中去世了。

过了这么多年，任之初依然记得那个凄凉的夜里，他跪在灵堂上，从始至终一滴眼泪都没掉。有人夸他懂事，像个小男子汉，可他却骗不了自己，其实他满肚子都是茫然和害怕。

夜风的呼呼声从室外灌进来，让他错以为是这阵狂风带走了他的妈妈。

许是因为童年经历了母亲的离世，任之初变得比同龄的孩子更加成熟。然而任茜却是个不知愁的孩子，她的记忆里几乎没有保存过母亲的模样，也因此，她并不觉得这种失去有多痛。

作为两个孩子的父亲，任江涛常常懊恼自己没有能力给他们一个完整的家，心中觉得亏欠，便拼了命地赚钱，给任之初和任茜买来各种昂贵的玩具，来哄他们开心。

任之初一直觉得父亲挺可怜的，他不懂得什么是爱，也不懂得怎样去爱他的孩子。他就像一台 ATM 取款机，只能供给物资的富足，却给不了亲情的温暖。

生长在这样一个家庭里，是任之初的不幸。然而不幸中也带着那么一点点幸运，毕竟，他还有任茜。

她是个很顽皮的小女孩，总喜欢抢他的玩具，哪怕她一个小姑娘并不喜欢玩什么仿真枪，哪怕她根本不知道拳皇到底有什么乐趣，可她就是愿意将哥哥的东西据为己有，当然，她最愿意的还是将任之初本人据为己有。

有时候，任之初故意让着她，看到她得逞之后扬起的笑脸，他就觉得整个世界都是明亮的。也有些时候他故意逗她，想着法子跟她作对，然后在她快哭的时候，将她抱起来哄着，说一声“茜茜不哭，哥哥抱”。

他喜欢推着她荡秋千，喜欢带着她去离家很远的小河边捡那些漂亮的鹅卵石，喜欢从隔壁阿姨那偷学煎鸡蛋的方法回来做给她吃……

在任之初灰色的童年里，天真可爱的任茜就是他的珍宝，他的阳光。

记不得多少次，任之初只有捏一捏任茜那粉嘟嘟的小脸蛋，就觉得即便没有了母亲，得不到太多父爱，可只要有妹妹在，生活还是可以很好地继续下去。

然而，美好的事情从来少有永恒。良辰美景不过是水中月、镜中花，而任之初就像是凭空捞月的可怜猴子，总是在不经意间，就被命运击碎了全部的希望。

谁都没有想到，任茜十七岁那年，被诊断出患有淋巴癌，而且是晚期，已经转移到肺和肝脏！

她不敢告诉父亲，也不敢告诉任何人，偷偷将诊断书藏了起来。

直到有一天，她忽然在厨房晕倒，任之初才发现了异样。他送她去医院急诊，才得知事情有多么严重。

医生说，她最多还有半年的时间。这么轻飘飘的一句话，却已经给任茜判了死刑，不但如此，它仿佛也给任之初判了无期徒刑。

他看着妹妹日渐消瘦的憔悴面容，看着她被癌症晚期的痛苦折磨得不成人形，心里像被千万只蚂蚁啃噬一般疼痛，只恨自己不能代替她去死……

那年的阳春四月天，任之初寸步也没离开过任茜，他一直守在医院的高级病房里，忍着内心的苦痛，温声哄她说：一切都会好起来的，everything is gonna be alright.

到了五月初，任茜的主治医师说她的情况有所稳定，如果坚持放化疗，也许有希望将生命延续到明年冬天。

直到这时，任之初才明白，当一个人陷入绝望，哪怕眼前出现一丝丝明朗的幻觉，都会令他幸福无比。医生的那句话给了他莫大的动力，他竟傻到开始相信，只要熬过今年，他的妹妹就能活下去，他们就会有下一个十年，二十年。

可他忘了，他从来都不是幸运的宠儿，任茜也不是。

六月上旬，沽川进入漫长的梅雨季节。都说水是生命的母亲，可任茜的生命却在这样连绵的雨水里走向了永久的衰竭……

她是在六月十日那天去世的，任之初永远都记得，和她同龄的孩子都开始享受高考结束后的漫漫暑假，而他的妹妹却合上双眼，从此再不问这世间的幸与不幸。

她的苦痛结束了，那是她幸运的开始；而他的苦痛却从此开始，成为此生所有不幸的源头，就这么悄无声息地，泛滥到无可挽回的地步。

送走了妹妹，任之初像是一夜间长大，而他骨血里的那些温和与儒雅，全都被岁月的磨难蒙上了一层刺骨的冰霜。也就是从那时起，他开始一根接一根地抽烟，也开始明白了人情冷暖、世事冷漠的含义。

这座城市就像是一个巨大的钢筋牢笼，压得任之初喘不过气来。

他患了严重的自闭症，不愿与任何人见面，不想理会那些杂七杂八的来电，甚至害怕一个人走在熙熙攘攘的人群里。他躲了起来，躲到了糖坊街的烂尾小楼里。

也因此，才有了五年前沽川烟雨朦胧时，他与金钰最初的相遇。

香烟与梅子酒的气息仍然在他们之间轻轻萦绕，讲完这些陈年旧事，任之初才恍然发现，自己竟在不知不觉间湿润了眼眶。

他缓慢吐着烟圈，视线落在窗外的夜景上，若有似无地叹息了一声。

“总之，这些都是过去的事情了。”他低声说。

金钰抿了抿唇，很想给他一个充满安慰与疼惜的拥抱，却又觉得自己并没有立场去做这种亲密的举动。

她有些不知所措，沉默良久，只是轻轻握住他的手，将她珍藏了许多年的箴言送还给他：“相信我，一切都会好起来的。”

任之初听见她用自己当年的话反过来安慰他，不由得微微笑起来，与她打趣道：“你还真是长大了，都学会‘以其人之道，还治其人之身’了。”

她明明是关心他，怎么能用“以其人之道，还治其人之身”来形容？金钰暗暗一哂，在心里嘲笑任之初的语文是看门大爷教的。

不过，经他这么一打岔，刚才沉闷的气氛倒是缓和了不少。

她歪着脑袋打量眼前的男人，也说不清心里头是个什么滋味。每次她替他着急，他自己都是那副若无其事的样子，现在也是。

她听他讲那些不堪回首的往事，听得心疼极了，只后悔为什么自己不能早一点儿走进他的生活里，陪伴他一起度过那些难关。反观任之初，却平静得像是一位说书人，在绘声绘色地讲述别人的故事，脸上看不出任何情绪的波澜。

望着他英俊的眉、明朗的眼，金钰觉得自己心跳的节奏又有些乱了。

曾经她想，这个男人生得这么好看，就算脾气古怪了点儿，也还是个很有魅力的人。而现在，他连古怪的脾气都有了令人心疼的理由，于是，她真的再也想不出自己还有什么理由不在乎他……

这场命中注定的单相思似乎从五年前就悄然开始了，那么，渺小如她，哪有力量去抗拒这样的命运?

她有些认命地苦笑一下，又想起刚才他说的“自闭症”，不由得好奇地问道:“你那时候应该很不愿意看到陌生人吧? ”

任之初浅浅地皱着眉头，说道:“岂止不愿意，简直是深恶痛绝。”

“那为什么我总能在‘树洞’见到你?你应该知道我经常出现在那里吧……”

“知道，就是去找你的。”

他回答得理所当然，她却惊讶地瞪大了眼睛:“找我?为什么呀? ”

任之初若有所思地看着她，仿佛陷入了某种渺远的回忆里，良久才回答说:“因为你……很像茜茜。”

金钰想起了韩剧里经常出现这样的“撞脸”桥段，下意识地抬手揉了揉自己的脸蛋，还是有些不可置信地说:“竟然真的有这样的事儿啊……”

任之初无语地看她一眼，“不是长得像，茜茜比你好看多了。”

“……”金钰深深觉得自己的长相又躺枪了，连带着金家的遗传基因都跟着她一起承受了莫须有的恶意。

回忆起当时，任之初的唇边不自知地带了一点笑意:“我还记得第一次见到你的时候，不知愁的小胖丫头，一个人就敢跑去那么偏僻的地方，手里大大咧咧地拎着几罐可乐，还耍小聪明，骗我说还有其他同学要过来。”

金钰知道当年的自己简直傻到姥姥家了，此时听他这样直白地讲出来，羞得脸蛋通红，真想找个地缝钻进去。

“当年人傻胆大的时候想什么来着？”他好笑地瞧着她，“这会儿倒是知道害臊了。”

金钰无言以对，索性装没听到他的揶揄。

他没再数落她，又继续回答她刚才的疑问：“当年你和茜茜的性格，真像是从一个模子里刻出来的，她犯傻的时候也是一副理直气壮的样子，还不让人批评，一说就翻脸。只不过后来，她……”

任之初说不下去了，他想到的，是临终前的任茜。那时，她饱受病痛折磨，已经变得很懂事很懂事，曾经的天真一去不复返，统统化作对生命的渴望与追求。她变得那么坚强，坚强得简直不像他记忆中的茜茜。

“什么都别说了，我都能明白……”金钰不忍他难过，也不顾什么矜持不矜持了，一双小手温柔地覆在他的手上，一不小心就将徘徊在心里的想法说了出来，“我知道，我怎么也没办法替代她，但不管怎么说，你毕竟还有我陪着你。”

任之初深深地凝望着她，什么都没说，只是紧紧、紧紧地握住了她的手。

金钰有些茫然，她也不知道任之初现在对自己到底是怎么个态度。

那天在糖坊街，他们开诚布公地承认了五年前的相识旧忆，她本以为在工作中相处起来多少会有点儿和以前不一样，可实际上并没有。

星期五，临近下班时分，金钰仿佛已经感受到周末在召唤，工作上不自觉地就有些松懈。

任之初刚刚结束一个视频会议，摘掉耳机转头一看，恰巧就瞧见了她正在刷微博，登时就横眉立目地说："金钰，你干什么呢？"

"……呃！"金钰本来是想把窗口最小化的，手一抖点错了，直接打开了一个恶搞视频，霎时间，最炫民族风的调子扑面而来……

她尴尬得恨不能辞职谢罪，可她又着实没这个胆子。

任之初被满屋子的最炫民族风雷得外焦里嫩，无语问苍天，嘴角不由得抽了抽，一时半会儿竟连数落她都忘了。

金钰趁他还没反应过来，手忙脚乱地关了视频，灰溜溜地在他旁边立正站好，等着挨批评。

他靠坐在老板椅上，看着她那副无辜的小绵羊表情，心下觉得有趣，表面上却忍不住想逗逗她，因此故意板起脸，为难她说："你是不是太把几年前的几面之缘当成资本了？金钰，我的集团不需要废物，别说是你，就是任家的远亲近邻也别想在我这里浑水摸鱼！"

她一边觉得这男人真是一点儿都不念旧情，一边战战兢兢地小声说："我知道错了，任总，我保证再也不犯……"

"嗯，"他挑眉又问，"我刚才让你做的 PPT，做好了吗？"

"还……还差一点儿。"

"拿给我看看。"

金钰心虚地问："那个，能不能过半个小时再给你看？"

"真有出息，还学会讨价还价了？"他半眯着眼睛斜睨了她一眼，不由分说地断了她的奢望，"不行，就现在。"

她没办法，只好磨磨蹭蹭地打开了空空如也的 PPT……

这回任之初的脸上真是一丝笑容都没了，他盯着那仅有的

PPT 大标题，幽幽地说："半个小时之后，我要看到完整版，做不做得完你自己看着办。"

"是是是！"她一叠声地应着，"我这就做，立刻马上！"

说完这句话，她便开始埋头苦战，紧赶慢赶地用二十五分钟时间搞定了所有。

任之初打开看了看，没多说什么。金钰暗吁一口气，她知道，像任之初这种挑剔又严谨的老板，不给任何反馈就已经是最好的反馈了。

他全神贯注地翻看 ppt 里的内容，金钰站在他身侧，也一页一页地往后看。

事实上，刚才她只是抓紧时间将各部门提供的数据整合在一起，并没有留心看具体内容。这会儿静下心来跟着他一起回顾 ppt 里的各项数据，才欣然发现德鲁集团最近一个季度的业绩明显比之前有所提高。

想起她刚入职的时候，德鲁刚被敌手强力打压，整个集团都处于半瘫痪状态。任之初接手这个烂摊子还不到三个月，却已经将集团业务打理得蒸蒸日上。

他不仅扫除了心有芥蒂的老员工，更是亲自率领市场和销售部门奋战，使得集团销售总量稳步提高，一举超过了上一年的最佳季度销量。

她打心底里佩服这个男人，胸腔里那种无以名状的欣赏与爱恋自然又随之平添了几分。

暗恋中的女人果然很容易情绪化，上一秒她还觉得幸福，毕竟她能每天陪伴在他左右，然而下一秒她忽然就陷入一种惶然无措的低落情绪里，只因为突然想起他的要求。

他说，她不能爱上他，不管到了什么时候，都不能。

自然而然的，她想起糖坊街之后，他对她一直是不冷不热的，甚至也没有因为她和任茜有几分相似就对她别有怜惜。每次她在工作上出现一点差池，他都很严厉地数落她，比对待别人还要苛刻。

金钰闷闷地想，他之前对她表现出的一点儿关心，大概只是老板对员工的应有关怀，说到底，他并没有哪怕一星半点儿喜欢她的意思，因此，她的感情才会被他当作困扰，一点儿情面都不留，直接明令禁止。

她没管住情绪，失落的表情被任之初逮了个正着。

他根本不知道金钰心里翻天覆地都在想些什么，一时也没明白她为什么突然就不高兴了，想开口问，又觉得不该关心得太过火，于是憋了半晌还是忍住了，什么都没有说。

金钰本来也没指望他能注意到她的低落，闷声不响地一个人跑去旁边默默地对着企业邮箱发呆去了。

他表面看起来像是在认真看 PPT，其实余光一直瞟向金钰的脸，心里很是纳闷儿。

十几分钟过去，任之初恍然发觉自己一直在琢磨金钰的小情绪，根本没把心思放在工作上。这样浪费时间终究不是办法，于是，他难得主动地走到她身旁，随便捡个话题和她聊了起来。

“最近你抽时间多去秘书室走动走动，听到什么风声回来告诉我。”

金钰一听到有任务下达，强迫自己停止悲春伤秋，站起身来仰视着任之初，不解地问道：“任总是觉得有人会暗地里搞什么动作吗？”

“……”他无言以对，因为他也就是没话找话，随口那么一说。

这边说者无心，那边听者却很是有意。

金钰拧着眉头仔细琢磨了一番，恍然大悟地说："哦，我明白了！还是要多加提防才行，不怕一万，就怕万一，搞不好那些老家伙会私下和老总裁告状……"

"嗯，就是这个道理。"他顺水推舟地应着，心里想的却是，这小丫头有时候还真是很会"揣摩"老板的意思。

金钰点点头，脸上一副"保证完成任务"的严肃神情，过了几秒钟，似乎又想到了什么严峻的问题，抬起头来看向任之初。

他轻轻挑眉："想说什么？"

"想问个问题……"

"问吧。"

"他们总这样，你心里面……应该挺不好受的吧？"

任之初愣了一下，淡淡地反问："你是指什么？"

她轻轻咬了一下嘴唇，小声说："就是他们私下联系任老爷子。"

他不以为然道："还好吧，没觉得有什么值得难受的。"

"要是换成是我，我父亲帮着外人一起对付我……"她很是疼惜地望着他，柔声说，"我心里肯定会很难受。"

他沉默片刻，眸子里原本的温存也冷却下来。

"我从来不会奢望这些有的没的，当年茜茜病危，他都没回来看她一眼，这样的人，能指望他懂什么父子亲情？"

她这才明白为什么任之初每次提起任老爷子都不带什么感情，仿佛那并不是他的父亲，而是随便一个什么商场前辈。原来，早在任茜抱恨而终时，他就已经对任老爷子彻底失望了啊……

"唉……"金钰低低地叹息一声，也不知怎么安慰他才好。

就算他说得再怎么波澜不惊，可是金钰明白，这世上没有人不渴望自己的家庭充满爱与温暖。任之初不是神，他也会脆弱，只不过这么多年一个人扛过来，习惯了什么都不说。

他越是这样坚强，她就越是心疼不已。

没有人知道，金钰多想越过那道心墙，为他冰封已久的心灵注入鲜活的温存，让他明白有人正在这样热切地爱着他，而他，一直都是值得被爱的。

第五章

情深深几许

前阵子工作上的事情太多太乱，金钰已经半个月没回家看望母亲了。

周六清晨，她搭乘最早的一班大巴车，一路辗转着往城南赶去。

“妈，我回来了。”开门的一刻，饭菜的香味儿扑鼻而来。

“快进来收拾收拾吃饭，妈做了你爱吃的。”

金钰一边脱鞋进门，一边不住地瞟向小客厅的餐桌，馋得差点儿流口水。

此时刚刚上午九点钟，郑彩桥已经做好了那么一大桌子的菜，而且还有西红柿炖牛腩这种很耗时间的大菜。

金钰不由得问道：“今天没出早市啊？”

“出了，不到七点就回来了。”郑彩桥从厨房走出来，在围裙上擦了擦手，“这不是我女儿挺长时间没回来了，妈怎么也得做点儿好吃的给你。”

“谢谢妈……”

“傻孩子！这有啥好谢的。”

金钰进屋洗了手，在餐桌旁边坐下，望着眼前那几道合她胃口的菜肴，不由得眼眶发酸。

她忽而想起这几年，妈妈过得有多不容易。

自从父亲去世后，家里的经济来源就都靠妈妈一个人撑着，最困难的那段日子，母女俩卖掉了父亲留下来的大房子贴补家用。

金钰常年住在大学寝室，郑彩桥干脆在偏僻的城南租了这么一个狭窄而简陋的旧房子，每个月只要三百多块钱，不到二十平方米，别说浴室，就连卫生间都是一个走廊里好几户人家共用的。

金钰知道，如果不是母亲这样省吃俭用，她的大学费用根本供不下来，自然也就没有如今这份还算不错的工作。

她握住母亲的手，稍有些哽咽地说："妈，我现在赚的钱不少，虽然还买不起大房子，但是先换一个好点儿的地方租着，你看行吗？"

郑彩桥频频摇头，连珠炮似的说了一大串的理由："花这冤枉钱干啥？你不常回来，妈一个人住这儿还好，再说，这几年都习惯了，也不愿意挪动。而且你看，这里离农贸市场多近啊，天天去那上货可方便着呢。"

"可是……"金钰还想说什么，却被郑彩桥打断了。

"好了好了，这事儿不用你操心，你顾好自己，在外边儿别让妈担心就比什么都强。"她一边说着，一边往金钰碗里夹了一块鲜嫩的牛肉，"来，多吃点儿，看你都瘦了。"

金钰没有再多说什么，很听话地闷着头大口吃饭，然而心中早已百感交集。

她又不期然地想起任之初，想起他们之间天差地别的生活。

原来幸福与否真的与财富无关，哪怕他生在那样一个富庶的家庭里，可是缺少了人间烟火气，也就谈不上温暖。

相比起来，金钰觉得自己幸福得多。她家里虽然没什么钱，但好歹也没有真的饿过肚子。这间窄小的屋子里，装满了浓浓饭香，由菜肴中蒸腾而出的丝丝缕缕的雾汽，皆是母亲所给予她的爱与温情。

这才是家的感觉，而他没有。

有那么一瞬间，她忽然有种异常强烈的冲动——她真想给他一个像模像样的家，只可惜，他并不屑于得到她的给予。

说起来也巧，金钰心里正惦记着任之初，他的电话不偏不倚就在这时候打了过来。

打过招呼，他像蓄气似的沉默了两秒钟，而后才问："你今天下午有时间吗？"

一旁吃饭的郑彩桥不由得向女儿投来探寻的目光，金钰假装没看出妈妈的疑惑，硬着头皮回答任之初："应该有时间，怎么了，是有什么事情吗？"

他言简意赅地答道："想叫你出来，陪我去一个地方。"

"什么地方？"

他迟疑了片刻，回答说："电话里不太方便说，出来了再说吧。"

金钰犹豫了一瞬，还是应了下来："……好的，具体什么时间？我到哪里去找你呢？"

"我开车到你家楼下接你，下午两点钟。"

"好的，那就一会儿见。"

刚挂掉电话，金钰突然觉得哪里不对，赶忙又回拨过去。

"不好意思啊，我刚才忘了跟你说，今天早上我回自己家这边了，不是在公司附近那个出租房。"

"没关系，你把具体地址发给我吧，我导航过去就是了。"

金钰想起那样光鲜的他，又想起这栋红砖楼的破旧外貌，心里忽然涌起一种浓烈的自卑感。

她不想让他看到她的贫穷与尴尬。

“离得挺远的，还是不麻烦你这么远跑过来了，不然就约在公司附近？我可以坐大巴过去找你。”

他没有理会她的提议，不答反问：“是在糖坊街附近吗？”

“……不是。”金钰知道他指的是什么。坐落在糖坊街附近的，是她曾经的家，然而，早在五年之前，那个“家”就已经变成她的学费和生活费了。

任之初听出她语气不对，思索片刻，大概明白了她为什么执意不肯让他去她家。他不再为难她，约了个两人都熟悉的地点，便结束了通话。

金钰放下手机，开始琢磨怎么跟妈妈解释这通电话，以及她接下来的行程。

没等她想出个所以然来，郑彩桥就率先问道：“孩子，你跟妈说实话，是不是谈朋友了？”

“才不是！你别想多……”她急吼吼地否认，却忍不住抿着嘴角笑了一下。

她这才知道，原来喜欢一个人是这么奇妙的事情，有人误会他们是一对，她的心里就能甜得开出花来。

不过这种甜蜜只持续了很短暂的一瞬间，不出半分钟，那种身份悬殊带来的自卑感又铺天盖地向她袭来。

他们就像是生活在不同世界里的人，他是数一数二的精灵，而她不过是数以万计的小矮人中最不起眼的那一个。她甚至不敢让他到楼下接她，这是多悲哀的事情。

想到这些，金钰敛起眸子里的那点笑意，神色黯然地对郑彩桥说：“刚才是我老板来的电话，估计是临时有什么应酬，我这个当助理的要陪着加班。”

“哦，”郑彩桥难掩失落地说，“工作重要，等会儿收拾好了就早点儿过去，别让领导等着。”

金钰点点头：“我知道了，妈。”

这顿饭的后半程，母女两人都很少讲话，她们各怀心事，谁也不比谁轻松。

金钰明白，妈妈一直惦记着她找男朋友的事儿，她自己又何尝不是呢？只是，缘分这种东西，终究强求不来，她无论如何也不愿意随便找个人将就着过。

中午刚过，金钰穿着上周新买来的风衣出了门，要倒三趟公交车，去任之初约定的地点。

老旧的电车在敞阔的马路上晃荡而行，金钰望着窗外的景色怔忪出神，不由得感慨，秋天真是个很微妙的季节。

有时候，它将整座城市都渲染成丰硕的麦色，让人行走在寻常巷陌间，都能体会到收获时节的盈满与富足；有时候，它又摇身一变，成为“萧索”的代名词，凉风瑟瑟而过，细雨淅淅沥沥，令人忍不住心生喟叹。

在这个时节，人情冷暖似乎全凭心情。那么，金钰此刻的心情呢？她想，应该是喜忧参半，冷暖交错的。

昨天金钰还和任之初相处了整整一天，不过今天一上午没见面，她又觉得自己很思念他，几乎满脑子被他的音容笑貌塞满。她想赶快见到他，哪怕只是看他几眼，听他随便说几句话都好。

如果没记错的话，这应该是任之初第一次在周末主动约她出来。金钰心里满满都是期待，可也有点儿莫名的茫然。

她不知道任之初会带她去哪儿，甚至都不知道是公事还是私事。

她曾在书上看过一句话，先动情的人总是被动的，现在她才明白这话原来是真的。她单恋着任之初，便总觉得在他面前没什么发言权，连问问接下来的安排都不敢。她只能随着他的脚步往前走，他让她停在什么地方，她就多一步也不能往前迈。

金钰就这么一路胡思乱想着，直到公交车停在他们约好的那一站。

她蹦下车，看到任之初已经在公交站的长凳上坐着等她。看到他的一瞬间，金钰觉得再多迂回的心思都不见了，只剩下单纯而直白的雀跃。

她笑着走到任之初的身边，在他面前站定，柔声问道："等久了吧？"

"还好，我也刚到。"说着，他从长凳上站起身来，对着金钰笑了笑。

他的笑容简直叫她神魂颠倒，金钰很怕自己如鼓的心跳被他听见，连忙环顾四周，故意岔开话题问他："那个，你的车停在什么地方了？"

"今天没开车，我也是坐公交过来的。"

"哦，"她心不在焉地应着，"现在出发吧？"

他莫名其妙地瞧了她一眼，不答反问："……车还没来，怎么出发？"

"哦……"金钰彻底不说话了。

两人无言地在车站傻等了将近二十分钟，好不容易才等来他们要搭乘的公交车。

直到刷卡上车以后，金钰才傻傻地反应过来——她居然到现在都还不知道这是要去哪儿！等会儿任之初把她卖到什么山沟沟里，她就只有傻乎乎帮他数钱的分儿了。

虽然……她也知道，德鲁集团的堂堂一把手，还不至于做出这么 low 的事儿。

“我……我们现在是要去哪儿？”

他站在她身侧，还是没有正面回答，甚至也没看她一眼：“等会儿到了不就知道了吗。”

金钰故意开玩笑说：“万一你把我拐卖了怎么办！”

“我难道不知道拐卖点儿值钱的？”他忍俊不禁地揶揄，“再说，就算我真想把你卖了，你现在喊‘救命’也还来得及吧？”

金钰知道自己说不过他，索性瘪着嘴巴不说话了。

她信誓旦旦地想：只要是跟着喜欢的人走，那就生死由命，她什么都不怕。

公交车从城市中心往郊区驶去，没多一会儿，路面便从平整的柏油路变成了坑坑洼洼的泥土路。

金钰在沽川生活了这么多年都极少来到这样的地方，她不由得讶然看向任之初，低声问：“这是要……去乡下？”

任之初似乎沉浸在什么心事里，正在走神，没有听清她说什么。

没等金钰继续追问，公交就抵达了单程终点站。

金钰被眼前大片大片的泥土地吓得傻了眼，结结巴巴地问任之初：“这……这荒郊野岭的，我们来做什么？”

他抬手指了指旁边一条蜿蜒的小路，回答她说：“从这儿往前走，拐过前面两道弯，就能看到我们要去的公墓了。”

“公墓？”金钰忽然觉得整件事情都变得肃穆起来，下意识地压低了声音问道，“我们是去看任茜吗？”

“嗯，走吧。”话音落下，他抿紧了薄削的嘴唇，大步流星地往前走去。

有那么一瞬间，金钰望着他挺拔却疲惫的背影，忽然觉得心脏一阵深重的揪痛。这样倔强艰辛的他，真的让她很心疼，很心疼……

任茜沉睡的地方，在整座墓园的最角落里，四周空空荡荡的，看起来很僻静也很寂寥。

金钰站在任之初的斜后方，静静地听他对着墓碑讲话。

“茜茜，对不起，过了这么久才回来看你……”

金钰听得出来，任之初的声音已经有些哽咽。她忽而想起，自己也有段日子没去看过父亲了，不由得也跟着伤感起来。

“你别太难过了，她……应该是最理解你的人，不会怪你的。”金钰笨拙地安慰着任之初。

虽然她知道即使她再怎么劝他，也不会有什么作用，可不管怎么说，她做不到就这么眼睁睁地看着他自己跟自己较劲。

“我没事，只是想起之前的事情，心里一直觉得愧疚，不敢回来看她。”他深深呼吸，仿佛不这样做就没办法平静下来，“越是这样，我就越觉得亏欠她很多……”

金钰不明白：“为什么会觉得愧疚？”

“我没能完成她最后的心愿，我这个当哥哥的，让茜茜失望了。”他痛苦地闭上眼睛，似乎是回忆起她临终时遗憾却宽容的样子。

“可是，那并不能怪你啊，要怪也该怪……”金钰自觉地噤了声，没敢继续说下去。

不管怎么说，任老爷子毕竟是任之初和任茜的亲生父亲。就算金钰心里再怎么替这兄妹二人不平，指责的话也轮不到她一个外人来说。

任之初苦笑着摇摇头，低声说："怪谁都没有用，很多事情，一旦错过了就真的没办法再去弥补。"

金钰心头梗着千言万语，却不知说哪一句才能让他好过一点。

她有些懊恼地轻咬着下唇，索性一言不发。

视线落在任茜的黑白照片上，她看到女孩子青春而明朗的笑脸。茜茜长得很招人喜爱，脸颊上有浅浅的梨涡，眉眼和任之初很像，仿佛是从一个模子里刻出来的。

这样如花似玉的女孩子，早早便离开了人世，这种痛苦，落在谁身上恐怕都会烙成心里永久的伤疤。

金钰不忍再盯着照片打量，不动声色地移开视线，若有所思地望着脚下的大理石地面。

她没有看向任之初，却知道他默默往前走了几步。他一下一下地抚摸着照片上任茜的脸，动作温柔得不成样子。

如果说任之初也有温柔的一面，那么，现在一定是他最为温柔的时刻。

过了良久，他从渺远的思绪里回过神来，转身看向金钰说："不早了，走吧。"

她轻轻地点头，跟在他身后往墓园正门走去。

由于来时等车耽误了一点儿时间，他们离开墓园时已经临近傍晚。

秋意渐浓，白昼的时间一天比一天缩短。不过是五点多钟，太阳已经落到了斜斜的角度，阳光不再如晌午那般刺眼，转而变成柔和的橘红色。

暖色斜阳轻轻浅浅地落在路旁的树木上，也落在任之初英俊的眉眼上。

金钰偷瞄他的侧脸，说不出有多想好好珍惜这个男人。

她忽然意识到，任之初这么骄傲的人，竟然愿意让她看到他最柔软的一面，这是不是意味着对他而言，她或多或少是特别的呢？

不知怎的，她脑子一热，竟主动抱住了他。

她时刻记得他说过，不准她爱上他，就连拥抱时也没敢忘记这一点。

不是恋人之间亲昵相拥的姿态，她小心翼翼地抱着他，假装自己只是为了体现朋友之间的友情。

任之初没想到她会突然抱住他，身子不由得僵了一下。隔了几秒钟，他回过神来，抬起修长双臂，无言地回应着她的拥抱，任凭属于金钰的清甜气息盈满鼻间……

对于工作党而言，金秋十月的小长假简直是上天派来拯救他们的小天使。

放假前一周，任之初问金钰是否有空和他一起出去徒步，金钰愣愣地摇着头，悔得肠子都要打结了！

天知道她有多想和他一起出门，只可惜，乔幸早在两个月前就已经预定了金钰的十一档期……

出发那天清晨，阳光好得不得了，然而金钰的脸却黑得不像样子。

乔老板不明所以，一头雾水地问道："我说芋头，我招你惹你还是欠你八百吊钱啊？"

金钰没好气地瞥她一眼，闷声说："就为了你，我连我老板安排的'工作'都给耽误了！"

乔幸饶有兴致地侧过头，瞧着金钰脸色那微妙的小表情，半晌都没开口，一直到她被她盯得头皮发麻。

“你……你盯着我看什么呢？”

“看你耽误的是个什么‘工作’！”乔老板刻意把最后两个字念得有板有眼，笑得一脸狡黠。

金钰心虚地扭头不看她，说道：“你别想那些个有的没的，就是我老板交代给我的工作，还能有什么！”

“哦……”乔幸意味深长地点点头，又说，“就是上次被你‘么么哒’的老板吧？”

金钰被她说了个正着，不由得恼羞成怒，不轻不重地推她一下，嚷道：“喂！你还是不是我好朋友了……”

“是是是，当然是好朋友了。”乔幸一叠声地哄她，“要不是看在咱俩多年交情的份儿上，我哪有这个闲工夫来操心你的人生大事？”

听她这么说，金钰才勉强放过她。两人像从前在大学里散步一样，互相挽着臂弯，一同往大巴车站前行。

刚坐上车，乔幸又忍不住好奇地凑了过来。

“芋头，给我讲讲呗，你们俩现在是什么阶段？”

“什么什么阶段？我倒盼着有什么阶段呢，可惜，他只不过是我的老板，仅、此、而、已。”

假如问这话的是别人，金钰可能还会故作淡定地回答说——任总是个很不错的老板。然而在乔幸面前，她就装不出且也没必要装淡定了。

反正她那点儿小心思，无论如何都会被精明的乔老板一眼看破。

乔幸瞧着她那一副欲罢不能的苦哈哈的表情，便知道这是大实话。但她还是不依不饶地追问：“牵过手吗？”

“……呃？”金钰认真地回忆了一下，不确定地回答说，“好像牵过……吧……”

“哟，那怎么可能是单纯的上下级！”

“乔老板你听我解释！那真的只是公司团队活动上不得已的行为，才不是你想的那样！”

乔幸点点头，看似接受了她的解释，但随即又问：“那……拥抱过吗？”

“……”这回金钰无言以对了，因为那天从墓园出来的拥抱，确实是无法抵赖、如假包换的拥抱。

见她没说话，乔幸又得寸进尺：“那……kiss过吗？”

金钰蓦地扭头瞪了她一眼，咬牙切齿道：“没——有！”

“那你脸红什么啊？”

“我……我热得脸红不行啊！”

“你看看你看看，”乔幸笑着揶揄道，“情窦初开的少女呀，脾气就是大，我还没说什么呢，你这就要跟我翻脸了。”

金钰白她一眼，彻底放弃了挣扎：“我懒得跟你说。”

一路无话，她们一个望着窗外，一个盯着车厢过道，都怀揣着自己的小心事。

金钰只知道乔幸在大三结束的时候和前男友分手了，后来就一直单身。她不晓得乔老板现在心里有没有喜欢的人，偶尔想八卦一下，又怕被她反过来追问任之初的事儿，于是只好憋回去那点儿好奇心，对感情上的事绝口不提。

大巴车晃晃悠悠地开往城北的郊区，金钰前阵子工作有些辛苦，今天又起得很早，不知不觉就靠着车窗睡着了。

她做了个很甜很美的梦，梦到任之初对她说：“金钰，我挺喜欢你的，你愿意跟我在一起试试吗？”

即便在梦中，她也记得他给她划的那条“不能爱上”分界线。她多希望自己是个有骨气的人，可以冷着眸子反问他：“你不是叫我不要爱上你吗？对不起，我不喜欢你。”

可惜，她金钰就是个怂人，在梦里也不例外。她几乎一秒钟都没犹豫，立刻把头点得像小鸡啄米，忙不迭地对任之初说：“我愿意我愿意！我太愿意了！”

任之初对她微笑，那笑容简直迷死人不偿命。他缓缓地低头凑近她，然后……呃，用他坚硬的脑壳猛地磕了一下她的额头。

“你撞我干吗？！”金钰一嗓子把自己从梦里面喊醒了，迷迷茫茫地环顾四周，才发现原来自己还在大巴上。她的额角确实挺疼的，只不过不是任之初撞的，而是她自己睡得迷迷瞪瞪，磕在了旁边的钢化玻璃上。

乔幸以一种看神经病的眼神睨了金钰一眼，然后满脸严肃地扭过头去装不认识她。金钰自己也觉得有点儿丢人，揉了揉惺忪睡眼，假装刚才什么都没发生。

大约过了一刻钟，大巴抵达此行的终点，两人提着大包小包下了车。

“乔老板，你知道怎么走吗？”

乔幸望着眼前的小村庄，一时也有点儿懵：“我也没来过，等我查查地图。”

她打开手机导航，在“到这里去”的框框里输入提前预定的农家乐的名字，然后，很荣幸地被告知：您输入的地点不存在，请重新核实。

金钰凑过去瞄了一眼乔幸的手机屏幕，无语地问：“……这是个什么情况，为什么整个村子都是空白的？”

“呃，大概，就是……”乔幸忍不住扶额，“这个犄角旮旯还没被收进卫星定位图里。”

金钰没了主意：“那现在怎么办？”

乔老板大手一挥，当机立断：“走，挨家挨户地去找，就不信找不到！”

十点多钟，秋日的阳光已经变得明媚灼人。

金钰跟在乔幸后面乖乖地走了差不多一个小时，只觉得太阳快要把她们两个蒸熟了。她看到乔幸的脖子上也挂着细密的汗珠，便也不忍心责怪她没有事先做好功课。

路过一家茶馆时，金钰叫住乔幸，问道：“不然先进去坐会儿，歇一下再继续走？”

“也行，这村子太大了，一时半会儿估计也找不到咱们要去的那家。”

两人达成了共识，便一前一后地进了那家小茶馆。

落座后，乔幸点了一杯高山绿茶，金钰犹豫了一下，向老板问道：“您这儿有没有大红袍？”

“有啊！”老板一听“大红袍”三个字，眼睛都快放出光来了。

金钰看这架势就知道，这种茶肯定不便宜。

她索性懒得问价钱，直接说：“那我要大红袍。”

“好嘞，两位稍等，马上就给您准备！”老板说完就喜滋滋地备茶去了。

乔幸眯着眼睛打量金钰，探寻地问：“你老板喝这个茶？”

“咳咳……”金钰被她说了个正着，惊得自己把自己给呛住了，咳了半天才说，“你……你什么时候改行当算命的了？！”

乔幸不以为然地耸耸肩，说了句大实话：“以前你连红茶绿茶都分不清，哪知道什么大红袍？”

金钰没话可说，低头从斜挎包里翻出来两张面巾纸，默默地递了一张给对面的乔幸。

她不是不懂事的人，自然知道乔幸只是嘴巴上不饶人，其实心里总是为了她好。

乔幸跟她同寝室四年，知道她家里条件不是很好，每次一起出去玩儿都会有意识地安排便宜又相对不错的地方。虽然她总是装作“本来就应该这样安排”，可金钰心里清楚，乔幸家境不差，她这样安排不过是为了照顾她。

隔了一会儿，老板端着茶盘上来，按照一套金钰看不懂的很讲究的工序给她们斟好了茶。

茶叶的袅袅清香萦绕在她们之间，金钰走神地盯着面前的水雾看了半晌，而后缓缓开口，问乔幸：“你说，我和他根本就不是一个世界的人，他叫我不要爱上他，也是有道理的，对吧？”

金钰会主动提起感情的事，乔幸其实一点儿也不觉得意外。

早在她们还在大学读书时，整个寝室里能说知心话的也就只有她们两个。如今毕业各自工作，虽然平时忙碌起来联系不多，但姐妹之间的感情到底还是在的。

她拧着眉头思考片刻，淡淡地问金钰：“不要爱上他，这话是他亲口跟你说的？”

金钰点点头，眼眸里的失落很难掩盖过去。

乔幸沉默了一阵子，再开口时，语气就多了几分严肃，听起来不似之前八卦时那么戏谑了。

“芋头，我觉得你还是慎重一点儿。”她像个知心姐姐一样，语重心长地对金钰说，“如果他很优秀，你喜欢他我可以理解。不过有时候感情不是只有喜欢就够了的，都说‘相爱容易相处难’，我觉得他可能也明白这个道理，所以才在一开始就禁止你们互相靠近。”

金钰抿了一口醇香的大红袍，轻不可闻地叹了口气，幽幽地说：“道理我当然都明白，可是……喜欢一个人不就是由不得自己吗？”

没等乔幸开口，她又自顾自地说：“我也不想眼睁睁看着自己陷进去，可我就是管不住自己的心。乔幸，你知道吗？他就是我之前跟你说的，五年前我在‘树洞’里遇见的男人。就是他的一句话，让我坚持着从最难的日子走过来……”

说起这些，金钰觉得鼻尖一阵酸楚。

在茫茫人海中苦苦寻找一个人，蓦然回首，发现那人恰恰就在灯火阑珊处。那究竟是怎样一种感动？如今她终于有所体会。

然而，偏是这样一个令她魂牵梦绕了好几年的男人，从一开始就在彼此之间筑起一道无法逾越的高墙，生生将“爱而不得”的痛苦抛给她，甚至由不得她拒绝。这又是怎样一种心酸？如今，她终于尝透了个中滋味。

她仰起头，假装在望天花板上粗陋的木雕，只等着即将夺眶而出的眼泪被地心引力拽回到肚子里，不让它们和脆弱一起决堤。

乔幸很少见到金钰这个样子。在她的印象里，金钰几乎就是“乐天派”的代名词。生活给了她多少磨难，她就还给生活多少坚强。

她从没看过金钰哭鼻子，更别说现在这种样子，明明心里难过得要死，但就是强忍着不肯落一滴眼泪。

面对这样的金钰，乔幸有些不知所措，只觉得安慰也不是，不安慰也不是。

末了，还是金钰率先打破了这个窘境：“我没事儿，不过就是一时犯傻了而已，过几天我就清醒过来了，你别担心。”

乔幸叹了口气，说道：“别人不了解你，我难道还不了解你吗？你这人啊，看起来没心没肺的，其实心里比谁都重情重义，而且逮住牛角尖就往死了钻，撞了南墙都不带回头看一眼的。感觉你老板就是上天派来考验你的一道坎儿，说真的，我都替你着急……”

“好了好了，”金钰抬手揉了揉眼睛，把最后一丝委屈也憋了回去，扯出一个大大的笑容对乔幸说，“难得咱姐妹俩出来玩儿，不说这些不开心的事儿了！”

乔幸想了一下，抿着笑意对她说：“那我有个小建议，不晓得你肯不肯听。”

“……你又想干吗？”根据以往经验，金钰判断乔老板肚子里又憋了什么坏水。

“你把手机关了吧，让他这几天找不着你，看看他会不会着急。”乔幸觉得自己简直聪明极了，“要是小长假结束收到他一大堆短信，那他之前说的屁话你基本就可以忽略不计了。要是他对你不闻不问，你趁早死心，怎么样？”

金钰想了想，觉得就目前的情况来看，这是最好的办法。她很需要这么一个机会，逼自己放弃或者继续坚持。

“好吧，那就按你说的来。”她当机立断，掏出手机按下了关机键。

屏幕黑掉之前的最后一瞬，她恍惚觉得有一条新消息提醒出现在屏幕上……

她举着黑漆漆的手机对乔幸说：“乔老板，我好像看到有短信，能开机看一眼不？”

“不行！我说芋头，你能不能有点儿出息！怎么就一秒钟也放不下？”她没好气地斜睨了金钰一眼，“地球离了你又不会停止自转，你怕什么啊？”

“哦。”她表面应了一声，心里还是不死心，手指就放在开关键上，随时准备着开机。

乔幸实在看不下去了，索性探过半个身子把她的手机抢了过去。

“这几天，你的手机交给我保管！我就不信能出什么岔子。”她理直气壮地说，“如果他是因为公事才找你的，那么，你已经放假了，完全有理由视若无睹；如果是私事，那就是好事儿，等咱们休假结束你再好好跟他探讨探讨。总之，就这么决定了！”

第六章

亲爱的人

一个人如果心里藏满了心事，就很难完全放松地去感受周围的一切。

几天长假倏忽过去，告别小村庄的时候，乔幸感慨的是：“虽然这儿看着破破烂烂的，可是那种安静的感觉真叫人舍不得走。”

而金钰感慨的却是：“乔老板，手机能还给我了吗？”

“给你给你，重色轻友的家伙，快回去搂着你的宝贝手机过日子去吧。”

拿回手机的一刻，金钰毫不犹豫地按下了开机键。

她从来不知道，等待开机居然是这么煎熬的一件事情，每一秒钟都像是被放慢成一个世纪那么久。

屏幕亮了，白晃晃的一片。照理说，接下来应该出现运营商的 logo，然后就是她熟悉的屏保界面。

然而……究竟发生了什么？为什么她的手机一直卡在白晃晃的阶段？！

她一脸兴师问罪的表情，看着乔幸说：“老实交待，你把我的手机怎么了，嗯？”

“没怎么啊……”乔幸心里也正纳闷儿，“我就把它和我的手机放在一起了，也没磕了碰了啊！喏，你看，我的手机都好好的，什么毛病也没有呀。”

金钰气吼吼地朝她咆哮："那一定就是你的手机克我的手机！"

乔幸差点儿开玩笑地说"什么鬼啊，你那破手机有什么值得克的"，好在话没出口她就看出来金钰的脸色不大对……

这丫头是真要翻脸的节奏，她可不敢在这个节骨眼上惹她。于是，她立刻识趣地换上一副巴结讨好的嘴脸，将自己的手机递到了金钰面前。

"要不然……你先用我的给他打个电话？"

金钰几乎要爹毛了："我要是记得住他的手机号码，还用得着你说？！"

本来她们约好了回程的时候去周记甜品大吃一顿，可是现在，乔幸看出金钰是真的着急了，咬咬牙决定暂时放弃那顿大餐，连声安抚她道："别急别急，咱们这就往回赶，到了市区再想办法！今儿先不去甜品店了……"

金钰闷声闷气地点了点头，一路风风火火地赶回了市区。

她被那个不争气的手机急得不行，连出租房都没回，直接背着笨重的行李就去了离家不远的手机维修站。

"师傅，我手机坏了，一直这样开不了机，能修吗？"

这边金钰心里火急火燎的，那边维修手机的小哥却坐在柜台后面特别淡定地玩儿着他的二手 psp。他不紧不慢地打完炫酷拽的大 boss，然后才抬起头瞥了一眼金钰的手机。

"能修，五十块钱。"

乔幸在一旁插嘴："哪能这么贵？"

维修小哥一脸无所谓地说："嫌贵你给她修啊！"

乔老板最看不得这种没什么大本事还拽得二五八万似的男人，回话时声调立刻高了八度："你这人怎么说话呢啊？！会不会做生意？！”

金钰赶紧把乔幸扯到一边，忧急又讨好地对维修小哥说：“你别介意，五十块钱没问题，麻烦尽快帮我修一下吧，拜托你了！”

小哥看了她一眼，蹬鼻子上脸，幽幽地说：“加急要一百块。”

金钰一秒都没犹豫，立刻点头说：“行！赶紧修吧！”

“先付款。”

金钰马上掏钱。

“去那边坐着等一下。”

金钰瞬间扭头就去那边的长凳上坐着，还顺带着把乔幸也拽了过去。

维修小哥折腾够了，这才觉得满意。他拿起金钰那个亮了一路的破手机，左右掂量了一下，思考了大概有那么三秒钟的时间，然后毫不留情地拆下手机后盖，把电池抠了出来……

金钰看着他的动作，隐隐觉得哪里不太对。她扭头和乔幸对视了一眼，果然从乔老板的眼神里看出来“你这个傻缺”的意思。

她赶紧回头再去看那维修小哥，只见他把电池又装了回去，按住开机键，然后手机就正常开机了，再然后……就没有然后了。

“呃……”一百块钱就这样白给出去了，她一时真有点儿回不过神来，“这样就好了？”

小哥把手机还给她，挑着眉毛反问：“不然你还想怎样？”

她愣头愣脑地看了一眼恢复如常的手机，忍不住在心里数落它是养不熟的小白眼狼。这货一定是维修小哥派来的特工吧？专门吃里爬外，帮她赔钱、帮他赚钱。

金钰几乎要认栽了，可是一直坐在旁边没说话的乔老板不乐意了，站起身来冲到维修小哥面前，直冲他嚷嚷。

“退钱吧，不然我告你欺诈！”

那人仍然一副无所谓的样子，扭头又捡起来桌子上的 PSP 继续和 boss 对战，心不在焉地说：“哦，那你就去告吧。”

“你——”乔幸火大得想挠人。

可就在这时，金钰忽然乐出了声，像个傻缺一样摇了摇乔幸的胳膊，难掩愉悦地说：“别计较这些了，这钱花得值，再多给他五十块钱我都高兴！”

乔幸像看神经病一样睨了她一眼：“说什么傻话呢？”

“你看这个，看呀！”金钰像炫耀什么宝贝似的，把手机在她面前晃了晃。

待到看清究竟，乔幸瞬间额头三道黑线。

“我说芋头，你还可以更有出息一点！”她怒其不争地叹了口气，“不就是你们家任大总裁发过来那么三五条小短信吗？你至于连银子都不要了吗……”

“至于至于！别乱说，现在还不是我们家的！银子算什么啊，他可从来没主动给我发过这么多短信……”很显然，金钰已经心跳加速，头脑发热，讲话完全丧失基本的逻辑了。

“……坠入爱河的女人啊，果然脑子不大正常。”乔幸索性懒得管她了，“反正我也无力回天了，咱们走吧！”

金钰根本没听她在说什么，“嗯嗯嗯”地应了几声，就被乔幸拽着胳膊拖出手机维修站了。

乔幸不是什么好脾气的人，临出门还不忘回头瞪一眼那个维修小哥，话里有话地讥讽道：“我真是多一秒都不想再待在这里，看到有些没素质的人就觉得堵心！”

“不生气不生气，给你顺毛……”金钰头不抬眼不睁地随口安慰她一句，视线压根就没有离开过手机上那几条未读信息。

任之初发来的那些信息，加起来也凑不够一百个字。

“打你电话怎么没开机？”

“这两天怎么音讯全无了，是家里出了什么事吗？”

“金钰，看到短信给我回个电话吧。”

“你这边到底什么情况？已经连续四天没开手机了，你还好吗？”

“开机立刻给我电话，别让我担心！”

只言片语，拼凑出来的全都是他未曾表露过的关心。金钰像个情窦初开的青涩少女，恨不能把这些短信一字不漏地抄下来，甚至反复抄上好几遍。

打电话给任之初的时候，她的唇边一直挂着浅淡而幸福的笑容，目光随意落在周围的街道上，竟觉得秋季的斑驳树影充满了陶醉的美感。

都说心态决定一切，还真的是这样。

等待电话接通的十几秒钟，她的心情好得像是有蜜糖融在了心田，竟然不顾路人的侧目，跟着任之初的彩铃轻声哼唱起来。

“Knowing me knowing you/ There is nothing we can do/ Knowing me knowing you/ We just have to face it.”

电话接通的一刻，她刚好在唱那句“It’s the best I can do”，忽然就觉得一切都是天意——热烈而不计后果地爱着他，这就是她所能做到的，最好的事情。

“喂？任之初……”她轻轻地唤他的名字，声音温柔得像是要滴出水来。

然而，电话那端的任之初却语气不善，俨然是来兴师问罪的。

“你看到我短信了吗？这几天怎么回事？为什么一直不开手机？”他一叠声地问着，几乎要把金钰给问懵了。

“对不起，我……”她也不知道为什么要向他道歉，可是她本能地觉得自己做错了事情，弱弱地举着电话不敢回答，脸上的笑容也消失得无影无踪。

隔着电话，任之初轻轻地叹息了一声，语气随之缓和了不少：“我没有要怪你的意思，就是担心出什么事儿了，有点儿……担心你。”

说最后这三个字的时候，他的声音低得几乎听不到，仿佛那是什么难以开口的心事，不该被她听见。可金钰的耳朵敏锐得像猫一样，她还是将他试图掩藏的在乎和懊恼听了个一清二楚。

刚才还战战兢兢的她，瞬间就因为他的小小心思而变得心情大好。也不知从哪儿得来的勇气，金钰忽然决定再无伤大雅地骗他一下……

眼眸里还带着笑意，可她却故意装模作样地叹息了一声，细声细气地说：“其实我……遇到了麻烦，差一点儿就出大事儿了。”

不出她意料，任之初果然紧张地追问：“你现在人在哪儿？”

“我在公司附近的星巴克，避难……”

“好，我知道了。”他不容回绝地说，“你就在那儿等着，别乱走，我这就赶过来。”

她继续用那种柔柔弱弱的语调对他说：“嗯，好，那我在这儿等你……”

任之初没再多说，干脆利落地收了线。

金钰被心头的甜蜜冲昏了头脑，站在大街上，忍不住就笑得一脸明媚。可她忘了，谎话不能乱说，既然敢说，就得随时做好被人拆穿的准备。

她喜滋滋地往刚才提及的那家星巴克走着，刚走了不到两百米，就听到路旁传来一声极其刺耳的刹车声，仿佛借此来向世界宣告——开车的男人此刻心情万分不美丽！

发生了什么？她管不住一颗好奇的心，下意识地扭头围观，结果，就悲催了。

熟悉的宾利轿车，缓缓摇下的副驾车窗，熟悉的任之初的冰山俊脸，缓缓从他口中说出的那句：你给我过来。

种种迹象表明——她这回算是彻底玩儿大发了。

“咳咳，”她尴尬地咳嗽两声，吓得连他名字都不敢叫，直接搬出了官方称呼，“任总，您怎么在这儿……”

他冷冷地睨了她一眼，只说两个字：“上车。”

这是怎么回事儿呢？他明明是抬头看她的，可金钰就是有种强烈的错觉，仿佛他正在居高临下地审视某个摊上大事儿的小丫头。

逃跑的冲动一瞬间兜头兜脑地涌向金钰，她一边暗骂自己真没出息，一边硬着头皮，磨磨蹭蹭地走到轿车旁边，打开后门坐在了离任之初最远的位置。

他没开车，用目光示意她坐到副驾的位置。

金钰脸上赔着笑，故意装傻，死活就是不肯过去。

“我不想跟自己助理说几句话还需要用吼的。”他连头都懒得回，直接透过后视镜与金钰对视，“当然，如果你觉得你不再是我助理，现在就可以下车走人。”

她实在没有这个胆子拿工作开玩笑，于是二话不说，乖乖地奔向副驾驶的位置。

他一脚油门踩到底，轿车就像离弦的箭，瞬间蹿出去不知道多远。

金钰一时没有心理准备，被安全带勒得胸口生疼。她倒抽一口冷气，然后就听到任之初不带感情地说："告诉我，你哪儿来的胆子耍我，嗯？"

于是，她心里一哆嗦，下意识地又倒抽了一口冷气。

"对不起，我只是……"

她该怎么解释？根本就没法解释啊！总不能直接跟他说：其实我只是觉得你挺在乎我的，所以故意逗逗你，想看看你为我着急的样子，顺带着确认一下自己的心意，看要不要继续坚持爱你到永远……

任之初是多么傲娇的一个人？他要是听到她的内心独白，别说什么在乎不在乎了，直接让她卷铺盖滚出德鲁集团也是极有可能的。

"好了，不用说了。"他眉头一拧，冷声说，"这么看来，你那几天过得应该挺逍遥的。"

"……"被说中了事实的金钰，除了无言以对，实在没有更妙的选择。

"我只说一次，金钰，你听好并且牢牢记住——"他的目光一直停留在前方，语气冷冰冰的，不带任何感情，就像是在和路口的红绿灯说话，"不要试图考验我，不管你想得到的答案是什么，你都会失望。"

金钰半晌没说话，几根纤细的手指紧紧揪住自己衣襟的下摆，目光茫然又无措。

良久，她声音低低地说："我知道了。"

她一直低着头，自然错过了很多细节，比如——将那样绝情的话语说出口时，任之初的双手紧紧地攥着方向盘，手背的青筋都隐隐可见。当他听到她那可怜兮兮却又不敢反抗的回答时，手上的力度又加重了几分，像是恨不得把方向盘捏成齑粉。

一路无话，任之初将金钰送回到她的出租屋，一刻也没停留，踩着油门绝尘而去。

金钰倒在自己的单人床上，把脸埋在绵软的被子里，心中五味杂陈。

这个十一长假，过得真是比上班还辛苦。回想起这几天她所经历过的心情起落，金钰真觉得，爱一个人是很麻烦、很苦恼的事。

她怕他不在意她，想尽了办法去确认。然而当她真的感受到他的在意，却又得寸进尺地激怒了他。经她这么没脑子地一闹腾，就算之前任之初的心里确实对她有那么一点点的喜欢，恐怕也已经被她的小把戏磨没，变得所剩无几了。

头脑昏昏地洗漱完毕，金钰仿佛已经用尽了所有的力气。陷入这种无望的感情，真的让她觉得很辛苦，很疲倦。

她不知自己什么时候睡着的，只知道在梦里，她又看到任之初对她温柔地微笑，问她愿不愿意和他在一起很久很久。

夜色微醺，不管昨日是哭是笑，新的黎明总会如期而至。

金钰早早赶到集团，却站在总裁室的门外犹豫半晌没敢敲门进去，最后还是来汇报工作的副总裁上前敲门，她像做贼一样悄悄从门缝里溜进去的。

任之初和副总裁谈完事情，公事公办地对金钰说："把刚才我提到的内容梳理成文档，九点半之前发给我。"

金钰的心仿佛被他语气中的疏离淡漠狠狠戳中，她乖巧地忙着工作，不敢抬头看他，更不敢面对他冷漠的眼神。

她恍然有种悲伤的预感，也许从此以后，她都没办法再和这个男人靠近了……

感情虽然难以如愿，但好在任之初没有在工作方面为难她。金钰努力在他身边扮演着恪尽职守的助理角色，总算是相安无事地度过了这漫长而混乱的一年。

寒冬瑟瑟，春节来临，年味儿笼罩在沽川市，为每家每户平添一份暖意。

除夕那天下午，金钰在家陪妈妈过年。

母女二人将包好的饺子下到锅里，围着炉台闲话家常。室外不知是谁家的孩子在燃放爆竹，那声响像是要把过往一年年所有的烦恼都炸到九霄云外。

金钰捂着耳朵和妈妈大声聊天，等到鞭炮声停下来，她才忽然发现围裙兜里的手机在响。

竟然……是任之初？！看到来电显示的一瞬间，她整颗心都不可抑制地躁动起来。

“喂？任总……”

“在忙什么？”

“在和妈妈一起煮饺子。”其实这句话还没说完她就后悔了。

任之初家里的情况，金钰不是不了解。

她忽然就觉得很心疼，心疼电话那端的他，哪怕最近一段时间，他一直都对她横眉冷对。

之前一段时间，他们很少说工作以外的事，金钰几次以为自己可以慢慢放下他了，然而现在她才知道，那种挣扎不过是徒劳。

当节日的喜悦笼罩在这座城市，她终于清楚地意识到，原来一旦触及内心，她还是放不下他。

这世界越是热闹，无人疼惜的任之初就越会觉得孤单，他一定不喜欢在这样喧嚷的年味里品尝失去爱与亲人的寂寥，这些金钰都懂，所以她没办法狠下心来和他公事公办。

如果可以，她甚至想叫他过来这边一起过年。

“……”任之初在电话里沉默了好一阵子，最后低低地说，“好好过年，代我给长辈问个好。”

有一瞬间，金钰冲动地想把手机递给郑彩桥，让她和任之初说几句话，可是还没来得及这样做，电话就被他挂断了。

郑彩桥见她心事重重，担心地问道：“怎么了？”

“妈，我明天能不能……”她欲言又止，半晌才鼓起勇气说，“我想出去见一个人。”

“行，去吧。”郑彩桥一点儿都没觉得奇怪，和蔼地问她，“还是上次那个小伙子？”

金钰不想再瞒她，索性如实交代了：“嗯，就是我老板任之初。我喜欢他好长时间了，可他不喜欢我……”

郑彩桥叹了口气：“傻孩子。”

“是挺傻的，明知道他不喜欢我，一时半会儿也放不下。”她轻声细语地和妈妈说着心里话，“他家里没什么人疼他，过年这阵子别人家里都热热闹闹的，他却找不到家的感觉，我就在想，在这种时候，他可能会需要我吧……”

“那就带他过来咱家吧。”

金钰闻言又惊又喜，眸光亮亮地看着妈妈，难以置信地问：“真的可以吗？！”

郑彩桥点点头，随即又说："就怕人家嫌弃咱家寒酸。"

"那我问问他吧。"不管能不能成，金钰心里都是高兴的，就如同一直以来，不论他是否愿意接受她的感情，只要她能给得出来，那就是好的。

金钰给任之初打电话的时候，他正在集团的办公室里坐着发呆。

正值春节假期，德鲁大厦里除了保安就只有他一个人在办公。杯中的茶水已经见了底，他懒得动弹，就这么任由自己渴着。

他不期然地想起往常，金钰总是跟在他身边忙前忙后，当时并不觉得这种自然而然的陪伴有多可贵，如今在脑海中仔细回味，才发现他已经不知不觉地习惯了她的存在。虽然她能做的不过是一些琐碎的事情，比如端个茶倒个水，或者整理个数据报告。

任之初没想到金钰会回电话给他，他以为，她一定正在享受和母亲围炉夜话的幸福，而温情这种奢侈的东西，真的太不适合他。

他似乎从来就没有那种好运，能够得到平凡而暖心的温情，更没有运气去留住它。曾经的亲情如此，如今，她的陪伴好像也是如此。每一种匆匆出现过的幸福，似乎都很难在他的生命里成为一件长久的事情。

也就是在他徒然感伤的时候，金钰的电话适时而来。

她犹豫了片刻，还是决定开门见山地说："明天你有时间吗？"

任之初愣了一下，不晓得这丫头大年初一为什么不陪家里人，要叫他出来。他未置可否，将问题又抛回给她：“怎么了，有什么事吗？”

“我妈妈叫我打电话给你，说想请你到家里一起吃午饭。”她顿了顿，又有些赧然地撒谎说，“哦，我妈的意思是，想感谢之前这段时间老板对我的照顾……”

谎话说得没谱，不用问也知道任之初才不会相信她说的鬼话。

“我考虑一下，过半小时给你答复。”

金钰想说“其实我家挺破旧的，你别嫌弃”，可任之初没等她开口便果断地挂掉了电话，根本没给她机会。

她无奈地瞪着手机屏，叹了口气，也只好耐心等他回电话过来。

此时正值傍晚，冬日黄昏特有的清冷阳光洒落在道路两边的枯木枝丫上，看起来有些寥落苍凉。金钰一边等电话，一边沿着人行道慢慢地走，无人打扰的时候，往事就像是洪水般涌来，点滴记忆汇集成河，在她心里翻滚不止。

最初见到任之初时，她把他当成烂尾楼里的小混混，傻里傻气地说着幼稚的谎话，临走还在心里暗骂这人脑子有毛病；再见他时，她成了不起眼的小助理，被冷峻的他所吸引，却迟迟不敢确认；再后来，她沉溺于他偶尔流露的温柔，也终于明白他对自己而言究竟有多么重要，然而却又一不小心惹恼了他，让彼此再度远离，又恢复成最礼貌、也最疏远的距离……

一路波折走来，其实她什么都不畏惧，可唯一害怕的，就是他从来没有想过和她在一起的可能，怕他打心底里抵触她的努力靠近。

她正胡思乱想着，手机震动了，令她期待又忐忑的电话终于还是打了过来。

“金钰，你这会儿在什么地方？我找你当面说吧。”

“啊？”金钰没想到是这么个答案，愣愣地反问，“在电话里不能说吗？”

他回答说：“确实不太方便。”

“可是我在妈妈这边，离市区有点儿距离……”

“我开车过去不会太久，你把地址发给我吧。”

这是他第二次向金钰要她家里的地址，金钰想了想，还是点头说：“好吧，那我等下挂了电话就发给你。”

她很快就把短信发到了任之初的手机上，看到他回复“我很快就到”，心里忽然有种莫名的雀跃与期许。

不知是不是被节日的气氛所感染，这一刻，她心里竟是前所未有的坚定和温柔。她不再害怕将真实的自己摆在他面前，也不再害怕那些未可知的甜蜜和心酸。

旧岁还未过去，她却仿佛已经长大了一岁。

金钰打了电话给母亲，告诉她稍微晚一点儿再回去，然后就到离家不远的小公园里等任之初。沽川的冬天没有刺骨的寒风，但在室外待久了还是免不了被冻得鼻尖通红。

任之初赶到公园时，看到的就是她裹紧棉衣瑟瑟发抖的可怜样。

那一瞬间，他又是疼惜又是生气，忍不住数落她道：“这么冷的天，你就一直傻站在这儿等着？金钰，你是没长脑子吗？！”

她小口小口地往手心呵气，闷闷地嘀咕说：“唔，我不是怕你过来了找不到我嘛。”

任之初哪里还忍心责怪她？他几乎是无声地叹了口气，对她说：“过来。”

金钰费解了——他们之间的距离还不到一米远，他这是打算让她……走到哪儿去？

她抬头看向他，刚巧他也在看她。四目相对的一刻，她分明看到了他眼眸里的柔情。是她看错了吗？金钰竟然傻到不敢相信。

任之初见她愣着不动，实在没办法，也只好放下所有的矜持，主动上前一步，展开双臂将那个脸蛋通红的小女人抱在了怀里。

金钰紧张到几乎连呼吸都要忘记，狂喜袭过心脏，她仿佛听到了全世界花开的声音。

她甚至连说话也不敢，生怕这又是一个美妙的梦，更怕自己惊扰了这份美梦，又像之前许许多多个梦回的午夜，什么都抓不住，什么都变成一场空……

任之初一只手轻轻揽着她的腰，另一只手轻轻抚摸着她柔软而冰凉的发丝，那样温柔的动作里，藏满了他从未言说的爱怜。

“冷不冷？”

金钰傻傻地摇头，想从他怀里抬头看看他的脸，然而他的手轻轻将她不安分的小脑袋按在自己胸口，没让她如愿。

“金钰，有些话，我在心里想了很多次，觉得只能这样面对面地跟你讲。”

“你……想说什么？”她忽然就害怕起来。

中国不是有句古话叫“打一巴掌给个甜枣”吗？任之初从没主动给过她这么甜的蜜枣，那么下一刻，他是不是又要一个巴掌将她打到地狱里去？

她鼓足了勇气等待他的答案，却怎么也想不到，他说的话竟然在她梦里出现过。

“金钰，我很喜欢你，你愿意跟我在一起试试吗？”

“……”这个男人，是去她梦里走过一遭吗？又或者，这个如梦似幻的冬日傍晚，才是她脑海中的一场梦？

她想了好半天，最后憋出来这么一句：“任之初，你掐我一下。”

他稍微拉开彼此的距离，低头凝视着她的眼眸，瞧着瞧着，不由得闷声笑了起来。

“傻丫头，这不是梦。”言罢，他轻柔地吻上她的额头，虔诚得仿佛把她当作了信仰。

不知道过了多久，金钰才终于从那种不可置信的状态中缓过神来，心中百感交集，连声音都不由自主地哽咽了。

“竟然是真的，任之初，我竟然真的等到你了……”

“对不起，之前让你难过了那么久。”他愈发将她抱紧，像是在用实际行动对她说抱歉。

金钰仍有些茫茫然地问：“可是你之前不是跟我说过，不让我……”

他当然知道她想说什么，于是赶忙打断她的话，主动放低姿态说：“不许翻旧账！我不就是死要面子吗……”

金钰才不听他的，不依不饶地继续翻旧账：“可是，前阵子我想着法子和你套近乎，你还冲我发脾气，然后就一直对我爱答不理的，分明就是对我没感觉，想叫我离你远点儿！”

这个得寸进尺的小女人，非得让他把所有自尊都扔掉来哄她开心吗？

任之初觉得自己真是栽在她手里了，可是，他就是拿她一点儿办法都没有，除了让她的小心思得到满足，他也真的想不出什么别的花样来。

“既然我都决定跟你告白了，这些话也就没什么不能说的了。”他像是给自己加油打气一般，先来了这么一句开场白。

金钰躲在他怀里偷偷笑起来，但还是假装对他持有偏见，故作淡定地说：“很多心结如果不解开的话，我们真的没办法在一起，两个人心里都会难过，不是吗？”

她怎么也想不到，一向高高在上、我行我素的任之初，竟然会低声下气地恳求她：“那你给我个机会，听我把话说完，然后考虑考虑，好好跟我在一起，行吗？”

金钰心里早就乐开了花，不知道默念了多少遍“你快说啊，说完我好答应你啊”，然而既然开始演戏了就得装到底，于是只能暂时地压下心里的喜悦，波澜不惊地说：“那你先说说看？然后我才知道自己的选择。”

“我喜欢你，虽然不知道从什么时候开始的，但是这种感觉错不了。我一直不敢让你知道我的感情，甚至还很过分地故意把你推开，都是因为我自己心里自卑感太强，总担心自己不够好，怕再一次承受失去……”

“自卑？”她轻声说，“我以为，应该自卑的人是我。”

任之初摇摇头，苦涩地说：“我没有你以为的那么好，身家资产什么的，说到底都是身外之物。心里的富足才是最珍贵的东西，可我偏偏最匮乏的就是这个。”

“我能明白你的意思。”她抱紧他，心疼得不行，只恨不能把天底下所有令人愉悦的亲情、爱情、友情都拿来给他。

他沉默片刻，又继续说：“前阵子跟你发脾气，也是我不对。别人的把戏我一眼都能看透，可是我在意你，就看不透你。

那时候我以为你在利用我的这种在意，所以表现得很过激，刻意地疏远你。金钰，其实我最近看着你小心翼翼跟我保持距离，心里总觉得很后悔。”

她几乎快被他的坦诚感动得哭出来，温柔满满地躲在他怀里说：“什么都别说了，我没有怪你，以后我也不会怪你。”

他无言地将她抱得更紧，真想就这样将她融到自己的骨血里。

斜阳落尽，光线柔和得一塌糊涂，公园里沉寂而静谧，他们就这样静静地相拥在一起，仿佛可以依偎到山穷水尽、地老天荒。

“金钰，愿意跟我在一起吗？”

“你能答应我，决定了在一起就不离不弃吗？”

“只要你愿意点头，我任之初今生今世，非你不娶。”

“那么，我愿意。”

第七章

在风雨中相守相依

恋爱这件事，不同的人有不同的谈法。对于金钰和任之初来说，他们的恋爱就谈得理性十足。没有山盟海誓、至死不渝的激烈，却有相携到老、风雨无畏的决心。

她习惯了独立，所以并不像很多女孩子那样小鸟依人，甚至有好几次下班约会的时候，她还会主动跟任之初提起工作上的事情，害得他一个大男人不得不像个小媳妇一样，反复提醒她说：“金钰，下班时间我是你男朋友，不是你老板。”

当然，说是这么说，可任之初心里却是万分欣慰的。

他越来越觉得自己捡到了宝，比如说，当初他以为这个女人不过是有一点点小聪明，当他的助理绰绰有余。然而相处久了之后，他却发现金钰竟然也是个不显山不露水的人精。

记不得有多少次，当他陷入事业的难题，而德鲁集团的高层也无法给出答案时，金钰总是能跳出管理层才有的惯性思维怪圈，将全新的视角和看法带给任之初。

她虽不能完满地为他答疑解惑，但至少，她是开辟新大陆的必备驳船。让这样的女人给他当一个小小的助理，任之初不得不承认，委实有些屈才了。

整个冬天，国内的布料行业如同进入了冬眠期，没有太大的发展，也没有太大的跌宕。正当金钰天真地以为一切都会如此平顺地进行下去，德鲁集团却迎来了前所未有的挑战。

阳春三月，冬意已经随着路面上的冰雪一起逐渐消融，春的气息悄无声息地蔓延开来，为每个人的心里增添一抹希望，而与希望伴随而来的，往往是某些难抑的蠢蠢欲动。

星期一下午，照例是德鲁集团的高层例会。

金钰提早半个小时去会议室打点好一切，只等着各位领导陆续到来。她是笑脸迎人的，可迎来的却不是笑脸。

会议安排在三点钟开始，眼看着只剩下两分钟了，其他人都已经到场，唯有任之初连个影子都没出现。

“各位请稍等，我去叫一下任总。”金钰说完便自顾自地出门，不理会众人探究的眼光。

金钰和任之初的关系，已经成为德鲁集团公开的秘密。大家不当着他们的面议论，他们两人也就将心态放平，当作什么事儿都没有。

她乘着电梯到了顶楼，款步走到总裁室门口，象征性地敲了两下门，便径自走了进去。

“消息可靠吗？”任之初正在讲电话，眉目之间一派严肃，“这个等明天上午见面再谈……放心，这边我会想办法处理……那就先这样，再见。”

等他挂了电话，金钰才问：“出了什么事儿？”

“没什么，不用担心。”他站起身，拿着笔记本电脑朝她走来，“走吧，先开会。”

金钰点点头，听话地跟在他身后离开了总裁室。

电梯里，他一直紧锁着眉头没言语，而她站在他身旁，安安静静地望着他俊秀的侧脸。

在她的印象里，任之初一直是个极其自律、极其守时的人。自从认识那天开始，她就从来没见过他开会迟到。而今天，当真是破天荒的头一遭。

虽然他叫她不要担心，可金钰用膝盖想也知道，刚才那通电话，一定事关重大。

聪明的女人应该懂得进退有分寸，不该问的话一句也不多嘴，而该给予的关怀则一丝一毫也不能省略。

趁着电梯里没人，金钰温柔地握住他的手，轻声说：“不管发生什么，都有我陪着你呢。”

他低头看向她的眼睛，目光里写满了感动。

有这样懂事的她一路相随，他还能奢求什么？就算一路荆棘，风雨兼程，可是为了凭自己的努力，给她一个更好的未来，那又有什么值得抱怨的呢？

他忽然明白，这就是爱之于人生的意义，亦是家之于男人的意义。

任之初和金钰来到会议室时，屋子里的其他人正三三两两地凑在一起窃窃私语。见到总裁出现，他们纷纷止住了议论。

任之初走到会议室最里面那个专属于集团一把手的位置，却没有直接坐下来，而是朝着大家深深鞠了个躬，语气诚挚地说：“很抱歉耽误大家的时间，刚才临时有点儿急事，所以迟到了一会儿。”

金钰看到有几位年长的副总裁向他投来赞许的目光。

落座之后，他便开门见山地说：“在座各位今天先不用向我汇报近期工作，刚才我接到一些消息，需要在会上与大家进行商讨。”

坐在不远处的郑晨积极响应：“是什么类型的消息？”

任之初看了他一眼，沉吟片刻，严肃地回答说：“严格来讲，算是坏消息。不仅仅是针对我们德鲁集团，对整个布料行业来说，都算不上什么好消息。”

究竟是什么坏消息？

众人你看看我，我看看你，似乎都不知道任之初指的是什么。

只有郑晨歪着脑袋思索片刻，又问道：“任总，您说的是不是秦臻的事儿？”

任之初没想到这个新晋升为首席财务官的年轻小伙子竟然对如此重要的小道消息有所耳闻，不由得赞许地打量起他来。

郑晨是两个月前由任之初亲自挖过来的财务高管，这人看起来眉清目秀像从隔壁大学偷跑出来的学生，然而混迹在布料行业的人都曾听说过，恰恰是这个不起眼的年轻人，曾帮助业内鼎鼎有名的致远集团从国内第三名跃居到如今的龙头地位。

没有人知道任之初开了什么条件才把他挖来，但所有人都知道，任总之前并不是十分待见这位恃才傲物的首席财务官。

而此刻，情势却有了逆转。

任之初饶有兴致地对郑晨说：“没错，你先说一下你那边听到的消息。”

“任总，其实我并没有听说什么消息，我只是根据自己最近的一系列分析判断出这么一种可能。”郑晨不急不缓地说。

“哦？”任之初更好奇了，“具体讲讲你的分析思路和结论。”

“没问题。”郑晨思索片刻，而后条分缕析地说，“我最近看股票大盘的时候，特别留意了台湾那几家主营布料的上市公司，发现这样一个怪现象——以秀利集团为中心的台湾三龙头，股价纷纷下跌，而其他几家的股价，则以一种不正常的趋势出现涨停的情况。”

任之初用眼神示意他继续说下去，于是郑晨又将深入分析的情况娓娓道来。

“除了刚才说的股价大幅变动之外，我从财经新闻中得知，秀利集团的老总秦臻于今天早上八点钟发布消息，抛出他手中10% 的股票。”他抬手扶了一下金属眼镜框，继续说道，“这些迹象都意味着，秀利集团要有大的变动，而且，很可能是对他们来说具有高风险且极有可能为他们带来高收益的大动作。”

任之初看着郑晨，目光里明显又多了几分褒奖之意。

“所以，你得出的结论是什么？”

“秀利集团即将进军大陆市场。”郑晨言简意赅地概括，一语中的。

任之初点点头，十分难得地在高层例会上露出了一丝笑容，字字清晰地说：“我果然没有看错人。”

“谢谢任总。”郑晨礼貌地对他一笑，而后自觉地将会议的主控权又交回到任之初手里。

任之初最赏识的就是郑晨这种既有智商又有情商的人。从头至尾，他既不让会议冷场，也不抢老板风头，这一连串的举动，当真是将“察言观色”四个字发挥到了极致。

“郑晨说得一点儿也不错，刚才致远集团总裁霍思远和我通过电话，据可靠消息证实，秦臻将带领秀利集团最为精英的团队，来争取他们在布料业的市场份额。”

听到任之初亲口宣布这样的消息，其他人不由得露出些许讶异的神情。

“关于这件事的具体情况，明天上午我将和霍思远进行更深入的交谈，之后会将最可靠的信息及时更新给各位。”

他顿了顿，视线平静地从在场每一个人的脸上扫过，又继续讲说。

“现在我需要大家思考一下，假定秀利集团已经准备了一组很有创意的产品，并且已经规划好最有效的营销手段，那么作为主要布料商的一员，我们德鲁集团该做些什么？能做些什么？你们的建议会帮助我做出更加全面的判断。”

其他人只顾点头，唯有郑晨又开口问道：“是什么方面的建议？站在公司政策角度横向讨论，还是站在自己分管的领域，从某个出发点进行纵向分析？”

任之初认真答道：“能够做到纵横交错自然再好不过，如果觉得有困难，那么站在个人专业角度提出的纵向专业建议则更有价值。”

郑晨点点头，没再多言。

“好了，各位还有什么疑问吗？”

任之初说完，众人纷纷摇头，一时之间，沉默的氛围笼罩在会议室，不知不觉就为这次会议蒙上了一层压抑的色彩。

离预计的会议结束时间还有一刻钟，任之初抬起腕表看了眼时间，提前宣布说：“既然没有其他问题，那么今天就先到这儿，给大家多些时间，仔细思考我刚才提出的问题。”

留下“散会”二字，任之初便率先起身走向门口。直到这时，沉默了许久的金钰才缓过神来，也跟在他身后往外走去。

两人一前一后回到总裁室，金钰还站在门口，任之初已经自顾自地在老板椅上落座。他的身子略往后仰，倚在座椅的靠背，看起来有些疲惫。

“把门关上。”他的声音很低，带着点儿沙哑，藏于其中的倦态怎么也掩不住。

金钰关了门，在他身边停住脚步，心疼地问："你还好吗？"

他深深地望她一眼，什么都没说，直接伸手抱住了她。

她张了张口，想说些安慰的话，然而他将食指轻轻抵住她的嘴唇，低声说："嘘，别说话，让我歇会儿。"

"……哦，好。"她也抱住他，只觉得整个世界满满的都是温柔。

英雄的脆弱，只有他的女人懂。骄傲而强大的任之初，只会在她的怀抱里乖顺得像个孩子。她坐在他的腿上，轻轻搂着他的脖子，望向他的眼神里写满了爱恋与疼惜。

他是万人景仰的任之初，是行事果决临危不乱的任大总裁，然而在金钰的眼中，他只不过是一个倔强得令人心疼的傻小孩。

心中早就被柔情填满，一腔情愫无处宣泄，在彼此之间肆无忌惮地蔓延开来。

他把脸埋在她的颈项之间，不声不响地闭目养神，过了一会儿，像是被什么蛊惑了似的，又抬起头来看向她。他的视线，不偏不倚地撞上了她那爱意浓浓的目光。

两两相望的一瞬间，一股奇妙的感觉忽然弥漫到四肢百骸，对任之初而言如此，对金钰来说亦然。

她忽然就明白了爱是什么——是依偎拥抱时的片刻安心，是四目相对时的甜蜜暗涌，是再多理智都阻止不了抗拒不了的拼命靠近，就如同此时的她和他。

她缓缓地低头，迷醉却小心翼翼地靠近他的唇。近在咫尺的男人，令她的心都沉沦不已。他是她的信仰，是她最虔诚的爱恋。

水满则溢，月盈则亏。爱恋实在太过浓烈，以至于这令人期待不已的亲密吻触，落在金钰心里，竟然变成了惶惶不安。

鼻尖轻轻擦过，她的嘴唇离他不到一厘米。可也不知为什么，她就是没有勇气吻下去。

独属于任之初的味道就萦绕在她的鼻息之间，那么清冽而又迷人的男性气息令她几乎丧失了思考的能力。她不知如何是好，慌乱之中，竟稍稍侧过头去，轻轻吻了吻他的嘴角。

一触就走的轻吻，如同蝶翅轻扑，却轻而易举地勾起了所有的痴心与缠绵。

他再也不肯放过她，有力的手掌霸道地扣住她的后脑勺，修长而漂亮的手指插入秀发之间，逼得她与他贴得更近。他深深地、不容挣扎地吻住她，辗转缠绵，恨不能此生此世与她融于一处，从此不再分开。

嘴唇相触的刹那，从未有过的美妙感觉在金钰的身体里四处游窜，像是奇异而动人的电流，又仿佛是一点就燃的烈火。

她忘记呼吸，忘记身在何处，忘记除了他以外的一切一切。她颤抖着闭上眼睛，却仿佛在那片无尽的黑暗里，看到了属于自己的整个世界……

太过美好的亲吻，令人失去了对空间与时间的感知能力。金钰不知道自己究竟被他吻了多久，可能只是短短几秒钟，也可能是漫长的一个世纪。

当她几乎快要缺氧窒息时，任之初终于恋恋不舍地放开她，稍稍拉开彼此的距离，眸色深深地凝视着她嫣红的脸颊。

金钰刚刚奉献了她的初吻，本来就害羞得要命，哪里还经得住他这样肆无忌惮的打量？赧然地移开视线不去看他，她扬起粉拳轻轻捶一下他的肩膀，声音软软地向他撒娇："不要看了……"

"好。"他只说了这么一个字，可金钰却能听出他的声音不同往常，温和中带着一点低哑，满满都是醉人的磁性。

他答应得好好的，却不付诸行动，视线依然在她脸上流连不走，甚至得寸进尺地蔓延到她秀气的耳垂和优美的脖颈曲线……

意识到他在看什么，金钰的脸比刚才更烧了，红得仿佛要滴出血来，胡言乱语地转移话题："那个，去吃饭吗？"

"吃。"他似笑非笑地瞧着她，仿佛要吃的不是饭，而是她。

她到底没有他那么有定力，终于挨不过任之初那样炙热如火的眼神，扭了两下逃开了他的怀抱，跑去一旁的沙发上规规矩矩地坐着，也不好意思看他，就低着头说："吃就收拾东西走吧？"

任之初轻声笑道："我没什么需要收拾的，我唯一的贵重物品自己知道跟着我走。"

"哎？"她一愣，才反应过来所谓"贵重物品"说的是她，一下子就为了这份"贵重"而开心，但很快又因为说她是"物品"而不满地瞪了任之初一眼。

他好笑地说："女人都这么情绪化吗？一会儿温柔得能掐出水来，一会儿又像仇人似的一个劲儿捶我瞪我。"

她又挥着小拳头吓唬他："你把女人的属性研究得这么透彻是想干什么，嗯？！"

如果这世上有人聊天时完全抓不住重点，那么金钰无疑就是这类人。

任之初不晓得她怎么就忽然跳脱地琢磨起那些有的没的，只好耸耸肩，无奈地说："我可真是服了你的脑回路。"

两人玩笑几句，便收拾东西提早离开了公司。

金钰明白，他们只能趁着今天赶快放松一下，等到明天黎明到来，迎接德鲁集团的便是一场恶战……

次日清晨，金钰是被任之初的 Morning Call 叫醒的。

打电话给她的时候，任之初其实已经等在她的楼下，三月清晨的清冷气息笼罩在四周，即使穿着风衣外套也还是有点儿寒冷。

他掩藏好声音中那一点儿微不足道的颤抖，一派温和地对着电话那端的小女人说："宝儿，今天早点儿起床吧，我来你楼下接你。"

金钰显然还处于半梦半醒的游离状态，前言不搭后语地嘀咕了一句："让我再睡五分钟，就六分钟……好不好嘛？"

他无奈又宠溺地轻声笑着，举着手机沉默了大概十五秒钟的时间，然后又柔声对她说："好了，乖宝儿，已经过去七分钟了，该起来了吧？"

"……唔？"金钰睡得四仰八叉的，哪里晓得是不是真的过了七分钟，"我怎么又睡了那么久！难怪又吃了那么多烤串……"

烤串？这丫头怎么在梦里都不忘了吃？！任之初忍俊不禁，隔着电话"扑哧"一声笑了出来。

"你现在乖乖起床的话，晚上我真的带你去糖坊街吃烤串，还有铁板鱿鱼、臭豆腐、鸭血粉丝、涮牛肚什么的。"他想了各种法子威逼利诱，只差没出卖自己的色相来唤她起床了。

金钰果然当得起德鲁集团第一吃货的名字，听到各种小吃的名字只觉得世界处处美好，未来一片光明，整个人都变得金光普照。

"好好好，成交！五分钟后楼下见！"她几乎是从床垫上把自己弹起来的，二话不说就开始穿衣服洗漱，挂断电话之前还不忘了叮嘱任之初，"男人一言既出，驷马难追！你千万要记得刚才的承诺啊……"

本该难熬的清晨，却以这样的笑闹开场。任之初听着手机听筒传来的忙音，唇边依然挂着浅淡的笑意。他忽然觉得，如果每天早上都有她相伴，那一定是很美好的事情。

他忽然就很期待那一天的到来，甚至想从明天开始就和她搬到一起住。只是现在还不行，一切都没有尘埃落定，他还有很多棘手的事情需要处理好，然后才有能力给她一个足够安稳的家。

哪怕自己的生活再怎么动荡，他都不愿意委屈她，一星半点也不行。这种念头已经很久没有在他脑海里出现过，似乎从任茜去世之后，他就没再这样关心过任何人。

习惯了冷漠的他，终于渐渐开始接受那触手可及的温暖。有人爱、有事做、有期待，这样的生活就算再苦再累，也依然美好得仿若童话。

金钰很快就出现在楼下，热情洋溢地跑过来给了他一个大大拥抱，一脸得意地说："刚好五分钟，晚上去糖坊街！"

"我从来说话算话，你又不是不知道。"

"我当然知道了！不然哪能这么拼命收拾完就奔下来？"

他故意逗她："哦？原来是为了吃的，不是为了我啊……"

金钰赶忙一叠声地解释说："不不不！吃的只是附加福利，主要还是为了你！看我真诚的眼神，看呀！"

她真的好担心任之初不高兴啊，那样他就会反悔不带她去小吃街了，事情该变得多么严峻呢……

任之初一眼就看穿她那点儿好笑的小心思，正想揶揄她几句，却注意到她穿得很是单薄，于是眉头一拧，二话不说就打开车门把她塞到了副驾驶的位置。

金钰一头雾水，不晓得他为什么突然皱眉，小声问道："真的生我气了？"

他一边启动轿车一边瞪了她一眼，语气不善地说："以后再敢穿这么少就出门看我还理不理你。”

她隔了几秒钟才反应过来，这只别扭的大猫是在关心她，于是立刻好心情地回答说：“知道了知道了，我今天下班回到家第一件事就是把过冬的羽绒服翻出来，明天捂得严严实实去上班，抱着团把前台小妹吓哭。”

“快别贫了，”他的语气还是有点冷冰冰的，可是眼底却带了笑意，“早餐在我右手边的储物盒里，你拿出来趁热吃了。”

她心头一甜，乖乖地翻出一个肉夹馍，和热豆浆搭配在一起，吃得津津有味。可是，吃着吃着她就觉得不对劲儿了……

“咱们今天不去集团吗？”不然为什么非要她在上班路上吃早餐？

他点点头，言简意赅地答道：“直接去见霍思远，下午再回德鲁。”

关于霍思远，金钰多少是有所耳闻的。这人就是郑晨的前任老板，业内对他的评价基本上只有两个，一个是心狠手辣，一个是与人为善。

金钰觉得，这两种评价看似完全对立，其实恰恰是一种对立统一的关系。霍思远对待自己人一定够情够义，而对待敌人想必绝不手软。

在金钰的想象中，这样精于算计的男人，看起来多少都会有些凌厉，然而事实却大大出乎她的意料。

她和任之初抵达致远集团时，一个清瘦儒雅的青年才俊亲自在一楼正厅迎接他们。金钰怎么也没猜到，这个看起来像邻家哥哥的男人，竟然就是整栋大楼的大老板，霍思远。

霍思远将他们带到他自己的办公室，亲自沏了茶水，这才不急不缓地聊起今天的主题。

“我昨天夜里接到美国纽交所发来的消息，确认秀利集团已经注册了子公司，第一批产品预计这个周五就会出现在市场上。”他望着任之初，眸子里满是淡然，“任总，你有什么打算？”

任之初用简短的八个字概括了他的想法：“打价格战，正面出击。”

“介意具体说说吗？”

“台湾厂商产品运输和人脉关系方面都没有我们本土企业有优势，所以综合成本相对较高。”任之初的眼神很是笃定，仿佛已经胜券在握，“如此一来，同样档次的布料我们可以给出更低廉的价格，那么合作商总不至于放弃实惠的老东家，转而投奔秀利。”

霍思远呷了一口茶，沉默着没有说话。

两个集团的老总各怀心事，不料一旁的金钰却淡淡开口：“任总，我觉得正面出击不如按兵不动。”

任之初有些讶异，毕竟这是金钰头一次参与到如此重要的决策中。

他虽然并不认为她的判断是有准备的，但还是愿意给她一个参与其中的机会，于是回头看着她道：“说说你的理由。”

霍思远虽然表面上没有什么反应，其实心里却已经对这个看似不起眼的女人起了兴致。他不知道一个小小的助理，怎么会做出和他一致的判断。

金钰不好意思在两位行业佼佼者的面前卖弄自己那点儿小聪明，于是谦虚地说：“其实我就是站在购买者的角度想了一下，觉得‘冷冻’比‘炭烧’更不利于新企业立足。”

她连说正经事儿也还是不忘了吃，任之初也不知自己该笑她单纯还是替她发愁。

霍思远没有搭腔，只是用眼神示意金钰继续说下去。

“很多时候，并不是正面消息才是推广的手段，被骂也是增加名气的一种方式，这和明星时不时要闹出点儿绯闻是同样的道理。”

她顿了顿，而后继续用自己那一套不入流的外行想法，努力解释着相对内行的事情：“如果我是布料购买商，我看到致远和德鲁两大企业都很看重台湾来的新对手，就会觉得这家新公司的实力一定也不容小觑。相反，如果你们都对它不以为然，我就会觉得，它还算不上是你们的竞争对手，那么我自然而然地会认为这家新企业的产品质量还不够卓越。”

听完她这番见解，任之初和霍思远对视了一眼，一时都没有作声。

沉默在房间里蔓延开来，金钰有些尴尬地干咳了两声，小声说：“只是我的一点儿拙见，还请霍总和任总不要见怪。”最好也不要见笑……她在心里默默补充。

过了良久，霍思远率先开口，打破那令人局促的沉默。

“任总，我赞同她的说法。”

金钰又惊又喜，不由得反问：“您不是逗我的吧？”

霍思远淡笑着说：“我有必要逗你吗？”

“没、没有……”金钰承认，她着实被霍思远诚恳而善意的眼神感动到了。

任之初没有对金钰的回答给予任何反馈，似乎也没觉得被自己下属当场反驳有多么难堪。他只是淡然地问霍思远：“霍总得出的结论和金钰所说的一样，那么我很好奇，你的分析思路是不是也和她一样？”

“当然不是，任总是明白人，商场上惯用的分析手段，我懂的你也都懂。”他客套地说完，又再次表明自己的立场，“不过，我始终觉得，最重要的不是分析思路，而是得出的结论。我很明确地认识到，我们应该按兵不动，而不该草木皆兵，至少在前期只能静观其变，然后再寻找适当的机会对秀利集团进行价格打压。这件事情如果操之过急，则无异于为秀利搭建一个免费的内陆宣传平台，届时，我们这些本土企业就该得不偿失了。”

任之初沉吟了好一阵子，最终弯起嘴角浅笑着说：“那么，就按照霍总的意思来办。”

正事谈完，霍思远没有立即送客，反而和他们两人攀谈起来。

任之初一直听闻霍思远这人视时间如生命，从来不会在没用的人和事上浪费一秒钟。可是现在他有些想不通，为什么这位精明得像狐狸一样的霍老板还愿意花时间和他们闲聊。

霍思远东扯西扯了很多个话题，最后竟然聊起了港台明星的八卦事。任之初对于娱乐圈的消息当真是一窍不通，而金钰却仿佛开启了话痨模式，一直和霍思远侃侃而谈。

娱乐新闻聊完，霍思远又主动提起了时装搭配和香水种类。这回任之初更茫然了，他有些摸不着头脑地看看金钰，再看看霍思远，总觉得自己被这两个人冷落了。

直到这时，他才后知后觉地意识到一个很严峻的问题，那就是——霍思远在和金钰套近乎！这个长得人模人样的家伙，竟然敢觊觎他任之初的女朋友！

顿悟之后的任大总裁沉下了脸，也不顾金钰正聊得起兴，直接扔下一句“抱歉，我接下来还有会议，就先告辞了”，立刻起身往外走去。

金钰也没想到任之初翻脸比翻书还快，只能和霍思远赔个不是，一边说“下次有机会再继续聊”，一边小跑着跟上了任之初的步伐。

回程的路上，任之初一直没搭理金钰，不管她如何撒娇卖萌装可怜，他就是不肯给她好脸色。

若是在以前，两人还没在一起的时候，金钰总觉得自己处于弱势一方，定然低声下气忍他到底。可是今时不同往日，他们现在是平等的情侣关系，她被他冷落得过了头，自然也会耍脾气。

“任之初，你这是抽的哪门子龙卷风！”她别扭地转过头去看窗外，气呼呼地说，“我是招你还是惹你了啊？脾气怎么这么坏呢……”

谁知，任大总裁竟然孩子气地噎了她一句：“霍思远脾气好，你现在就下车回去找他继续胡诌八扯啊！”

“……呃？”金钰反应过来他在说什么，“扑哧”一声就乐开了花，戳着他的俊脸说，“我说任之初，你这个算是……吃醋了？”

“我吃什么醋，你爱和谁聊天和谁聊去。”

“你没吃醋，那车里怎么一股酸溜溜的醋坛子味儿？”

她越是这样说，任之初就越是别扭，索性撇撇嘴巴，又撂了句口不对心的狠话：“我又不是找不到人聊天，有什么好吃醋的？”

这回金钰爹毛了：“你、说、什、么？你再给我说一遍？！”

“……我说错了。”任之初难得这么干脆地认怂，因为他刚才还不大美妙的心情，忽然就雨过天晴了。

金钰这姑娘虽然脑子比他慢了好几拍，但总的来说，她还是很在乎他的。

而这就已经足够他兴高采烈了。

在商场上，合作伙伴之间的信任是很宝贵的财富。任之初虽然看霍思远有点儿不顺眼，但这并不会影响德鲁与致远集团的联合对外行动。

霍思远的预计一点儿都没有出现偏差，秦臻带领的秀利集团，恰恰是在这个周五介入布料市场的。由此一来，任之初便更愿意尊重霍思远做出的决定，按兵不动，蓄势待发。

对于这件事情，别说德鲁集团高层，就连金钰也是紧张万分。

她生怕任之初心里仍然想和秀利集团打价格战，只是当时碍于面子，不得不接受她和霍思远的提议，答应暂时不正面出击。

假如真是这样，那么万一现行的方案令德鲁集团的市场份额损失严重，他一定会怪她当时搞不清楚状况还要多管闲事。

尤其是周六上午她和任之初约会时，还听到他给霍思远打电话，严肃万分地说："我不希望秀利集团有一丝一毫的机会，这种可能必须要扼杀在摇篮里。"

她几乎要被他语气中的肃杀之意吓到，心里的不安难免愈演愈烈。

后来的几个星期，纵观整个德鲁集团，都找不出一个比金钰更关注秀利集团业绩的员工了。她一有时间就会从各种渠道打听目前的情况，确保秀利没有影响到德鲁的正常运营，这才暂时舒一口气。然后没过半天，又不放心地开始新一轮打听……

这种情况一直持续了将近一个月，终于随着任之初的一句

“果然，静观其变是正确的”而告终。

那天，任之初在高层例会上舒展笑容，朗声宣布：“集团上季度总营业额比以往提高了七个百分点，这段日子辛苦各位了，希望以后我们也能将这种增长持续下去，争取在下个季度结束时，看到比较明显的股价提升。”

散会之后，金钰随他回去办公室，忍不住说出憋在心里许久的话。

“还好上个季度业绩没有下滑，不然我真的没脸面对你了。”

任之初听有些不明所以，抱着她问道：“为什么这么说？”

“唔，当初是我在霍思远面前直接反驳你，害你丢了面子，不得不按照他的意思去做。”她低低地说，脸上仍是一副内疚的样子。

“就为这个？”

“是啊，这还不够严重吗？”她咬咬嘴唇，想起这件事的始末，似乎仍然有些后怕，“要是你真的被我这个不懂事的小助理给误导，害得集团蒙受损失，我都不知道该怎么办才好了……”

他轻轻叹息一声，温柔地吻了吻她的额头，低声说道：“傻丫头，你都不知道我有多么庆幸，我居然能够拥有你。”

“你真的不怪我吗？”

“我喜欢你还来不及，哪儿还有心思怪你？”他顿了顿，然后才将自己心中所想和盘托出，“其实我当时说‘打价格战，正面出击’只是为了探听霍思远的想法。我的心中早有判断，就是应该以静制动，而且这是前期唯一适用的办法。”

“那你为什么不直接说？”

“傻丫头，我一开始怎么知道霍思远是不是真心合作？总得先绕着弯路探听一下虚实，免得落入陷阱里，连累整个集团跟着吃亏。”

“竟然是这样！”她忽然就释怀了，淘气地捏了捏任之初的俊脸，不甘心地说，“哼，都说霍思远是狐狸，我看我亲爱的男朋友才是扮猪吃老虎的典范！你就是存心利用我，想看我出丑……”

“存心利用你？这冤枉可太过了啊。”他笑着吻了吻她的嘴唇，气息暧昧地说，“这张小嘴的主人要是再这么乱讲话，可就别怪我不肯轻饶她了，到时候被我吃干抹净也不准有怨言。”

“你……你流氓！”金钰害羞地把脸埋在他的胸口，心里却甜得像是抹了蜜。

有什么办法？谁让她那样不可自拔地深爱着这个男人。

她真的爱惨了他的笃定与从容，也爱他的聪颖与睿智，更爱他的冷峻和温柔，总之，就是爱他的一切一切……

最初的最初，他不过是她心中邈远不可即的信仰，而如今，他却成为她的整个宇宙。

苏打绿有一首名叫《喜欢寂寞》的歌，其中有一句歌词是这样唱的：“当时奋不顾身伸出我的手，看见了轮廓就当作宇宙”。

金钰忍不住觉得幸福。

因为爱上他，她终于听懂了全世界的情歌。

第八章
最温情的角斗士

在波澜诡谲的商场上，每一天都是几多欢喜几多愁。

秀利集团高调进军布料市场，曾几何时成为诸多老板的心头大患。然而，时间似乎可以证明一切。两个月的时间倏忽过去，秦臻一直都没有掀起什么波澜。

新闻媒体逐渐停止了对这件事情的报道，几家龙头企业依然屹立不倒，并且借由前阵子的斗争宣传，业绩都在稳步提升。

秀利虽然没能成功搅乱当下的格局，但至少他们也从市场分到了一杯羹。

金钰帮任之初整理季度财务报表时也略带着分析了一下近期的市场走势。如果她没猜错的话，即便秦臻等人能掌控的市场份额极其有限，也总还不至于倒贴老本。

两派势力甚至没有进行过正面的交锋，就这么相安无事地度过了最初的动荡期。

霍思远对秦臻采取不闻不问的态度，任之初表面上虽然也是如此，但金钰却知道，他从没放松过对秀利集团的观察。

为了确保这个外来户不会影响到德鲁，任之初暗地里一直叮嘱集团高层多加留心。可想而知，集团上下都没少在这件事儿上下功夫，就连金钰也不例外。

到了六月下旬，任之初越来越少提起秀利集团，她终于觉得这事儿算是安然度过了。

然而生活之所以有趣，就在于它总是在人们自以为事事顺遂时，兜头泼下来一大盆冷水，令人无从预测，也无所适从。

端午节前一天，德鲁员工得到任总的允许，纷纷提前两三个小时下了班。

傍晚七点钟，空旷的德鲁大厦里已经没剩下什么人。为数不多的亮灯的办公室里，忙碌着的基本都是总监级以上的大人物，当然，还有他们的随身小秘书。

大厦顶层的总裁办公室里，任之初一直低垂着头，专心致志地批复着文件，压根没有要下班的意思。

金钰抬头看了眼墙上的挂钟，又移转视线瞧了瞧任之初的侧脸，犹豫着要不要编出个什么理由，好让这个工作狂魔放下手头的事情，暂且休息一下。

然而，就在她准备开口的时候，敲门声不合时宜地响起。

任之初签字的手略微顿了一下，而后抬起头来看向门口，朗声说道："请进。"

推门而入的不是别人，正是任之初的得力爱将——郑晨。

"不好意思，这个时间来打扰您。"郑晨毕恭毕敬道。

"没关系。"任之初看向他，神色严肃地问，"说吧，现在是什么情况？"

郑晨沉默片刻，低声回答说："说实话，不太乐观。"

金钰在一旁听得一头雾水，不晓得发生了什么事。她想问个究竟，又碍于自己的助理身份，识相地没有插嘴。

任之初放下手中的签字笔，靠在老板椅的椅背上，俊秀的眉头轻轻拧起，一时沉默着没有搭腔。

郑晨走到近旁，将他探听到的最新消息娓娓道来："任总，赵瑞麟确实在暗中联系了秀利集团。"

任之初挑眉反问："消息可靠吗？"

郑晨郑重其事地点点头，答道："绝度可靠。"

"我给你三天时间，去搜集相关的证据。之后的事情你不必操心，我这边自有安排。"

"三天？"郑晨略有些迟疑，"这几天刚好赶上端午节，恐怕……"

"没什么恐怕，"任之初打断他的话，斩钉截铁地说，"就三天，我们必须尽快采取行动。"

郑晨见此情形也不再讨价还价，恭恭敬敬地点了点头："我明白了，任总。"

任之初没再多说，直接开口送客："没其他事的话，你先去忙吧。"

"好的。"郑晨说完，转头便往门口走去。

任之初望着他的背影，若有所思。

其实郑晨是个相当聪明的人。他很懂得进退，也很擅长察言观色。他知道什么时候应该在老板面前多多表现，更晓得什么时候应该降低自己的存在感。

恰是因为如此，任之初才格外重用他。

只剩几步路，郑晨就要走出总裁办公室，然而任之初略一思索，又将他叫了回来。

"等一下郑晨，我这儿还有一件事需要你帮忙处理一下。"

郑晨顿住脚步，回身问道："什么事？"

"最近几天我有些私事要处理，所以公司这边的情况你多留心。"他条分缕析地给他布置了几个任务，"首先，布料行业前十名企业的销售情况走势图，每天整理一份发到我私人邮箱；第二，赵瑞麟勾结秀利集团的证据收集工作，需要每天跟我更新进展，也发邮件就好；第三，盯紧致远和秀利的动作，一旦有什么特殊情况，随时打电话跟我汇报。有什么问题吗？”

“没有，任总尽可以放心。”

“好，那就辛苦你了。”

“应该的。”言罢，郑晨大步流星地离开了任之初的办公室。关上门的一刻，他的唇边还带着浅淡的笑意。

他很清楚任之初布置的这些任务意味着什么——任之初素来自傲，并不是一个很容易相信下属的人，而这次，已经是他迄今为止最大程度的放权行为。

如果说生性多疑的任之初也能和谁建立起信任关系，那么，郑晨无疑就是目前的最佳人选。

在纷争四起的商场上，“信任”是一种奢侈而微妙的东西。它能使双方得益，也能使一方不慎垮台。

之前霍思远就因为给不出足够的信任，才失去了郑晨这员猛将。这虽然算不得什么致命的打击，但也在很长一段时间内，令致远集团出现人心不齐的混乱局面。

任之初与霍思远一样自傲，但不同的是，他比霍思远更懂得识人用人，也更懂得如何从心理层面令下属臣服。

这是关于情商的较量，不是双赢，就是你输我赢。

此时，他默默坐在偌大的办公室里，仔细回忆着郑晨从入职至今的种种表现，觉得自己信他并没有错。

金钰不知任之初在想什么，还以为他在为赵瑞麟的事情烦忧。

她体贴地端来一杯刚沏好的大红袍，柔声说：“别太着急了，一定有办法解决的。”

任之初一时没反应过来，呷一口茶，问：“解决什么？”

“呃，刚才郑晨不是说赵瑞麟又闹出幺蛾子了吗？”

“你说这个啊。”他淡然一笑，“不用担心，我心里有数。”

金钰好笑地说：“我是担心那些老家伙与别人合起伙来欺负你，怎么你自己一点儿都不着急，反倒安慰起我来了？”

“傻丫头，这有什么好担心的，你就这么不相信我？”

“不是！我不是不相信你！”金钰急急解释道，“我……我这叫护犊心切……”

瞧着她慌不择言的样子，任之初好气又好笑地说：“真不知道你在鬼扯些什么。好了，过来这边。”

她尴尬地耸耸肩，乖乖挪到他身旁。

任之初合上笔记本电脑，站起身来轻轻抱住她，温柔地说：“早就看出你无聊了，我们下班，好不好？”

“哎？”任大总裁怎么突然变得这么温柔？金钰一时愣着，还真有点儿反应不过来。

“怎么，不愿意下班？”

她这才略带撒娇地回应道：“乱讲！我都已经眼巴巴地等你一下午了。”

“那就赶紧收拾一下，五分钟后我们准时出发。”

“去哪儿？”金钰不解地问。

他故作神秘地笑了笑，只说：“到时候你就知道了。”

金钰望着他颀长的身影，莫名觉得幸福又安心。原来和爱人在一起，不论将要去哪里，都会觉得期待满满。

天涯海角，抑或是寻常巷陌，只要能与他相伴，哪里都是港湾。

节日前的小小约会，他究竟会带她去什么地方呢？

关于这个问题，金钰其实设想过成百上千种答案。然而她怎么也没料到，事实却还是出乎了自己的意料。

彼时，任之初开着他的爱车，载着她往城南驶去。金钰透过副驾驶的车窗向外张望，越望越觉得哪里不太对劲。

眼前这条路，怎么看起来这么……熟悉？

再往前行驶三个红绿灯的距离，那个承载了美好回忆的公园便赫然出现在眼前——就是在这里，他向她表白，他接受了她的等待。

“你……为什么忽然带我回这里？”金钰有些犹疑，也有些忐忑。

有句话怎么说的来着？从哪里开始，就从哪里结束。只有天知道她此刻有多害怕，怕任之初是为了结束这段关系才带她回来的，怕一份爱情就此终结。

私家车从公园门口驶过，他既没有解释，也没有停车。直到下一个路口，红灯拦住了去路，他这才踩下刹车，趁着十几秒钟的空当，转头打量着金钰的神情。

察觉到他的视线，金钰赶忙扭头去看窗外。说是看风景，其实是透过车窗的倒影，观察着任之初的神情。

她暗自叹了口气，对着车窗玻璃轻声说：“你别这样看着我，我不需要什么怜悯。”

和任之初这样的男人谈恋爱，最大的好处就是不需要把话说尽，因为他很懂得从她的神情里捕捉信息。然而，最大的坏处也恰恰是这个，因为她没办法藏起自己那些卑微的心事。

他仿佛什么都能看透，却又很少拆穿她，就这么高高在上地陪她演戏，一直演到将来某一天，她筋疲力尽的时候。

金钰就这样怀着心事沉默下来。

不远的前方，十字路口的警示灯转为绿色，任之初踩一脚油门，又继续载她前行。

他本来真的没打算解释什么，可也不知为什么，心里忽然就有点儿不舍——舍不得她自己胡思乱想，舍不得她黯然神伤，哪怕他终会用行动证明她所有的顾虑都是庸人自扰。

任之初轻不可闻地叹息一声，而后低声说："我知道你在想什么，可是金钰，我希望你能给我多一点儿信任。我一直都在努力，而且对待这份感情，我比你想象的更加坚定。"

她有些吃惊地回头望他，浅色薄唇动了动，却不知该说些什么。水灵灵的眼眸就这么凝望着他，心中纠葛绵延的情感于目光中婉转流盼。

"你这脉脉含情的眼神可真是要了人的命，"他瞥了她一眼，似是有些懊恼地嘀咕着，"要不是怕妈妈在家里等得着急，我就把车停在路边，吻你一会儿再继续赶路。"

金钰听到了他的低语，不由得害羞起来。可是下一秒，她又瞪大了眼睛，不可置信地问道："那个，你刚才说的是……谁的妈妈？"

他笑着看她，回答说："你的，以后也是我的。"

"……"她惊讶了好一阵子，最终还是觉得幸福来得太让人措手不及，于是什么感慨都没能说出来。

车终于停在了此行的目的地——郑彩桥家的楼门口。

其实在此之前，任之初很难想象如今的沽川市里还存在这样简陋的红砖小楼，然而此刻他穿着一身西装站在这里，却并不觉得有什么格格不入。

他若无其事地迈开步子往楼里走去，走了几步才发现金钰站在楼门口，压根没有动过。

“傻站着做什么？上楼吧。”

她仍旧固执地站在原地，悄然攥紧了拳头，小声问道：“你这是什么意思？”

“金钰，你知不知道你现在是什么表情？”

“什么表情？”

“就是‘你要想羞辱我尽可以找个没人的地方，为什么非要来我家给我难堪’的表情！”他无奈地摇了摇头，又道，“是不是不论我说多少次，你还是固执地觉得，我是个有钱人，我瞧不起你，更瞧不起你的家庭？”

金钰盯着他，抿着嘴唇没有回答。有什么好辩解的呢？他说的一点儿都没错。她确实自卑，而且自卑到了这种地步。虽然他宠她爱她，也一直尊重她，可心中的不安全感似乎总是无法被什么东西填满。

她不是不相信他，只是一直没能逃出她自己搭起的囚牢。

两人相视半晌，最后还是任之初率先认输，主动走回到她的身边，紧紧将她抱在了怀里。

“是我的错，我应该提前告诉你，应该收回刚才那番话。”

她闷闷地摇头，小声说：“你说的没错，是我自己的问题……”

“两个人在一起，谁对谁错其实并不重要，对吗？”他不等她回答，又自顾自地说，“现在比较重要的是，妈妈还在家里等着我们回去呢。”

金钰点点头，不舍地离开他的怀抱，转而牵起他的手，半开玩笑半认真地说：“怎么说也是来见我的家长，应该由我打头阵才对。”

“这才乖。”他浅浅地笑着，吻了吻她的额头，便一同往楼上走去。

不出所料，郑彩桥已经敞开自家大门在等着他们了。

“妈，我回来了！”金钰如往常般向母亲问好，随即想起什么，将任之初往前推了小半步，有些犹豫地介绍说，“这位是我……”

“不用介绍了，之前就见过。”郑彩桥言罢，便笑逐颜开地将拖鞋递到任之初面前，和颜悦色地说，“快进来，城北离这儿远，开车过来也挺累的吧？”

“……”金钰茫茫然地望了望任之初，又瞧了瞧郑彩桥，忍不住怀疑自己其实是充话费送的孩子，不然怎么没人疼没人爱，也没人搭理呢。

她跟在任之初后面进了屋，两人在沙发上落座，郑彩桥去厨房拿来两个削了皮的苹果，把大个儿的给了任之初。

“先吃点儿水果，稍微等一下。粽子马上就煮好了，估计最多五分钟。”郑彩桥说完，又回到厨房继续忙碌。

金钰夸张地咬了一大口苹果，看起来像是泄愤一样。

可任之初偏偏不知收敛，还故意挑衅：“怎么，看我不顺眼就拿苹果出气？”

她故意别过头去不看他的眼睛，一边嚼苹果一边嘀咕：“你是有什么魔力？连我妈都向着你……”

“傻丫头。”他宠溺地揉了揉她的发丝，柔声说，“妈妈是为了你。”

“少来，得了便宜还卖乖！”

“你要是真觉得我抢了咱们的母上，那我可就冤枉大了。”任之初半开玩笑似的解释道，“我努力讨长辈喜欢，是希望她能放心把你交给我。我想，她对我好，也是希望我能记在心里，更用心地照顾你。”

“唔，你这话说得……”她咽下口中的苹果，这才略带笑意地说，“好像也有点儿道理。”

喜滋滋地将苹果啃完，她起身去扔苹果核，也顺带着把任之初的扔了。

他坐在沙发上，视线一刻也没离开她的脸。如果他没看错的话，她还没来得及转过身背对着他，笑意就止不住地漫上了眼角眉梢。

“你故意的吧？”他似乎明白了什么。

“啊，居然被你发现了。”她大言不惭，笑容更胜刚才，“我就喜欢听你哄我嘛，又不是故意耍你。”

“是不是故意的暂且不论，你没少耍我倒是真的。”

金钰听出他语气里的纵容，心绪不由得又温柔了几分。

“亲爱的，谢谢你为我做的这些，我其实什么都懂。”

她平时很少说这么肉麻的话，于是还没等任之初反应过来，她自己先受不了这种甜腻腻的感觉，逃也似的跑去厨房给郑彩桥帮忙去了。

任之初是何许人也？年纪轻轻就在商场上运筹帷幄的德鲁一把手啊！他觉得自己应该是个见过大场面的人，就算做不到心如止水，至少表面上看起来也要波澜不惊才对。

可他竟然……脸红了！

或许他本来并不是什么有头有脸的大人物，用冷傲面对社会也只是迫不得已。当他回到家里关起门来，充其量也就是个相貌英俊的有志小青年。

他心下感慨——这种感觉真是该死地尴尬，同时也该死地美好。

正当他和金钰各自害臊的工夫，一锅粽子煮好了，起锅装盘，清香四溢。

“闺女，把这些端过去，你俩先吃。”郑彩桥说着，将其中一盘递到了金钰手里。

“哦。”金钰心不在焉地应声，心不在焉地接过餐盘，然后，心不在焉地烫到了手指，下意识地将盘子扔掉，惊叫一声，“哎哟！烫！”

陶瓷器皿破碎的声音从厨房门口一直传到客厅，任之初心下暗道不妙，立刻跑过去，拧着眉头急急说道：“怎么总是这么不小心！手给我看看，烫伤了没？”

他站在她的面前，一张俊俏的脸上尽是担忧。

这一幕，仿佛与记忆中的画面重叠了。金钰忽而想起他们刚重逢那阵子，她也是毛毛躁躁地闯了祸，而他也没有怪她，只是这样担心着她的伤势。

他并不是一直从容不迫，他也有孩子气和小题大做的一面。

比如当时，他非要带她去医院烧伤科治病；又比如此刻，他二话不说抓着她就去冲凉水，有力的手指小心翼翼地避开了她红肿的皮肤。

沁凉的水流从皮肤上流淌而过，而暖流则悄无声息地弥漫了心田。

原来，爱人心疼的眼神竟然真的有种魔力，令人觉得不枉此生，觉得只要能和他相守到老，付出再多都是值得。

有那么一瞬间，金钰静默地看着任之初的侧脸，心中忽然生出一种天长地久的温柔。

难得的端午小长假，金钰无论如何也不想在医院度过，还好这次烫伤不算严重，用凉水冲了一阵子也就不那么红肿了，于是任之初也就没有强迫她去医院。

粽子虽然掉在了地上，好在有厚厚的粽叶包裹，也不至于不能吃。

郑彩桥一边弯着腰收拾地上的烂摊子，一边数落金钰：“你都这么大的人了，怎么做事儿还和小时候一样莽莽撞撞的！要不是有小任照顾你，我每天都得跟着你提心吊胆。”

她口中的“小任”谦和一笑，拣重点问道：“阿姨，金钰小时候是不是总闯祸？”

“可不是吗，你不晓得她打碎了家里多少碗！”郑彩桥仿佛找到了知己一般，恨不得把心中沉积多年的往事都讲给任之初听，“她考试考砸了还晓得偷家里吃的，跑出去一整天都见不着影子，本来我都不想揍她，看她不知悔改还跑出去玩儿就觉得不揍她一顿根本不解气！还有……”

郑彩桥喋喋不休地讲着，任之初津津有味地听着，只有“伤员”金钰的脸色越来越黑。

谁还没有年少无知的时候？黑历史就这么被人翻出来了，而且还是直接摔到她男朋友的脸上……这种打击可不是一般姑娘能受得了的！

坐在餐桌旁吧，金钰闷着头，一口一口地吃粽子，好半天都插不上话。好不容易郑彩桥停顿了一下，她赶忙替自己辩解道：“我小时候那是活泼可爱，才不是什么‘七岁八岁讨狗嫌’呢！”

“是是是，你最不讨狗嫌了。”任之初一叠声地应付，敷衍之意简直不能更明显。

金钰扁着嘴巴瞪他一眼，索性不狡辩了，又自顾自地和好吃的奋战去了。

她从小就喜欢甜食，上学的时候不懂得节制，所以一直是个小胖妞。长大以后虽然晓得甜食吃多了不好，但还是没办法戒掉，每次路过甜点店都像见到了亲人似的。

像端午节这种可以名正言顺吃甜食的节日，对金钰来说无疑美好得像过大年一样！

此时，最爱的甜食尚在唇齿之间留有余香，她在这个世界上最为珍惜的两个人也都陪在她的身旁。仔细想来，世间还有什么比这更让人满足的吗？

想到这里，她傻乎乎地笑起来。

任之初好笑地揶揄了一句："怎么，不讨狗嫌很值得开心？"

她斜睨他一眼，说道："你不懂。"

"……我还真是不懂。"

他们两人像平常一样你来我往地抬杠，彼此之间的幸福与宠溺都写在了脸上。郑彩桥看在眼里，知足在心里。

本来晚饭的氛围融洽到不能更融洽，可偏偏在这时，任之初的手机响了。

金钰下意识地瞥了一眼，看到来电显示是郑晨，顿时替他捏了把冷汗。

像郑晨这样有能力又懂进退的高层员工，是不会轻易打扰任之初休假的。他这通电话打过来，想必是有什么重要的事情需要任之初亲自拿主意。

任之初走到阳台上接电话，只留了一个修长而挺拔的背影给她。

金钰看不到他的神情，也听不到他的语气，只能等他打完电话回来再一探究竟。到底是好消息还是坏消息呢？各占50%的概率，她却不得而知。

这通电话持续了将近半个小时，任之初回来的时候，粽子都已经凉透了。

金钰关切地握住他的手，连声问道："怎么了？郑晨怎么说？是不是集团里又发生了什么大事儿？"

任之初对她淡然一笑，不急不缓地说："不是坏消息，你不用担心，事情都在我的预期之内。"

她知道这种时候问太多也是无益，于是乖乖地没有继续刨根究底，只说："那就好。"

关于公司的事情，他有能力处理好，而她始终相信他的能力。两人都没再说什么，餐桌上还剩下几个冷掉的粽子，看起来这顿晚餐也只能这样结束了。

郑彩桥看着任之初，有些犹豫地问："要不然……我去把粽子热一下，你再吃点儿？"

金钰刚想插嘴说"他从来不吃剩饭"，却听到任之初说："阿姨，不用麻烦了，冷的也好吃。"

他说完，就仿若无事一般，继续埋头与粽子奋战。

金钰看着他平平静静的面容，莫名觉得很心酸。这样一个运筹帷幄的优秀男人，怎么偏偏就爱上了她，怎么偏偏要在节日里陪着她一起过这样不太富裕的生活呢？

常有人说，男人的爱体现在金钱上，如果他能为一个女人挥金如土，那无疑就是爱。

可金钰却觉得恰恰相反。也许在任之初的世界里，金钱并不可贵，而他愿意把他最宝贵的温暖和疼爱给她，这才是爱。

几个人都沉默着，隔了半晌，还是郑彩桥率先开口打破了这段沉寂。

她语重心长地对金钰说："女儿啊，你以后别总闯祸，好好珍惜你俩的感情。小任是个不错的孩子，妈妈不会看错人的。你们年轻人在社会上打拼都不容易，有什么矛盾啊心烦的事情啊，互相多体谅体谅，知道吗？”

金钰点点头道：“嗯，我知道了。”

任之初礼貌地笑了笑，没谢绝郑彩桥的这番褒奖，只说：“阿姨您放心，金钰其实很懂事的，也很会照顾我。很多事情我都记在心里，人心都是肉长的，我一定不会辜负她。”

金钰很少听到任之初用这样郑重而虔诚的语气谈论感情，仿佛在谈论他的信仰。

眼眶微微湿润，她别过头去望了望天花板，好不容易才忍住了想哭的冲动。

三人都没再说话，晚餐很快就结束了。

任之初惦记集团那边还有重要的事情等着他处理，于是也不久留，稍坐一会儿便起身跟郑彩桥道别：“阿姨，我这会儿就先回去了，改天再过来看您。”

“行，你有事情就先去忙。”郑彩桥说着，站起身来跟着他往门口走去。

金钰犹豫了一下，恋恋不舍地望着任之初，心里琢磨着要不要找个借口跟出去。

有人说“母女连心”，郑彩桥不用看都知道金钰现在的小心思。临到门口的时候，她故意回头瞧了金钰一眼，说道：“你还傻坐在那儿干什么？赶紧出门送送人家。”

“好！”难得碰见这等称心如意的命令，金钰二话不说，立刻蹦起来奔向门口，随着任之初一起下了楼。

他在单元门口将她拥在怀里，低头望见她如水的双眸，一时情难自禁，轻轻吻住了她的双唇。

夏日的傍晚，带着槐花清香的微风从金钰的耳畔徐徐拂过，温柔得如同爱人的呢喃细语。她感受着空气里的温存，只觉得这世界太过醉人。

他的唇舌辗转着与她痴缠不休，时间仿佛在这一刻静止。

她不知道这一吻究竟持续了多久，只知道当他放开她时，她只能乖顺地倚在他的胸膛，无力抗拒爱情的美妙。

很多时候，女人就像是偷腥的猫，一旦得了甜头就开始贪得无厌。

此时，金钰除了陶然沉醉以外，就只剩下一个念头——跟他走，不回家了。而实际上，她也确实纵容自己这样做了。

回城北的路上，任之初笑着打趣道："没想到你真的愿意为了我净身出户。"

"亏你还好意思说！我忘了上楼拿钱包你也不提醒我。"金钰说着瞪了任之初一眼，佯装愠怒。

"你不懂，就得像这样不顾一切地跟我走，才能显出你的江湖气概。"

"我看分明是'江湖乞丐'。"她撇撇嘴，又说，"明天我得回来拿钱包，你先借我点儿路费，等我富有了再还给你，怎么样？"

他想都没想，直接一口回绝："不怎么样。"

她故意与他开玩笑，像个江湖女侠一样控诉着任之初的不仁不义："任之初你这个忘恩负义的家伙，我是为了谁才落到今天这个山穷水尽的下场？你居然见死不救，连一百块钱都不肯借给我！"

"像我这种仁义之士，怎么会弃你于不顾？明天上午我亲自开车带你过来。”

“……”金钰讪讪地摸了摸鼻梁，好一阵子没搭腔。她总觉得任之初有什么地方不对劲儿，然而，他似乎也没说什么很特别的话。

她默默回想起两人相识至今的种种，思量半晌才明白是怎么回事。

曾几何时，他们之间总是隔着山高水长的距离，即便他就站在她面前，她仍觉得自己需要越过重重山峦，才能看清他的眉眼，才能读懂他的心思。

可是不知不觉中，他已经走到了她的近旁，并且甘愿驻足于她所生活的市井人家。

在她的面前，任之初早已不似从前那般高傲。他也会惊惶，也会无助；他有温柔的一面，也有开玩笑时孩子气的一面。

抛开身份不谈，他不过是她的男朋友，仅此而已。

这种突如其来的认知令金钰满心欢喜，仿佛从这一刻起，她才真正相信，自己原来真的拥有他。

任之初留意到金钰的沉默，不由得问道：“怎么不说话，在想什么？”

“没什么，就是在想……我把出租公寓的钥匙也和钱包放一起了。”她原本只是没话找话地随口一说，可是话音落下，她才发现这还真是个严峻的问题！

“意思就是说，”他欲言又止地看了她一眼，“你今天晚上……”

金钰立刻义正言辞地说：“你不要多想！我才不会去你家，我要住酒店！只要你借我点儿钱……”

“借你钱有什么用？”他好笑地说，“说得就好像你随身带了身份证一样。”

“……”她竟无言以对。

金钰思前想后，觉得自己真是蠢得可以，忍不住对任之初说：“我觉得最简单的办法就是趁着现在还没走远，赶紧回去拿我的钱包和钥匙……”

“已经走得挺远了，况且我等会儿真有事情，要回集团和郑晨碰个面。”他一副云淡风轻的样子，显然不是真的着急去集团。

金钰咬牙切齿地说：“任之初！你就是故意的！”

他非但没狡辩，反而厚颜无耻地承认：“对啊，我就是故意的。”

“无耻之徒！”

“怎么能怪我？明明是你自己选择两手空空跟我走的。”

对于这种无法反驳的混账话，金钰也只好忍下这么一口恶气，留待以后再出。她在心里把任之初抱怨了不下二十遍，扭头看着窗外，不论他说什么都不再搭理他。

任之初哄了她几次，见没什么起色，也就干脆放弃了挣扎。反正他知道，她也就是赌气装装样子，总不至于闹出什么事儿来。

沉默在车里蔓延开来，若是在往常，也许彼此都会觉得有些尴尬。可是今天，金钰却觉得自然而然。

情侣之间吵吵架、斗斗嘴，这简直是再寻常不过的事情，更何况他连家长都见过了，也算是半个未婚夫。这样的他，就连沉默都令她觉得安心。

晚上八点半，车停在德鲁大厦楼下的专用停车场。

“我也一起上去吗？”金钰不晓得高层之间的讨论是否有什么内容是她应该回避的。

可任之初却故意用玩笑的语气反问：“作为总裁助理，你觉得你有理由自己在车里躲清闲吗？”

金钰无奈，只好下车跟在任之初身后，一起往电梯间走去。

他们抵达集团顶层时，郑晨已经在总裁办公室外面恭候了许久。

任之初没有跟他寒暄什么，径自开门进屋，言简意赅道：“进来说话吧。”

他绕到办公桌那边，像平常一样坐在老板椅上，有条不紊地打开了笔记本电脑。他的姿态稳得不像样子，仿佛这世上从来就不存在什么十万火急的事情。

金钰端了杯子去给他们沏茶，而郑晨则规规矩矩地坐在离任之初不远的沙发上，老板没发问，他便不多嘴。

金钰回来的时候，看到任之初和郑晨两个人都抱着笔记本各忙各的，一时没搞清状况，也不知道他们是还没开始谈，还是已经迅速地谈完了。

任之初打开办公邮箱，将重要的邮件加以标记，迅速地浏览一遍之后，才抬头看向一旁的郑晨。

“说说吧，目前什么情况？”

“总共有三件事需要向您汇报。”郑晨合上笔记本，条理清晰地说，“第一，致远集团那边有行动了。今天下午四点钟左右，霍思远拍板调低了他们全线产品的价格基准线，不过他们目前还在试图封锁消息，没有向外界宣布。”

任之初不做评论，只是点头示意他继续说下去。

“第二，不知道为什么，就在两个小时前，秀利集团突然占据了各大互联网平台的热门榜首，与之相关的，电商网站热门产品目录也出现了他们的箱包。”

郑晨顿了顿，才说出第三件事情。

“最后，赵瑞麟勾结秀利集团的证据已经准备妥当，全都存在这里了。”说着，他走上前去，将一枚小巧的U盘放在了任之初的办公桌上。

在他汇报这些事情的过程中，任之初始终不发一言，甚至连神情都没什么变化。

直到此刻，他拿起U盘掂量一下分量，才终于露出满意的笑容。郑晨虽然搞定了这几件棘手的任务，但仍是那副不卑不亢的样子。

“很好。”他赞许地看向郑晨，“这几天放假，你回去好好休息，不用加班了。”

“都是我分内的事。”

两人又闲聊几句，而后郑晨便离开了总裁办公室。

任之初将U盘连到电脑上，仔细查看其中内容，生怕漏掉了什么。

时间一晃而过，不知不觉间，已是深夜十一点钟。

任之初还在电脑前边忙个不停，金钰心疼他，却又看得出这次事关重大，不敢轻易打扰。她默默陪在他身边，做些力所能及的事情，实在无聊了就刷刷网页听听歌，借此打发时间。

坐在旁边等久了，她觉得膝盖有些酸痛，便起身去落地窗前，望一望窗外的景色。夜里，沽川到处灯火通明，每一盏明亮的灯，似乎都代表了一群人的幸福或拼搏。

她怔怔地对着窗外发呆，直到任之初轻声叫她的名字。

“金钰。”

“嗯？”她回过神来，转头看向他，温柔地问，“忙了这么久，累坏了吧？”

“没事，已经差不多忙完了，回家吧。”

一句“回家吧”，仿佛触到了她心中最柔软的地方，暖心的幸福感如潮水般涌来，竟叫她受宠若惊。

他是冷静的任总，是整个行业里最出色的角斗士。然而此刻，他却也是最温情的角斗士，是她一个人的勇士。

为了这个男人，别说一晚上，就是等待一辈子，金钰都心甘情愿。

任之初住在沽川市的东郊，一个名叫“林谷桃源”的高档小区里，离市中心有段距离，周边算不上特别繁华，但各种生活设施却配备得十分齐全。

小区里没有高于三层的建筑，只有独栋别墅和私家花园，以及错落有致的绿植。

金钰还是第一次来到这种高档小区。虽然嘴上什么都没说，可她却忍不住在心里感慨。原来在她不知道的地方，一直有人在过这样优渥的生活，而任之初就是其中之一。

任之初把车停在了小区入口处的公共停车场，下车之前对金钰说：“从这儿走回去吧，五分钟的路程，刚好带你看看周围环境。”

金钰瞧着这深更半夜的，有些犹豫，然而思量片刻，到底还是本着“人在屋檐下，不得不低头”的大原则，什么都没说，只是乖乖跟着下了车。

这里远离闹市，到了夜晚，听不到汽车的轰鸣，也没有人群的熙熙攘攘，静谧得如同世外桃源。

四周一派安然，空气里弥漫着夏末时节所独有的馨香气息。暖橘色的灯光照亮了纵横交错的小路，也照亮了她眼中他的身影。

金钰乖顺地揽着任之初的臂弯，随他一起不疾不徐地往小区深处走着。

微风在耳畔呢喃，而他们沉默着散步，不舍得破坏这份难得的安静与祥和。

任之初的别墅离小区门口大概几百米的距离，三五分钟一晃而过，他在自家门前停住了脚步，转头看着金钰说："亲爱的，到家了。"

皎洁月光仿佛温柔了整个世界，而他的声音，却比月色更温柔。

金钰也用同样的温柔回馈与他，轻声唤他："亲爱的。"

爱人的气息萦绕在空气里，这种幸福并不浓烈，却万分醉人。

眼睛是心灵之窗，此时此刻，金钰的眼眸中写满了温存。那样清澈又柔软的目光，仿佛是夜空中最明亮的星辰。

借着月光，任之初静静打量着她的模样。

就是这个清秀美好的小女人，像是有种独特的魔力，吸引着他一步一步靠近，直到整颗心都为她沉沦。

如今，她身无分文地来这里投奔他，这座清冷空旷的别墅才终于有了家的气息。

开门进屋的一刻，任之初将金钰按在玄关的墙壁上，爱怜地摩挲着她的脸庞。金钰情不自禁地凝望他俊朗的眉眼，抬起一双藕臂，轻轻搭在他的肩膀上。

心绪柔软得无以复加，他难抑心中悸动，缓缓低头，轻轻吻上她柔软的唇。

最初的最初，他所给予她的不过是一个轻如蝶扑的吻。然而，不知从哪一刻开始，一种莫名的情动忽然将他笼罩。

他再也压制不住心中的强烈渴望，微微侧头，不断地加深这个吻，坚硬的鼻子擦过她的，带着男人独有的霸道与野性。

这是爱，是占有，是他能给她的最炙热的温柔。

金钰从未有过如此迷醉的感觉，整个世界仿佛都飘浮在半空中，只有他的气息那么真实。

心跳如鼓，瓷白的脸颊无可控制地染上迷人的红晕，她下意识地抚摸着他坚实的胸膛，一如这世间最媚人的猫。

她甚至记不得他们是如何从玄关到客厅，再到卧室的。

一切都发生得很快，却又那么自然而然，仿佛为了等待这极为亲密的夜晚，他和她都已经在空旷的世界上孤独漂泊了太多年。

第九章
信任，毁于昨天

有时候，金钰真觉得再也找不到比她更体贴的人了，比如说，在彻夜缠绵之后，她竟然还可以拖着倦怠不堪的身子，早早起来为任之初准备早餐。

事实上，金钰原本打算给他准备一些清粥小菜，然而打开冰箱才知道这个男人有多么不注重生活质量。

冰箱里面空空如也，放眼望去，只能勉强搜罗出半盒鸡蛋，三两片面包，以及最后一罐啤酒。

金钰望着冷冷清清的厨房，很有些无奈，当然，更多的还是心疼。

曾听人说，恰当的相逢总是令人恨晚，如今她才明白这句话的奥义。她多想回到几年以前，从任茜去世就开始陪在他身边，好好照顾他，用自己全部的爱去守护这个倔强的男人，不让他孤单……

“滴滴——滴滴——”

直到冰箱因为长时间没有关门发出警报，金钰才从刚才的神游中缓过神来。她赶忙从冷藏箱里拿出两个鸡蛋和所剩不多的面包片，去厨房忙碌起来。

任之初习惯早起，即便休假也从不赖床。

八点一刻，他准时从睡梦中醒来，睁开迷离双眼望了望熟悉的天花板，忽然想起昨晚自己曾与金钰相拥而眠。

那么幸福的事情，美好得像是一场梦。

然而，当他转头发现偌大的双人床上只有他自己时，一种熟悉的不安全感忽然变得鲜明，甚至有那么一时半刻，他开始怀疑昨晚的相守相依真的只是梦境而已。

顾不上别的，他随手抓起床头柜上的睡衣披在身上，匆匆跑出卧室，四下寻找着金钰的身影。

客厅没有，卫生间里也不见她的踪影。任之初焦躁地揉了揉自己的短发，也就是在这时，他看到了正在厨房里专心忙碌的她。

他忽然就想起自己很小的时候，每天早上去学校之前，都能吃到妈妈为他准备的营养早餐。那时他还小，也没经历过什么大风大浪，因此从没有觉得一份早餐有什么可贵。

直到后来，他失去了亲人，才终于明白自己曾拥有过怎样的幸福。

自从任茜走了之后，他就一个人搬到这里住，从此封闭内心，再也不奢望得到什么温暖。可是今天，他站在离厨房一米远的地方，忽然看到了命运送给他的阳光。

他小心翼翼地靠近她，从身后轻轻抱住了她。

她回头笑看着他，柔声说："你醒这么早做什么？我三明治还没做好。"

"我……"任之初的心里徘徊过千言万语，最后说出口的，却只有简简单单的三个字，"很爱你。"

"我也很爱你，还很后悔没有早点儿走进你的生活。"她一边说着，一边将平底锅里的三明治翻了个儿。

他轻轻吻她的耳朵，小声说："这辈子还有很长，以后我都有你了，真好……"

金钰心里早已温柔万千，然而表面上还是没有习惯任之初说出这么肉麻的情话。她害羞地歪了歪脑袋，免得被他的气息干扰了下厨的思路。

“再过五分钟就可以吃饭了，你快去洗漱一下，然后到餐桌那边乖乖等着。”

“遵命，亲爱的。”他又在她的耳垂上轻啄了一下，看到她耳根微红，这才满意地笑笑，离开了厨房。

金钰将黄金三明治端上餐桌时，任之初已经将自己拾掇得整整齐齐——黑色衬衫，藏蓝领带，与衬衫相得益彰的纯色西裤，以及成熟商务男士必备的黑色袜子。

“怎么穿成这样了？”金钰在他对面坐下来，不解地问道，“等会儿是有什么正式的会议要参加吗？”

“先吃饭，吃完再说。”他尝了一口她的杰作，淡笑着同她打趣，“之前怎么没看出来你还有当厨子的天赋呢，感觉让你当个小助理实在太屈才了。”

“看你这话说的！”她故作嗔怪，“我就是再怎么不起眼，也不至于一无是处啊。”

“谁说你一无是处了？你‘是处’可多着呢。”

听他这么说，金钰顿时来了兴致，笑眯眯地盯着他问：“比如呢？”

他抿着嘴角似笑非笑，语气暧昧地说：“比如，昨天晚上……”

金钰忽然意识到画风不对，立刻红着脸打断他的话：“喂！吃着饭呢，你能不能有点儿节操！”

“我没节操？真不知道你那颗小脑袋里一天到晚都在琢磨些什么没节操的事情。”他好笑地看了她一眼，故意幽幽地说，

“我其实只是想说，昨天晚上你在公司等我到十一点多，很体贴啊。”

金钰气鼓鼓地瞪了他一眼，脑海中隐隐飘过四个大字：被——调——戏——了！

两人你一言我一语地互相抬杠，笑笑闹闹地吃完了早餐。之后的日程显然就没有那么轻松惬意了。

“餐具先拿到厨房去，不急着这会儿洗。你去收拾一下，我们得尽快出门。”

“嗯，”金钰听话地端起桌上的碗筷，边往厨房走边问他，“现在可以说了吧？今天到底要去哪儿，做什么？”

“我准备处理一下赵瑞麟和秀利集团的麻烦事，所以提前让赵晨联系各大媒体安排一场新闻发布会，时间就定在今天上午十点钟。”他言简意赅地解释完，宠溺地揉了揉她的头发，“好了，现在快去洗漱，准备出发。”

任之初抵达新闻发布会现场时，很多媒体记者都已经到了。

看到今天的主角出现在门口，记者们蜂拥而上，里三层外三层地将任之初和金钰围在了中间。

闪光灯一直闪个不停，配合着从四面八方传来的单反相机的快门声，一起将金钰搞得愈发局促不安。

像她这样的平凡小人物，从来没想过自己竟然也有机会出席这样的场合，更没想过有朝一日自己也会成为万众瞩目的主角……的助理。

“任总，传闻说最近德鲁联合致远集团一同抵抗从台湾进军大陆市场的秀利集团，这是真的吗？”

“任总，听说德鲁集团员工私下里与对手公司合作，出卖集团的商业机密，此事是否已经得到了证实？您对此事有什么看法和打算？”

“任总，能否介绍一下您身边这位女士？”

“任总……”

金钰觉得，如果所有这些“任总”都换成“金钰”，她现在估计已经被逼到墙角去了。

任之初显然比她更擅长应对这种混乱的场面。从始至终，他都面带微笑地听记者把话问完，看起来谦和而礼貌。然而那只是场面功夫，实际上，他并没有正面回答任何一个问题。

不论记者如何追问，他都只是笼统地回答说：“感谢关心，这个问题稍后我会在发布会上给出正式的回答。”

他一边从容不迫地应付着现场记者，一边不动声色地护着金钰，同她一起往演讲台的方向走去。

为了不给任之初丢脸，金钰也一直赔着笑容，笑得久了，脸上的肌肉免不了会有些酸痛。

这种强颜欢笑的感觉让她意识到上层社会的虚伪和麻木，一方面担心自己有没有能力陪任之初过这样的生活；另一方面又不愿看到他有事儿没事儿受这个罪。

金钰忽然很庆幸自己现在唯一的一身衣服就是职业正装，否则，她这个助理估计会因为“着装不够正式”被拦在发布会的大门外，又或者，会被人发现她的真实身份其实是——任总的秘密女朋友。

她自顾自地胡思乱想，直到主持人出场，宣布新闻发布会正式开始。简单的开场寒暄后，任之初从主持人手里接过话筒，将话题引向了最为关键的主题。

“首先，我代表德鲁集团全体员工感谢各位百忙之中抽出时间，来参加此次新闻发布会。”他将U盘连到大厅的演示电脑上，继续说道，“接下来，请大家先来听几段录音，这将帮助各位更好地理解我接下来所说的每一句话。”

任之初是个很有魅力的男人，举手投足之间，总是带着一种令人不容置疑的笃定气场，仿佛他所说的每一个字都是箴言，他所传递的每一个请求都是命令。

此时，全场寂静，所有人都屏息等待接下来的一出好戏。

金钰一直都不知道那个至关重要的U盘里到底存了些什么，因而也和其他人一样，将全部注意力都集中到录音上，只为了一探究竟。

“秦总，我在德鲁集团十几年，手里掌握了很多重要的秘密。不夸张地说，就算您想知道德鲁的产品成本价，我也有办法搞来一份准确的目录。”这是赵瑞麟的声音。

他口中的“秦总”应该就是秀利集团的老总，秦臻。

秦臻沉默片刻，然后对赵瑞麟说：“说说你的动机，为什么打算帮我？”

“很简单，敌人的敌人，就是我的朋友。”赵瑞麟语气阴狠地说，“不弄死任之初，我咽不下这口气。”

秦臻半晌没说话，过了足足半分钟，他才再次开口：“你叫赵瑞麟，对吧？”

“对。”

“那么，明天下午两点半到我这边来一趟，带上所有你认为应该带来的东西。”

“没问题。秦总，您尽管放心，如果我们这次能合作成功，不仅能彻底毁掉德鲁的去路，还能给秀利铺出一条通天大道。”

“好，那我就拭目以待了。”秦臻说完这句话，便挂断了电话。

在这条录音之后，任之初又播放了秦臻和赵瑞麟的一系列商谈过程录音。当他最终按下停止键时，新闻发布会的现场出现了前所未有的混乱局面。

在场的每一个人似乎都在用自己的方式表达惊诧。

有人瞠目结舌，半晌不语。

有人禁不住惊呼："我的天哪！这算违法吧，保不准要立案调查的！"

也有人刻意压低了声音，和旁边的记者断断续续地谈论着什么……

别说是这些记者，就连金钰都觉得信息量过大，一时半会儿消化不完。

"大家请安静一下。"任之初清了清嗓子，继续说道，"鉴于此次商业泄密事件性质恶劣，影响极为严重，我将代表德鲁集团做出以下几个重要决定。"

他扫视全场，目光很平静，却带着某种震慑人心的力量。

"其一，赵瑞麟违反商业法规，泄露德鲁集团公司机密，我方律师将于三天之内将所有证据提供给警方，并向沽川市高级法院申请司法仲裁。"

现场扛着专业摄像机和单反相机的记者都在忙着记录这一切，努力不漏掉任之初所说的每一个字，也不放过他的任何一种表情和手势。

"其二，我从来不反对公平公开的商业竞争，是因为我始终相信，德鲁集团能为消费者提供优质的产品和周到的服务。然而今时今日，秀利集团却用这样卑劣的手段，妄图干预市场的格局，并阻碍我们为消费者生产好的商品，这种行为是我绝对不能忍受的。”

他望着场下的人们，朗声继续说道：“借这次机会，我在此向所有消费者保证——德鲁集团将于一周之内，将所有商品市场价格下调10%，而质量方面，我们将精益求精，绝不允许有半点儿含糊！”

任之初铿锵有力地说完这番话，又拿出半小时的时间回答记者的诸多疑问，而后便客客气气地结束了今天的新闻发布会。

现场还有一些后续事情需要处理，郑晨已经提前安排了专门的工作人员来负责。

任之初与大家礼貌道别，然后与金钰一起走出会议厅，开车去往城南。

这一路上，金钰安静得有些不像她。

“怎么不说话，在想什么？”

“其实也没想什么，就是有点儿……”金钰幽幽叹了口气，“怎么说呢，感慨很多，一时不知道应该从哪儿说起。”

“比如呢？”

“比如……今天早上我还觉得自己越来越了解你了，可是现在却又觉得有点儿陌生。”

“为什么觉得陌生？”

“我也说不好，很多次都是这样。当我以为你高高在上时，你偏偏对我很好；当我以为你很温柔的时候，又总是有什么机会，让我看到你运筹帷幄的样子。”

他静静听着，没有说话。

金钰也沉默了一会儿，而后又继续说道：“坦白讲，我喜欢你的每一个样子，我只是有时候分不清哪个你才是真实的。”

任之初淡淡地开口：“与你在一起时那个温柔的我，在外人面前那个不动声色的我，都是真实的。也许可以这样说，我已经习惯了用不同的态度面对不同的环境，也习惯了这种频繁的切换。”

“在不同的场合，你会给自己戴上不同的面具，是这个意思吗？”

“你可以这样理解。”

“这样会很累吧？”她声音低低地问，“甚至我们在一起时，你也不能完全放松下来，是不是？”

“其实习惯了就会明白，生活本来就是这样的，并不需要去刻意伪装什么。”

金钰抿了抿嘴唇，沉默着没有说话。

她忽然意识到，原来他和她不是同一类人，这种巨大的差异不单单是体现在贫富方面。说得刻薄一点儿，她骨子里就是个单行线的人，可他却不是。

他的人生就像是一个磁盘，被划分成不同的区域，每个区域有自己的人际网络，有自己的规则，而金钰属于那个名叫“爱情”的分区。

她不满足于此，她渴望自己能够陪伴在他人生的每一个角落。直到这一刻，金钰才忽然意识到自己的占有欲有多么强烈，而这种无法抑制的占有，就是深入骨髓的爱。

因为仰慕，她不由自主地靠近他，爱上他；因为爱上他，她不由自主地想要与他并肩携手，不再卑微仰望。

从这个角度来看，爱情简直就是一个微妙的悖论。

临近中午，他们抵达郑彩桥的住处，金钰独自上楼去拿东西。

“女儿，是小任送你过来的？”

“嗯，他在楼下等着呢。”

“叫他上来一起吃点儿午饭再走呀。”

金钰摇摇头道：“不用了妈，等会儿我们还有事情，改天吧。”

“这样啊……”郑彩桥打量着金钰的表情，“那你们先去忙。”

“嗯，那我下楼了。”金钰说完就开门从家里离开了。

沿着楼梯往下走时，她莫名有些懊恼。其实仔细想想，直到今天早上，一切都还很美好。而今天上午也没有发生什么了不得的大事。说起来，他在记者会上应对自如，这明明是好事。刚刚在路上，他也不过是向她坦陈他的生活状态，这显然比甜蜜的谎言更令人欣慰啊！可她怎么就莫名其妙地低落成这样了呢？

她不喜欢这样无理取闹的自己，这会让她愈发自卑。

努力整理好情绪，走到一楼时，她遥遥地朝他笑了笑。他回之一笑，走过来帮她拎包，为她打开车门，俯身替她系上安全带。

这一系列的小动作不知不觉暖到了她的心里。

金钰默默对自己说，他是爱她的。在所有纷杂困扰的感情里，这才是最重要的。

自从端午节过后，德鲁集团就进入了高度忙碌的状态。

任之初在新闻发布会上公开声明的两件事情都已经得到了具体的落实。

假期后的第二个工作日，赵瑞麟和秀利总裁秦臻就分别收到了法院的传票。第一次庭审安排在一周之后，德鲁集团律师代表已经将所有证明材料都提交上去，只等着审判那一天的到来。

此外，德鲁所有产品价格均以 10% 为最低标准进行了下调，不仅如此，任之初还命令市场部与各大电商协商，举办了一系列的满减优惠活动。

布料行业并不是暴利行业，可即便是这样，在如此大手笔的降价之后，每一笔生意也还是有利可图的。

所谓薄利多销，又能借机赚取品牌名声，这对德鲁来说无疑是再好不过的事情。

这几天，销售部递上来的每日业绩报告越来越精彩，董事会的老头子们脸上都笑开了花，只有任之初始终平平静静，仿佛集团的起起落落并不是什么了不得的大事。

星期四上午，任之初与集团高层一起开会。金钰因为要抓紧时间帮他分析一个报表，因此没有一起去会议室。

就在她忙得焦头烂额的时候，任之初办公桌上的电话响了起来。

她望着那吵个不停的电话皱起了眉头——接，还是不接？

虽然是他的助理，可有些保密程度比较高的事情似乎也不方便过多参与，而最近打给任之初的电话里，少说也得有一半是涉及集团机密的。

金钰还没纠结出个结果，电话已经不响了。可她好不容易松了口气，没过三秒钟，那个响亮亮的铃声又执着地响了起来。

又是同一个号码！看样子，这电话她要是不接，整个办公室都不得安宁了。

“喂，您好。”她拿起听筒，尽量让自己的声音听起来不要那么不悦。

电话那端的男人似乎沉默了一下，而后小声叫她名字：

“金钰？”

这回轮到金钰茫然了。这是哪座庙宇的哪尊大佛啊，怎么还认得她这个无名小卒？

她的眉头拧得更紧了，礼貌而疏离地询问对方：“请问您是哪位？”

“我是霍思远。”

金钰这才想起来，之前任之初带她一起去过致远集团，她还和这位清俊的霍总相谈甚欢。

“啊，霍总！实在不好意思，我刚才……”她有些尴尬地顿了顿，“呃，刚才没听出来是您。”

“没事。”他若有似无地笑了下，又问，“怎么是你接电话，任之初没在吗？”

“任总开会去了，估计再过半个小时能结束。您要是有急事找他，我这就去会议室跟他说一声。”

“没事，不用麻烦你，我过一个小时再打过来就好。”

金钰见他这么好说话，立刻打算结束这次通话：“好的，那如果没别的事情我就先不打扰您了，等会儿我会跟任总汇报的。”

“等一下。”

“还有其他事情需要转达给任总吗？”

“没有了，不过……”他停顿片刻，似乎在下定什么决心，“你这周大概什么时候有空，想约你出来喝个咖啡，随便聊聊。”

这是……要和她约会的意思？

金钰忍不住摸了摸鼻梁，怕是自己想多了，赶忙公事公办地回答说：“那我稍后跟任总确认一下，看他这星期是否还有空余的时间和您碰面。”

霍思远似乎听到了什么好笑的事情，轻笑了两声，“我有提到他吗？我是问你。”

“我……我啊……”这可叫她犯难了。

金钰不知道霍思远约她到底是出于什么目的，也许是觉得她人傻好骗，想从她这里套出点儿德鲁的内幕？又或者只是单纯地想跟她见个面，聊聊天？

然而，不管哪种情况，她似乎都没理由应邀。于公，她直接接触德鲁的一把手，应该和同行业的其他公司高层保持绝对距离；于私，那更不行了！

这么一想，金钰也就没什么好犹豫的了，直接回绝说：“不好意思，霍总，我这周工作安排得比较满，周末还有点儿私人的事情需要处理，所以恐怕没有时间。”

“下周呢？”

她只好硬着头皮说：“下周……好像……也不行。”

霍思远是何等聪明的人，听到这话自然明白她是什么意思，于是也没过多纠缠，好言好语地答道：“没事，那就以后有机会再说。”

说完这句话，他没给金钰什么辩解的机会，便率先挂断了电话。

听筒里传来“嘟——嘟——”的忙音，金钰有些出神，忍不住暗自揣度霍思远究竟是什么意思。

说是女人的直觉也好，说是她自作多情想太多也罢，总之金钰觉得，霍思远大概是对她这个人比较感兴趣。如果对这种“感兴趣”不加以控制，将来似乎还有可能发展为某种程度上的……喜欢。

她的思绪越跑越远，竟然不知道任之初是什么时候出现在办公室里的。等她回过神来，就看到任之初那意味深长的表情。

“刚才谁打过来的电话？”

金钰下意识地站起来，望着他问道：“你……你什么时候回来的？”

“有一阵子了。”他玩味地看着她，眼神里带着某种刻意隐藏的凌厉，语焉不详地又说了一句，“该听到的都听到了。”

这下金钰急了，扯着嗓子叫道：“你不许乱想我！霍思远打电话是来找你的，你没在他才让我转达。”

“转达什么？转达你‘这周和下周都没空出去’吗？”他阴阳怪气地反问。

“任之初！”金钰又气又心酸地说，“就如你所听到的，他问我有没有空出去喝咖啡，可重点是——我说的是我没时间！这周没有，下周没有，以后也不会有！”

四目相对，她的眸中写满了委屈，而他的眼里满满都是懊恼和歉意。

任之初主动走过来抱住她，放软了声线向她道歉：“对不起，是我不好。”

她虽然没有挣开他，但也没有任何回应，就这么气鼓鼓地站在那里，连质问他错在哪里的心情都没有。

任之初低低地叹气，在她耳边轻声呢喃：“亲爱的，我就是太在乎你了，才会莫名其妙地吃醋。你别跟我一般见识，消消气，嗯？”

她其实也没有很生气，此时被他这样温柔地哄了哄，自然也就不再别扭了。

“你知道我心里只有你一个人，以后不准这么孩子气了。”她抬头看着他，不知道为什么特别想偷偷吻一下他的下巴，而且，她也确实这样做了。

任之初感受到彼此之间的爱意，心里琢磨着要不要趁机来个办公室之吻。

谁知就在这时，金钰这个不解风情的小女人却突然一本正经地对他说："对了，刚才霍总说他再过一个小时还会打电话过来，看样子是真有重要的事情找你。要不然，你先给人家回个电话？"

"……"他竟无法反驳，只得下意识地咽了下口水，也顺带着把忽然蹿升的温柔念头一起咽回了肚子里。

他放开金钰，绕到办公桌另一边坐下，给霍思远回了电话。

这通电话持续了将近一个小时，两人就"商品价格下调"一事达成了共识，也就是说，至少在最近这个特殊时期，致远和德鲁将一致对外，用协商之后的策略共同影响布料市场。

任之初挂了电话之后，对金钰说："虽然我很不喜欢这家伙来纠缠你，但是不得不说，他有些话还是跟我很有共鸣。"

"什么话？"

"霍思远的原话是这么说的——我才不怕秦臻，只是看他不太顺眼而已。"任之初似笑非笑地打开了面前的笔记本电脑，淡淡地说，"我和他一样。"

星期五下班之前，任之初第一次接到秦臻打来的电话。那人竟然主动找上门来，约他周末上午去高尔夫球场见面聊聊。

"你真的决定去跟他见面？"金钰有些不放心地问道。

任之初倒是很沉得住气，心平气和地答道："打个高尔夫而已，推三阻四地反而显得我小家子气。再者说，沽川毕竟是我的地盘，我也没什么可忌惮他的。"

“那我和你一起去。”

他温柔地摸摸她的头发，爱怜地说：“你乖乖在家睡懒觉，别跟着我东跑西跑的。中午我不和他吃饭，打完球我就回来接你出门。”

“少睡一天懒觉又不会怎么样，我就想跟你在一起，当你的小尾巴。”

他宠溺地笑着，像哄小宝宝一样哄她说：“傻宝贝儿，乖乖听我话，就给你买很多好吃的，好不好？”

“我又不是小孩子了。”嘴上虽然这么说，可她心里甜滋滋的，也就没再挣扎，“那你早去早回，不要和那个人待太久，我总不放心你。”

他故意学着她的语气说：“我又不是小孩子了。”

她撒娇地搂住他的脖子，小脸蛋在他肩窝轻轻蹭了几下，在他耳边细声细气地说：“其实重点是，我离开你超过一个小时就会很想很想你……”

任之初笑得愈发好看，轻轻吻了吻她的脸蛋，呢喃着说了三个字：“我也是。”

周六傍晚，乔幸打电话约金钰明天一起出来聚聚，说认识了一个很有气质的新朋友想介绍给她认识。

想到要放弃美好的懒觉时光，金钰犹豫了一下。不过很快，她的脑海里闪过一个念头——既然自家男朋友都有约在身，那她自然也不能落后。于是，她勉强接受了乔幸的邀请。

次日上午，金钰早早地出了门，不到九点钟就赶到了约定的那家茶餐厅。

这家茶餐厅在沽川市颇负盛名。它的门面装修得十分普通，远远望去，有点像旧上海随处可见的石库门。然而，当金钰将信将疑地走进院子，才发现这里面别有洞天。

小小的别院里，陈设着雅致且有古韵的木雕作品，一条蜿蜒清幽的小路将院子里的茶座串联在一起，每个茶座之间都有树木相隔，其典雅程度不亚于五星饭店的精致包间。

乔幸从来没找她来这种高档的地方吃过饭，金钰不由得暗自猜测，这次要见的“朋友”一定有很不寻常的来头。

她的猜想很快就得到了证实。

不出一刻钟，乔幸就和另外一个女人一同朝她走来。

正值炎炎夏日，金钰每天都素面朝天，觉得多涂一层防晒都会被闷出病来，恨不能穿着最宽松的 T 恤和牛仔热裤出门，如果可以上班穿拖鞋，那简直是再好不过的事情。

然而，徐徐走来的那个陌生女人却和金钰形成了极为鲜明的对比。

她穿着一身很高贵的黑色连衣裙，裙子紧致有度，将她玲珑有致的身材勾勒得一清二楚。脚下的高跟鞋落在古朴的石板路上，发出好听的“咔嗒咔嗒”的声响。她的皮肤很白皙，一看就知道平时注意保养，夏天更不忘防晒。她化着淡妆，蛾眉淡扫，饱满的嘴唇上涂了一点儿桃红色，那么恰到好处……

女神和女汉子之间的差别究竟是什么？这一刻，金钰总算是体会到了。

她低头看看自己今天穿的印有奥特曼的棉布 T 恤，自卑得简直想找个树洞躲起来。可她越是惶惶然不敢直视那位高高在上的女神，那人就越是走到近旁，还好巧不巧地挑了她正对面的位置坐了下来。

“你好，我叫林诗音。”女神落落大方地对金钰说，“我和乔幸是在心理论坛上认识的，这次我刚好过来沽川，就和她约着见了几次面。”

金钰觉得自己一直低着头不看她确实有点儿不成体统，于是只好硬着头皮对上了林诗音的视线，礼貌地说：“你好，我叫金钰，很高兴认识你。”

林诗音笑得温柔婉转：“我知道你的名字，你是乔幸最好的朋友，她经常跟我提起你。”

金钰真想说“可是乔老板从来没跟我提起过你”，不过话在嘴边溜了一圈，还是被她苦苦地咽回了肚子里。

为了表示自己是个有素养并且不容易冷场的人，金钰虽然没什么好奇心，还是客气地问了一句：“你平时工作是在哪个城市呢？”

林诗音回答说：“在美国，我在加州经营一家心理咨询所。”

一旁的乔幸见她们直接忽略了她这个介绍人，不甘被冷落地插嘴说：“不过有了男朋友以后就不一样了，最近诗音都在台湾和男朋友一起，我说得没错吧？”

林诗音抿着嘴唇笑了笑，温声说：“其实没有了，我男朋友几个月前就来到大陆，我从加州飞回来之后，在台湾没住上几天就跟来沽川了。”

金钰本来对她很不感兴趣，然而听到这话，心中不由得一惊。

这个气质高贵的女人，有个貌似很优秀的台湾男朋友，并且，那个男人几个月前来到大陆发展……

她说的，难不成是秀利集团总裁，秦臻？！

这世上真有这么巧的事？金钰心中狐疑着不敢相信，但还是忍不住要确认一下。

“不好意思，我能不能多嘴问个问题？”

林诗音落落大方地点头说道：“当然，请说吧。”

“那个……你男朋友叫什么名字？”

“他叫秦臻，经营一个家族集团，主要做布料方面的生意。”她的唇边浮现出一丝温柔笑意，显然对自己的男朋友很是满意。

乔幸不晓得布料行业的事情，还在一旁帮腔说：“芋头，她男朋友可是个很了不得的人，之前只在台湾就把生意做得风生水起，最近来大陆，我听说也是蓄势待发。”

“……”金钰沉着脸，半晌没讲话。

乔幸大大咧咧地没发现什么，倒是林诗音先觉察到金钰的异样，关切而不失温柔地问她：“金钰，你怎么了？”

金钰抬起头来看向她，冷声反问：“那你知道我男朋友是谁吗？”

林诗音没说话，只是静静地与她对视，眼中有探寻之意。

“我的男朋友也是一个很了不得的人，他也经营一个家族集团，也做布料方面的生意。只不过，他的集团在大陆，也就是秀利试图抢夺的这块市场。他叫任之初。”

金钰一口气说出矛盾所在，听得乔幸瞠目结舌，就连一贯优雅的林诗音，此时也已经变得脸色苍白。

“你、你们两个……”乔幸结结巴巴地开口，心里也知道这事儿闹大了。都说仇人相见分外眼红，都怪她多事，非得介绍什么林诗音给金钰认识，现在搞得针尖对麦芒，简直没法收场。

乔幸起初还天真地以为，这不过是两个女人的男朋友之间的商业斗争，然而很快她就发现她错了，事情远远不止这么简单！

假如只是男人之间的战争，身为女朋友，林诗音完全没必要一副泪眼汪汪的模样。

“对不起，我去趟洗手间。”林诗音红着眼眶说完这句话，就起身消失在金钰和乔幸的视野里。

这回轮到金钰傻眼了。

“乔老板，你说……这到底是怎么个情况啊？”她没主意地问乔幸，“她男朋友抢我男朋友生意，可我怎么看着她比我还委屈？”

“你问我？我问谁去啊！等会儿她回来了指不定又爆出什么天大的新闻来。”乔幸自认倒霉地幽幽叹了口气，“我真想不通，我怎么就没事儿找事儿，非得把你们两个冤家牵扯到一起……”

她们正在那大眼瞪小眼，高跟鞋敲击地面的“咔嗒”声从不远处传来，林诗音款步回到桌旁，坐下来对她们说：“真抱歉，我刚才……情绪有点儿不好。”

金钰懒得理她，倒是乔幸厚着脸皮来打圆场：“没事没事，男人之间的事儿，咱们这些身处在背后的女人不用太挂心，你说呢？”

林诗音扯起嘴角笑笑，轻声说：“我不是因为这个。”

“那是为什么？”乔幸又问。

她欲言又止地看了金钰一眼，而后垂下眼帘，字字清楚地说：“我只是因为没有准备时突然听人提起任之初，他……是我的初恋。”

任之初的初恋？林诗音？！

金钰彻底傻了眼，她忽然觉得这世界就是一个天大的笑话，她竟然一直单纯地以为任之初是自己的初恋，那么自己也一定是他心里第一个、也是唯一的一个恋人！

可是如今，事实摆在眼前，一切不过是她一厢情愿。

仿佛受到了天大的打击，金钰懵懵然地站起身来，也不看她们，只是低声说："对不起，我等下还有事，就先回去了。"

话音落下，她起身就往外走。

"诗音，不好意思，改天我再跟你单独聊。"乔幸扔下这么一句话，也赶忙跟在金钰身后跑了出去，边跑边喊她，"芋头，你等等我！跑慢点儿啊你……"

金钰和乔幸都没有注意到，在她们身后，林诗音的脸上露出了某种胜利的骄傲的笑容。

第十章

拂晓以前说再见

金钰从茶餐厅狂奔出去，在路边拦了一辆出租就要上车。乔幸紧跑慢跑，算是赶在她关门走人之前把她从出租车里又拖了出来。

“我说芋头，你这是要干什么？”她抓着金钰的手臂，不让她往马路中间疯跑，“天又没塌下来，你给我冷静点儿行不行！”

金钰猛然回过头来瞪她，语声哽咽地说：“你知道吗？我突然觉得，自己就是天下第一大傻缺！我什么都不知道，他们都是同一个圈子里的人，只有我，是个彻头彻尾的局外人，只有我什么都不知道，哪怕我曾以为我才是离任之初最近的人……”

“芋头，你别这样……”乔幸看到她哭了出来，心里也难过得紧，也不管她是不是仍旧怒目相对，上前一步轻轻抱住她的肩膀，“对不起，都是我不好，你要实在生气咬我两口出出气，别自己跟自己较劲，行吗？”

“我不是怪你。”金钰哽咽着说，“也多亏了你，让我看清事实。”

“唉，”乔幸叹息一声，满心担忧地放开金钰，“其实不如换个角度想想，就算林诗音真的是任之初的初恋情人，那不也都是过去的事儿了嘛，至少他和你在一起的这段日子，你们相处得很好，他也是全心全意喜欢你的，所以也没有那么糟糕，对不对？”

她几乎想尽了办法来安慰金钰，然而不管她说的如何有理有据，金钰就是沉浸在她自己的悲伤情绪里，怎么也不肯走出来。

“你不明白，其实最近有很多很多细节被我刻意忽略掉，它们都和这个女人有关。”金钰苦涩地闭了闭眼睛，拳头攥得紧紧的，仿佛这样才能给自己一点儿力量去面对此前种种。

乔幸也意识到问题可能很严重，小心翼翼地问道：“……比如说呢？”

“比如，其他集团的总裁都已经懒得继续盯着秀利这么一家外来小企业，可任之初却一直明里暗里和秦臻较劲。”她顿了顿，又继续说道，“而且，今天上午秦臻约他出去打高尔夫，他死活就是不肯带着我一起去。”

乔幸拧着眉头思索片刻，低声说：“照你这么说的话，那还真的有点儿可疑……”

金钰斩钉截铁地说：“当然很可疑！如果一个男人从来不肯提起他的前女友，只能说明他的心里一直没有完全放下。”

乔幸知道，金钰说的都有道理。很多迹象也许平时并不那么引人注意，然而若是有心将其前前后后串联在一起，则不难发现其中的问题。

任之初对林诗音，应该确实心存念想，还没能释怀。也难怪金钰气成这样，她一直百分之百地投入自己的感情，认真去爱这个男人，可是现在却换来这样的消息……

这对她来说，真的很不公平。

“那你打算怎么办？”

“回去和他明说呗，不然还能怎么办。”金钰又叹息一声，“我总不能一直自己骗自己，假装什么事儿都没有啊……”

“你有没有想过，就算他给了你答案又能怎么样呢？下一步你要怎么做，那样的结果真的是你想要的吗？”

金钰沉默了，她也在思考这个问题。

如果任之初和她把话讲明，不外乎就是那么两种结果。

一种是他仍然爱着林诗音，而金钰只不过是一个聊胜于无的替代品；另一种可能则是他心里是真的喜欢金钰，但也一直无法放下初恋……

不管是哪种情况，爱情都算不得完美，而她都不想这样将就。

“你说是不是摊牌之后，我就只能离开他了？”她说完这句话，竟然猝不及防地落下眼泪。原来，离开任之初这种事情，只是想想都会让人觉得痛不欲生。而他不爱她，也同样令她寝食难安。

金钰靠着街灯缓缓蹲下来，无奈而痛苦地抱紧自己，泣不成声。

谁能告诉她，她究竟做错了什么？为什么她一定要陷入这样的两难境地，不论怎么努力都找不到一个明朗的出口。

她看过很多个爱情故事，一直觉得爱情是这世上最甜美的东西，就算它也包含酸涩，但依然令人着迷不已。

可是这一刻，金钰回想起任之初的脸，竟觉得心里的痛楚浓得化不开。

她想起那么多次，他对她温柔相待，想起他的拥抱，他的气息，他的吻……然而，这些美好得令人心颤的温存，却并不是只属于她一个人。

他也曾很爱很爱过林诗音，那个女人有着那样高贵的气质和精致的容颜，那是金钰远不能比的。自卑如她，该如何面对任之初，又该如何面对他们的爱情？

这一刻，她是真的茫然了……

和乔幸道了别，金钰随手拦了辆出租车，浑浑噩噩地回到了出租公寓。

中午十一点半，任之初的电话如期打来，她望着手机上的来电显示，恨不得直接关机。

然而，爱一个人有时候真的令人无奈，即便她那么害怕面对他，可只要一想到他找不到她会担心，就怎么也狠不下心拒接这通电话。

“宝儿，我已经到你楼下了，你收拾一下就下来吧。”

她沉吟片刻，声音低哑地说：“我现在没胃口吃饭，你先回去吧。”

他的声音里满是关切：“怎么突然没胃口了，早上不是还好好的？你先挂了电话在家等着我，我这就上来。”

“你别上来了，我不想见你。”

任之初显然没想到她会这样说，怔了一下才轻声问道，“怎么了，上午是发生什么事儿了吗？”

金钰心里纠结得要命，可是听到他温柔的声音，却又什么都不想追问。她沉默着，而他则在电话那端一遍又一遍地问她到底怎么了。

她实在不知该说些什么，索性放弃了在这个时间点与他纠缠不清，直接回绝了他的关心：“什么都别问了，等我想好了怎么说再打给你吧，就先这样。”

认识这么久以来，这是金钰第一次自作主张挂断任之初的电话。她心里难受，难受得头脑不清楚，而且还无端产生了一种破罐子破摔的勇气。

然而，她早该想到，任之初才不会就这样算了。

电话刚挂断不到三分钟，敲门声已经一下接一下地响起。

任之初的声音从门的那边传来："金钰，你把门打开，有什么话我们当面说！"

她狠下心来，冷着声线对他说："你走吧，我不想见你。"

"到底发生什么事了？你跟我说清楚总好过自己生闷气啊！"他是真的急了，素来波澜不惊的他，连讲话的语速都比平时快了不是一点半点。

此时此刻，他一点儿都不像平时那个运筹帷幄的德鲁集团总裁，那慌乱的样子倒像是考试没考好被老师责罚的毛头小子。

他很担心她，急得一直在敲门。

"金钰，我做错什么了你告诉我，我一定改。你开开门，别为难自己，行吗？"

不知不觉间，任之初的声音里竟带了点儿哭腔，落在她的心头，犹如千万把刀子在心脏上划出一道又一道的伤口，那么疼，那么难受。

她终究是爱他的，还是心软地打开了公寓大门。

看到他的一刻，她心里什么怨气都没了。那个淡定从容的任之初，那个她发誓要用心守护到永远的如同信仰般的男人，竟然为了她微微湿润了眼眶，而他的右手也因为刚才敲门时太过用力，显得红肿不堪。

就算心里再怎么责怪他，可是当她看到他受了伤，仍然觉得整个世界都可以不要，只希望他好好的，不要难过，也不要痛。

为一个人心疼到胸口抽痛究竟是怎样一种感觉？而今，金钰真的懂了。

他甚至没顾上关门，直接伸手将她抱在了怀里，一双修长的手臂紧紧地箍住她的腰身，不论她如何挣扎，他都不肯放开她。

“对不起，是我的错，你心里难受打我骂我都行，但是别跟自己过不去。”他颤抖着说，“金钰，我看不得你难过，真的……”

只是这么一句朴实无华的话语，就足以令她哭得不能自持。

金钰一边流泪一边断断续续地说：“你……你这个混蛋，让我拿你怎……怎么办才好啊！”

“我错了，你别哭了，我错了……”任之初反反复复地向她道歉，虽然，他到现在依然不明白金钰到底为什么而生他的气。

她把脸埋在他的胸口，委委屈屈地问：“你知道自己错在哪儿了吗？”

他犹豫了片刻，将她抱得更紧，然后低低地答道：“说真的，我不知道你为什么突然冲我发脾气，但我想，既然我惹你生气了，那就一定是做错了什么事。”

金钰的啜泣还没止住，想不到竟然被他这个简单粗暴的逻辑气乐了。

“那我告诉你原因，你愿意想办法解决吗？”

“这还用问？！傻丫头，你是没看到我为你着急成什么样吗！”

“唔，好像看到了。”她在脑海里思索着应该如何措辞，怎么想都觉得这话说出来很没风度，最后干脆也懒得兜圈子，直接说道，“今天上午，我和林诗音见面了。”

听到“林诗音”三个字，任之初的身子明显僵了一下。

金钰感觉到他的细微变化，好不容易才有所回暖的情绪，又在一瞬间跌回了低谷。

“她说她是秦臻的女朋友。”

“……嗯。”

“她还说，你是她的初恋。”

“……是。”

金钰猛地用力推开他，忍不住拔高了声调对他嚷道：“所以任之初，你能不能给我一个解释？你为什么从来都没跟我提过这个女人，又为什么一直和秀利集团针锋相对，以及，上午去见秦臻，真的那么怕我跟去吗？！”

她真的是豁出去了，连一点儿委婉的余地都不肯留给彼此，就这样不管不顾地将心底所有的质疑都和盘托出。

她退开一步，冷冷地望着任之初，等待他的答案。

他紧紧攥着双拳，嘴唇几乎抿成了一条直线，久久都没有说出一个字来。

时间一分一秒地流逝，金钰心里所剩无几的期待也随着时间一起逐渐流失，他的沉默就像是一剂无色无味的慢性毒药，悄无声息地扼杀了她所有的甜蜜。

他们沉默地对峙着，也不知过了多久，金钰终于难以忍受这样的窘迫，率先败下阵来。

她低着头，任之初看不到她面容上的哀伤，只听到她轻不可闻地问了一声：“任之初，你真的……没有什么话想对我说吗？”

“我没想到你会这样怀疑我对你的感情，一时也不知道该怎么说才能让你明白我的感受。”他走过去轻轻抚摸她的脸，微微抬起她的下巴，强迫她对上他的视线，“金钰，我喜欢你是真的，你相信我吗？”

“我真想说‘我信你’，可是任之初，我该拿什么相信你呢？”她苦涩地笑了笑，“我已经付出了一颗真心，到头来，却连你一句解释都换不回。”

“唉……”他轻轻叹息一声，回身把公寓门关上，而后搂着金钰的肩膀将她带到沙发边，不容拒绝地把她抱在腿上。

这一次，金钰很乖顺地没有反抗，搂着他的脖子，脸蛋离他的脸很近很近。

任之初平静了一下，才将心里的想法娓娓道来。

“我想你一定能理解，一个人如果对感情很认真，绝不会是从某一年开始突然变成这样，而应该是一直有这种全心投入的觉悟。所以我不能不承认，当初和林诗音在一起的时候，我是真心喜欢她的，就像现在我把所有的心思都扑在你身上一样。”

“唔，那现在呢，你还喜欢她吗？”

“我刚才不是说了吗，我现在整个人都是你的，脑子里想的，心里惦记的，无一不是你这个傻丫头。”

“那为什么一直瞒着我，不让我知道她的存在？”

“这个女人和我妹妹一样，都是刻在我心上的一道疤。过了这么些年，虽然已经没那么痛了，但我真的不想一次又一次去撕扯它。”

“戳到你的痛处是我的不对，可是如果你能坦诚一点儿，主动告诉我这些，我也不会刻意去揭你的伤疤。”金钰顿了片刻，又继续说，“我那么爱你，怎么守护你都嫌不够，又哪能真的故意让你难受呢……”

“我知道我不该瞒你，我只是一直没有鼓起勇气提及那些往事，尤其林诗音和茜茜不同，我怕你吃醋。”

她倒是轻轻笑了一下，说道：“你也知道我会吃醋？没错，我就是吃了好多的醋，所以才不愿意理你，不想接电话，也不想开门见到你。”

“还敢提这个！金钰，你究竟知不知道，刚才你真是快要把我折磨疯了！”

只要一想到这个小女人闭门不出，自己躲起来偷偷地哭，任之初就觉得心里生疼。那种无能为力的感觉堆积在胸腔里，一点点转化成难以言喻的不安全感。

他害怕失去她，害怕自己无法掌控，亦无力挽回。

“我知道错了。”金钰的声音软软糯糯的，仿佛全世界最委屈的就是她。

“什么难题我都可以和你一起解决，哪怕是大吵一架，只要我们是真的相爱，就没有什么过不去的难关。”他心有余悸地吻吻她哭红的小脸，疼惜又爱怜地说，“以后就算有天大的事情，你也不准再一个人躲起来了，要哭也只能躲在我怀里哭，知道了吗？”

“嗯。”她轻声应着，觉得恋人所给予的甜蜜感觉又回来了。

原来恋爱中的女人真的没有智商可言，只要他稍微丢来一点儿甜头，她就觉得整个世界都像抹了蜜糖一样甜，而一旦感情出现小小的波折，就像是遇到了什么天大的洪水猛兽，连人生观都要跟着坍塌了……

此时，金钰静静凝望任之初的脸，忽然觉得很欣慰。

不论如何，他现在拥着她，爱着她，这就是世间最难求的幸福。

很长一段时间内，金钰都没有再见过林诗音。

金钰不知道那个女人在做些什么，只知道她至今仍然赖在沽川不肯走。至于她留下来究竟是为了现任男友秦臻，还是为了她的初恋情人任之初，则没有人说得清楚。

如果可以，金钰恨不得一辈子别再见到那个可恶的女人，然而“事与愿违”从来不是说说而已。

八月的第一个星期，德鲁集团所有人都变得紧张兮兮，听说，那家外来的企业竟然在上个季度抢走了很大一部分市场份额，导致致远和德鲁的业绩纷纷出现了滑坡。

金钰生病在家里休息了几天，而任之初一直忙得脚不沾地，两人已经好几天没有见面了。

金钰销假回集团上班的第一天傍晚，一场冷雨忽然倾盆而下，兜头兜脑地将沽川市淋了个透心凉。

任之初忙着视频会议走不开，便叫金钰自己先去吃饭。她恹恹地出了门，才发现忘记了带雨伞。办公室里只有一把伞，她宁愿留给他。

瓢泼大雨几乎将整个城市浇得冒烟，她在大厦门口站了好一阵子，还是没能迈出去一步。

眼看着雨越下越大，金钰真是绝望的心都有。

俗话说，屋漏偏逢连夜雨。她这边正愁着怎么回家吃饭，却不知招惹了谁家的刁蛮公主，被面前一辆飞奔而过的红色轿车喷了满身的脏水。

而更绝的是，这辆罪魁祸首刚开出去不到一百米，又沿着原路倒了回来，并且再一次将那万恶的水花溅到了金钰早已湿透的连衣裙上。

金钰气得咬牙切齿，真想扒开车窗挠车主一脸土豆丝。

谁知就在她心里愤恨之时，车主真的应了她心中所想，缓缓摇下了副驾这边的车窗，也不顾雨水会不会被风吹进车里。

她不解地探头往车里瞧了一眼，结果，就瞧见了一张明艳动人的冤家脸。

开车的不是别人，正是金钰的万恶情敌——林诗音。

还能更倒霉一点儿吗？这话她已经在心里咆哮了不止一万次。

“雨这么大，我送你回去吧。”林诗音主动邀请她上车，脸上的笑容依旧那么温和有礼。

“不用了，我正准备上去找他一起回家。”此时不秀恩爱更待何时？

林诗音毫不客气地反问：“你就这样子去找他？”

金钰低头看了看满身的泥水，不禁感慨——人要是赶上倒霉的时候，编个谎都圆不下去。

“站在雨里等久了要感冒的。”

“我衣服脏了，怕弄脏你的车。”她生病还没有完全好，此时被室外的冷风一吹，讲话愈发显得虚弱。

“没关系的，上车吧。”

金钰倒是不怕病上加病，但她怕被任之初看到她这幅狼狈的鬼样子，更不愿意林诗音一直守在集团门口，直到任之初走下楼来。

无奈之下，她也只能暂时向情敌低头了：“那好吧，真是麻烦你了。”

林诗音提出一起吃点儿东西，金钰以“穿着一身湿衣服实在吃不下饭”为由，果断拒绝了。林诗音也不再坚持，反正彼此心知肚明，就算一起吃饭也没什么可聊的。

然而，送金钰回家的路上，林诗音却还是成功地挑拨了金钰和任之初的感情。

她轻声细语地问金钰：“你知道上个季度为什么秀利的业绩有所提高吗？”

“不知道，为什么？”她只不过是配合这个女人，其实她对答案根本就不感兴趣。

“因为我帮我男朋友出了个主意，我认为那个主意还不赖，至少从结果来看，是有效果的。”林诗音顿了顿，意有所指地看了金钰一眼，又说，“有时候，女人聪明与否，会直接关系到男人的成败。”

金钰冷着脸反问：“你这话什么意思？”

“没什么，我只是想起了以前的事。”她仿佛陷入久远的回忆中，唇边挂着优雅而浅淡的笑意，“之初是很优秀的男人，和他在一起那几年，我从没见过他像现在这样手忙脚乱。”

言下之意，是金钰拖了他的后腿，是她这个现任女友太碍事，远不及林诗音这个前任女友优秀。

金钰不想理她，于是故意别过头去看着窗外，半晌没有搭腔。

然而，林诗音是多么精明的女人，她想要挑拨离间自然不会半途而废。

“昨天，之初发短信问我有没有时间和他聊聊，我没有答应。”她不急不缓地说，“他说想跟我探讨一下事业上的事情，想听听我的建议。金钰，你也觉得他这样做很过分吧？你说他……为什么问我却不问你呢？”

金钰蓦地回头瞪着林诗音，咬牙切齿地挤出来两个字：“停车。”

她一直知道任之初疼她护她，却不曾想过，自己已经在不知不觉中，拖累他到这种地步！真相如钝锤般敲打在她的心头，她忽然很想哭。

不是他没有努力，更不是她不懂得珍惜。只是……他的爱实在太过沉重，像她这样不起眼的小人物，真的要不起。

千般感触汇集在心底，金钰攥紧拳头，强忍着眼泪对林诗音说："这两个字我不想再说第三次——停车！"

"啊？这么大的雨你下车会被淋坏的！"林诗音的虚情假意，连路边讨饭的瞎子都看得出来。

"用不着你猫哭耗子假慈悲，我就是淋死了也轮不着你管。"金钰这时候倒是拿出了任之初才有的霸道气场。

"唉，都怪我乱说话。"林诗音一边假模假样地说着，一边将车停在了路旁，"那你赶快打车回家，自己路上小心。"

金钰什么都没说，摔上车门就头也不回地走了。

暴雨倾泻而下，如同瓢泼。

金钰失魂落魄地走在空旷无人的街上，不知自己身处何处，甚至连招手拦出租也忘了。

千千万万个念头在她的脑海里翻滚叫嚣，任凭雨水肆意冲刷，就是不肯善罢甘休。再多思绪最后也不过是汇成一句话——自己真的很不堪。

林诗音能给予任之初的东西，是她金钰永远也给不了。一个是贤内助，一个是拖油瓶。是天壤之别。

她停下脚步，站在暴雨里给任之初打电话，第一句就是："任之初，我们分手吧。"

任之初愣了一秒，然后瞬间暴怒地反问："你、说、什、么？！"

"分手吧！"她哭了起来，泪水很快就和雨水融在一处，那样伤心欲绝，"真的对不起，任之初，我很爱你，可我真的不能再这样拖累你了！"

"你现在在什么地方？我立刻赶过去！"

“我不知道，我求求你，放了我吧，我是个很没用的蠢货，我根本配不起你的爱情。这么久以来，我一直都小心翼翼地和你相处，生怕自己哪里做得不够好，又惹你生气。可我还是经常弄出各种差错。和我在一起你会很累，而我也一样，会越来越不堪重负。你到底明不明白？”她站在空旷的街角，嚷得像个神经病，哭得像个傻小孩。

隔着电话，任之初咬牙切齿地说：“想离开我？我告诉你金钰，你想都不要想！”

“感情需要两相情愿，我已经不想和你在一起了。”她心意已决，忍着心里的疼痛，坚定地对他说，“就这样吧，明天我会去公司把辞职信递给你。”

那么，再见了，任之初……

金钰请了三天的假，公司里没人知道她的去向。

她既没留在她租的公寓里，也没回郑彩桥那边，甚至也不曾出现在糖坊街。任之初几乎踏遍了整个沽川市，可她就像是凭空消失了一般，任他如何努力都遍寻不到。

他忽然就懊恼起来，也忽然才发现，原来他从来没有主动去联系过她的朋友，他们两个人的交集如同两个孤点连成的线段，一旦断了就无从接起。

周五上午，任之初因为有很重要的会议不得不参加，因此很早就赶到了集团。

电梯载着他徐徐去往顶层，明明只有短短的几秒钟，可他却仿佛被扔进油锅里煎炸了千千万万次。

今天她没有请假，那么，是不是只要电梯门开，他回到熟悉的总裁室里，就能看到那个熟悉得令他心痛不已的小女人？

思绪纷乱中，电梯已经攀升至顶层。快步走到自己的办公室门前，他心如擂鼓，然而手上的动作却没有半分迟疑。

门开了，办公室里依旧是空空荡荡的，桌上的摆设和他昨天走时一模一样，而那个令他朝思暮念的人，似乎从未出现过。

这几天，他真的已经用尽了全力去找她，可她却连个解释和挽回的机会都不肯留给他，就这么说走就走，潇洒得简直令人生恨。

一颗心跌进了谷底，任之初缓缓地关上门，低着头倚在墙上，整个人都像虚脱了似的，再也没力气去挣扎什么。

然而，就在他已经绝望的时候，敲门声却忽然响起。

任之初一秒都没犹豫，立刻转身开门。看到来人的一瞬间，他刚才还波澜不惊的心脏忽然开始狂跳不止。

竟然，真的是金钰！

任之初怔怔地凝望着她愈发消瘦的容颜，又是心疼又是怨怒。

她不肯抬头与他对视，只是淡然开口，语声平缓地对他说："任总，我是来递辞职信的，谢谢您这段日子对我的指导和帮助。"

这么礼貌的话语，字字句句都是疏离。这种被她生生隔开的感觉，像寒冷冰锥刺入心脏，令任之初痛苦万分。

满心怒火无处发泄，他再也顾不上什么风度与温柔，一把将她扯进室内，狠狠地关上了房门。

金钰听着砰的一声巨响，不由自主地瑟缩了一下。

然而这一次，无论如何她都不会退缩。

事实上，刚分手那天她还在怀疑自己是不是被林诗音刺激了，是不是冲动之下才做出了一个荒唐而错误的决定。可是躲起来的这几天，她反复想了很多事情，终于确定，分手不是要任性，更不是为了让他挽留她。

她是真的想离开他，如果不能变得更强大，那么就算再怎么不舍，她也不愿意留在他身边拖累他。

任之初是她的信仰，这一点，从来就没有变过。

她固执地抬头对上他的目光，不论心里多么挣扎都不肯闪躲。人大抵都是这样，越是死到临头，就越是无所畏惧。

他一步一步逼她后退，伸出双臂将她禁锢在墙角。那双墨色的眼眸里酝酿着一触即发的怒火，他一瞬不瞬地盯着她，目光里满满的都是危险的气息。

“金钰，我再说一次，你给我听好。”他一字一顿地说，“我、不、同、意！”

她抿着嘴唇沉默片刻，轻声反问他：“不同意什么？分手，还是辞职？”

“都不！”

见他这样霸道，金钰反而笑了：“分手已经是板上钉钉的事儿了，任之初，我已经说得很清楚了，我受不了自己每天面对你时，那种无时不在的卑微感。”

他定定地打量她半晌，声音低哑地说：“我真的让你觉得那么痛苦吗？”

“是。”斩钉截铁的一个字，击碎了两个人心中残存的一点儿奢望。

“那么，就算我再怎么舍不得，我也不会绑住你。”他苦涩地闭上眼睛，长而卷曲的睫毛轻轻颤抖着，出卖了他心中的煎熬与难过，“我同意分手，但前提是，你不能离开德鲁。”

“如果我执意要走呢？”

“那就带着你的劳动合同，法庭上见。”他睁开眼看着她苍白的脸，语气坚决地说，“金钰，我能容忍你对我视而不见，但我不能容忍你彻底从我世界里消失。不管你信不信，你敢走，我就敢告到你乖乖回来为止。”

“任之初，你疯了！”

“你说得没错，我就是疯了。”他怒极反笑，恨恨地说，“我给你的自由，只能在我的底线之上。你想躲到海角天边彻底从我的世界里消失？门儿都没有！”

“我不是来和你吵架的。”金钰无奈地叹息一声，低低地控诉，“可是任之初，你为什么总是仗着我喜欢你，就任性地对待我的感情，你为什么总是不愿意尊重我的决定呢？”

“因为你……抛弃了我。”

倔强一如任之初，哪怕心里委屈得不行，也说不出这样可怜兮兮的话。

他狠下心，伤害她也伤害着自己：“因为在感情以外的任何事情上，你根本就没有那个资本来跟我讲条件。如果不爱，那么就恨我好了。”

她好久都没有说话，双拳攥得紧紧的，指节都有些泛白。

她不恨他，也不可能去恨他。可她明白，任之初是真的铁了心不放她走，他这个人向来言出必行，如果她执意离开德鲁集团，这个男人一定会去法院起诉她违约。

金钰轻轻咬了咬下唇，心中已经有了决定。

她想，也许销售部是出差机会最多的部门。她不愿留在沽川市，哪怕能躲起来几天也是好的。

“如果一定要留在德鲁，我申请调到销售部门。”她的声音很轻，但却有种不可撼动的力量，“如果你不同意，那么我也不会再做让步，我会离职。你恨我，我可以在你眼前消失。”

挫败感在心头愈演愈烈，任之初缓缓地放下手臂，认输似的说：“那就去销售部吧，从下周一开始。”

她咬咬牙，进一步要求道：“我希望从今天就开始。”

任之初简直要被她逼疯了：“不行！我说下周就是下周。”

“那我今天再请一天病假。我还是觉得头痛，没办法专心工作。”她说完，头也不回地往门口走去。

任之初一动不动地站在原地，看着她那清瘦的背影步步远去，心痛得像要死掉一样。

是不是从这一刻起，她的笑容就不再属于他了，她的拥抱和亲吻更会消失得不见踪影？她再也不会对他撒娇，不会围在他身边傻傻地守护着他……

而他，却连挽留她都做不到，因为他怕两个人在一起，会让她更难过。他舍不得她难过，所以宁愿自己扛下这份痛苦。

可他真的舍不得她！

来不及多想，胸腔里的留恋在一瞬间爆发，击溃了他所有的冷静与理智。

任之初快步追上金钰，在她踏进电梯前的最后一秒，紧紧从背后抱住了她。如果时间能够暂停，他希望这一刻永远不要过去。

他温热的呼吸落在金钰的耳畔，她身子一僵，却没有挣扎着推开他。如果温暖只有片刻，那么，她愿意放任自己沉沦……

“金钰，我真想求你别离开我，可我舍不得你难过……”他的声音哽咽了，在她毫无防备的时候，一滴灼热的液体滴落在她的脖颈上。

男儿泪，像是这世间最锋利的剑，在一瞬间刺痛了她的心脏。

是该转身还是该离开？地狱和天堂，就在一念之间。

她怔了几秒钟，然后便疯了似的挣开他的怀抱，头也不回地走进了电梯里。门关上的一瞬间，她抱着自己蹲下来，泪如雨下。

金钰多想对他说——任之初，我会努力变得强大，我会等到自己不那么卑微的时候，勇敢地回来找你……

可她终究不能给他一个无限漫长的期待，她很怕，怕自己也许做不到。

第十一章

当我们渐行渐远

失恋这种事情，从来都是伤人一千，自损八百。

金钰调职到销售部已经整整一周的时间，可就在今天早上，她坐电梯的时候还是一不留神按错了楼层，最后又从大厦顶层走了下来。

她很懊恼，却又无可奈何。

她总是会不由自主地想念他的样子，然后鬼使神差地做一些与他有关的事情。

记住一个人很容易，可是忘掉却很难，尤其，还是曾经最亲密的人。

执念如同洪水猛兽，会趁她毫无防备的时候前来偷袭，狠狠撞击她的心脏。

旁边有人咳嗽了几声，金钰这才忽然意识到，自己刚刚又在走神。

时钟指向上午九点，销售部仍然空荡荡的，又或者更确切地说，偌大的办公区里就只有两个人——金钰，以及她的直接上级孙凯。

也不知是故意还是无意，孙凯从来没给金钰分配过任何的销售任务。

她每天做的事情其实和从前差不多，还是整理整理资料，帮着预订个会议室什么的，只不过服务对象从大老板变成了眼前这位销售经理。

金钰虽不是什么野心滔天的女人，可也不甘于这种边缘化的日子。

趁着今天上午其他同事都外出办事，她主动走过去对孙凯说：“经理，不知道您这会儿有没有时间？我有点儿事情，想和您简单谈谈。”

许是因为和任之初在一起久了，金钰也不似从前那么没有底气。

虽然是同她的上级讲话，但言语之中却隐隐带着某种不容回绝的意味。

孙凯抬头看了她一眼，不置可否地搁下了手头的事情，等着她继续往后说。

他是个聪明人，自然知道眼前这姑娘和集团老总有些不为人知的牵扯。像这样的人，如果利用好了就是绝佳的踏板。

孙凯才不会傻到放弃这送上门来的机会。

金钰见他没有反对，索性敞开天窗说亮话，将自己心里的不满和要求都提了出来。

“我知道我刚来销售部，业务还不是很熟练，但我也和其他人一样努力，想把这份工作做好。我不希望自己成为销售部的累赘。”她一瞬不瞬地与孙凯对视，仿佛是在用这种方式让他明白她的坚决，“如果您真的认为我胜任不了这份工作，您大可以跟人事部打声招呼，直接解雇我。如果您觉得我还有点儿用，那么，我申请从今天开始也和其他人一样接销售单，而不只是做这些杂活儿。”

她一口气把话讲完，然后等待孙凯发表意见。反正她已经尽力了，不论结果如何，都觉得神清气爽。

孙凯拿着手里的笔在办公桌上点了几下，似乎在思考怎么回答她。

“我明白你的意思。”沉默片刻后，他抬头看向金钰，“不如这样吧，这几天林同刚好休假了，你暂时接管她手里的那三家客户，然后根据表现再看下一步给你分配什么工作。你觉得呢？”

金钰心里飘过“求之不得”四个大字，表面上却没过多表露，只是礼貌地回答说：“没问题，我会努力，不会让您失望。”

“好，那你先去忙吧，我会帮你安排。”

孙凯办事还算有效率，金钰刚回座位没多久，就收到了他发来的工作安排邮件。

金钰仔细将邮件从头看到尾，对其中夹杂的销售专业术语表示相当茫然。

什么订单回款，什么冲销凭证，她都不是很懂。

她犹豫着要不要过去跟孙凯请教一下，想了想觉得还是算了。

既然是她主动选择接触核心业务的，那就不能从一开始就认怂。不论如何，她都得自己想办法解决目前一团糟的状态。

她先是将所有的疑问点都整理到一个文档里，然后给林同打了个电话。

“你好，我是销售部新来的同事，金钰。”

“什么事儿啊？我休着假呢。”林同是个经验颇丰的销售，但是组里人都知道她脾气不大好，比如此刻，她的语气里就满是不耐烦。

金钰最不喜欢的人有两种，一是恃才傲物，二是恃宠而骄。很显然，林同属于前者。

所谓“人在屋檐下，不得不低头”，金钰知道现在是自己有求于他人，于是咽下所有的不满，继续好言好语地向林同请教问题。

那边林同一言不发地听她念叨了好一阵子，最后冷冷地说：“你这么多问题我根本记不住，你整理一下，发到我微信上，我过会儿看看给你答复。”

“……好的，谢谢您。”天知道她得多努力地克制情绪，才能这样和和气气地对林同道谢。

挂了电话，她就按照刚才所说的，将自己的困惑一条一条陈列清楚，发到了林同的微信上。

等待回复的时间里，她一方面有点儿沮丧，一方面又默默地安慰自己。

销售本来就是充满挑战的岗位，更何况万事开头难，她对很多事情感到费解也是在所难免。

任何一种改变，都需要经历某种程度的痛苦，努力跳出原有的舒适圈。工作如此，爱情更是如此。

念及爱情，金钰又不由自主地叹了口气。

她现在忽然有些理解那些职场上的女强人。

也许，她们也不是真的那么痴迷于工作，只是生活中有太多太多的不顺，所以迫不得已寻找超负荷的工作，以此填满自己那颗模糊不安的心。

如今，金钰也变成了这样的人。

金钰一直以为自己是个积极乐观的人，就算是失恋这种难捱的事情，她也能勇敢去面对。

然而实际上，她还是高估了自己。

午饭之前，秘书室的姑娘打电话过来，约她一起吃饭。金钰虽然不喜欢那帮八卦的女人，但也没有推辞。

在人群里说些场面话，总好过一个人孤零零地坐在嘈杂的饭店里。

也就是这一刻，她才忽然意识到自己原来早就习惯了任之初的陪伴，原来她自诩独立坚强，却跟别人一样害怕孤单。

午饭约在公司附近的一家港式茶餐厅，金钰第一次来这里，随着其他人一起点了双拼盖饭，选的是叉烧和烧鸭。

“怎么样，这家味道还不错吧？”

“嗯，是挺好的。”她心不在焉地应了一句，目光却仍然不由自主地瞥向碗碟旁边的手机屏幕。

金钰觉得自己一定是得了什么强迫症，只要稍有空闲，她就忍不住要盯着手机看个没完。

她总是怕漏掉任之初发来的什么消息，虽然，最近一周他从来没有联系过她。

有那么一瞬间，她忽然很痛恨这样没出息的自己——他们不是已经分手了吗？那她还心心念念地期待些什么……

愤愤不平地将手机揣到衣兜里，打算再也不管他死活，然而下一秒，她又忍不住手欠地把它掏了出来。

正当金钰在心里默念“这病得治”的时候，手机忽然很给面子地亮了起来。

来电显示是一串陌生号码，她犹豫了一下，还是按下了通话键。

“喂，您好。”

“是我，霍思远。”

“……霍总，我已经从总裁室调职到销售部了。”言下之意，以后找她也没用。

可金钰却没料到，霍思远竟然说："我听说了。"

她半晌没有说话，一时有点儿搞不懂状况——堂堂致远集团的总裁，打探她一个无名小卒的下落有什么用?

觉察到她的沉默，霍思远轻声笑了笑，又开口道："其实也没什么事，就是想问问，你之前欠我的那顿咖啡大概什么时候能补上？"

"……"她什么时候欠他一顿咖啡了？金钰简直无语问苍天。

然而霍思远似乎打算厚颜无耻地跟她纠缠到底："要不然这样吧，我今天晚上抽出点儿时间，陪你吃顿晚饭，怎么样？"

"抱歉，我没有时间。"她完全不想回应他的邀约，既没心情也没理由，"我还有事情要忙。"

"我知道你最近心情不好……"

金钰忍了他半天，最后还是被这句话惹毛了。

她隔着电话朝霍思远嚷道："你知道什么！还有什么是你不知道的？！"

她这一嗓子确实太有底气了，周围吃饭的人纷纷扭过头来看她的好戏，这让她觉得更加难堪了。

金钰抱歉地看了旁边的同事一眼，然后站起身来，迅速往餐厅外面走去。

餐厅里面很嘈杂，而门外却很安静，以至于金钰开门出去的时候，清清楚楚地听到了霍思远在电话那边的叹息。

"我知道你和任之初分手了，但不知道该怎么做才能让你觉得好受点儿。"他的语气平静得不像话，然而又隐隐带着某种温柔和无奈。

金钰本来是打算找个没人的地方跟这个自以为是的男人吵一

架的，可是此刻，她听到他说出这样的话，又觉得其实刚才很过分的人不是他，而是她自己。

她深呼吸两次，等到暴躁的心情稍微平复之后，才再次开口：“霍思远，我拜托你别再跟我兜圈子了，干脆直接点儿告诉我——你总找我到底是想干什么？”

霍思远沉吟片刻，说道：“金钰，其实你什么都明白，你只是不愿意承认罢了。”

金钰觉得跟这个男人聊天很吃力，不论她如何用力地把球抛给他，他都能将那种略带攻击性的力道化解成绵绵细雨，雨滴悄无声息地落在她的脸上，令她有种想哭的冲动。

她不知道该如何回答，好在他也没有为难她，只说：“算了，就先这样吧，你回去继续吃饭吧，同事都在等你回去AA。”

霍思远说完就挂断了电话，只留下金钰一个人惊诧不已。

如果她没理解错的话，霍思远好像就在这附近，在一个不起眼的地方默默地看着她。

金钰握着电话的手指紧了又紧，仿佛一不小心就能把手机捏碎。她能感觉到心脏传来的阵阵钝痛，那种感觉就像是一个冻僵的人忽然靠近一盆炭火，不觉得温暖，却觉得疼痛。

她一言不发地回到餐厅里，跟同事一起买单。起初，秘书室的姑娘看出她的异样，还好言好语地问她发生了什么事。然而金钰始终不言不语，其他人觉得自讨了没趣，渐渐也就不再搭理她。

金钰一路沉默地回到销售部，刚坐在自己的办公椅上，就听到手机又响了。她头疼地揉了揉头发，只觉得手心全是冷汗，头皮也阵阵发麻，就像是电话恐惧症的重度患者一样。

这次打来电话的才是十成十的陌生人——林同的客户，弘理商场的高级采购代表。

“金小姐，您好。”对方很客气，语气也还算温柔，“刚才您的同事林同给我打过电话，说最近您会帮忙跟进弘理的采购方案。”

金钰中午一直在为感情的事情烦恼，根本没留意林同这边有什么进展。此时，客户主动打电话来讨论这么正式的业务，她免不了一头雾水。

不过，金钰好歹也是跟着任之初见过大场面的人。

她还算淡定地理了一下思路，觉得还是不要在电话里信口雌黄比较好。

“是这样的，我今天上午刚刚接手这个 Case，目前还在和我同事进行具体的工作交接。”她不卑不亢地说，“如果您不介意的话，我先和林同详细沟通一下，稍后给您回电话，您看可以吗？”

“没问题，那我等你的电话。”

“好的，感谢您理解。”

金钰收了线，转头就开始翻看林同发来的微信，同时更新企业邮箱，查看是否有收到与这个采购案相关的邮件。

有人说，忙碌是治疗矫情的绝佳解药。一旦忙起来，也不忧郁了，也不苦闷了，无悲无喜的脸上只隐隐约约写着一个“滚”字。

金钰现在就处于这种绝佳状态。

林同虽然脾气不好、态度奇差，但她工作起来还是很干脆利索的。金钰认真看完林同给她的留言，对于最近要做的事情基本也就做到心中有数了。

令她忐忑的是，林同手里的几家客户都是难啃的骨头，没有哪家是很容易就可以搞定的。

不过令她欣慰的是，刚刚打电话来的那家，是最近重点跟进的大客户，为了更好地完成这次的销售计划，金钰需要去弘理总部与用户面对面进行沟通。

弘理总部设在北京，从沽川坐高铁过去大概要四五个小时。

金钰与孙凯进行了简单的沟通，拿到主管经理的出差审批后，立刻给弘理那边回了个电话，双方在电话中确定了出差的具体时间，以及接下来的一系列会议安排。

由于这件事情涉及金额很大、紧急程度很高，孙凯特意批准她今天下午回家收拾行李，明天一早就出发去北京。

金钰将打印出来的纸质资料放在电脑包的隔层里，然后拿着东西离开了办公室。

说是鬼迷心窍也好，说是无法释怀也罢，她到底还是没有直接离开德鲁大厦，而是乘着电梯到达顶层，在总裁办公室的门外站了一会儿。

她很怕任之初突然开门走出来，却又像是在期待什么，迟迟不肯转身。

她可以骗全世界，却骗不了她自己。其实她对他的爱早已深入骨髓，而她对他的想念，已经蔓延到空气中的每一个角落。

疯了似的想见到他，却怕一切又是一场泡影；傻傻地逃开千里，却发现原来终究逃不出“情”这个字。

驻足良久，她终于回过神来，狠下心来劝自己别再奢望，然后头也不回地走开。

这次去北京出差大概要两个半月，紧接着要转战上海去处理另外一家大客户的单子。她想，如果可以，永远在外面漂泊也是好的。

她从公司出来，直接打车回到出租房，将换洗的衣服一股脑地塞到行李箱里，而后准备出门去城南看望母亲郑彩桥。

事实上，出门之前，金钰又回头看了一眼这间屋子。

她与他相爱时，她就住在这里。她与他分开时，她还是住在这里。这栋房子就像是见证了那段有始有终的爱情。

金钰妄图从这不大的居所里找到与他有关的物件，将来带在身边留个念想也好。

然而可悲的是，她直到现在才发现，原来他并没有在她生活里留下太多有迹可循的故事。他只是霸道又自我地路过她的心，从此霸占着那片虚无却深刻的领地。

最后的最后，她只是动作机械地关门、锁门、下楼、离开。

她没有再回头，也知道很多事情一旦踏出那一步，就回不了头了。

拖着笨重的行李去投奔郑彩桥，似乎也并不是什么很光彩的事。至少金钰自己心里清楚，她不是走投无路，却是太过孤单，而孤单其实比走投无路更丢脸。

“小任怎么没跟你一起来？”这是郑彩桥开门之后对金钰说的第一句话。

金钰轻轻皱起眉头，刻意避开了他们分手的事情不提，只说：“他有自己的事情要忙。”

郑彩桥知道，如果金钰藏了什么心事不愿意讲出来，那么再怎么问都没用。她索性没再追问，然而心里却免不了为她担忧。

夜晚来临，金钰一反常态地对郑彩桥说：“妈，我今天跟你睡一个被窝，好不好？”

郑彩桥古怪地看了她一眼，什么都没说，只是帮她铺好了被子。

其实，这间狭小的屋子里根本没有多余的床或者沙发可供金钰单独睡觉。以往她偶尔过来住的时候，也都是跟妈妈一起。

而今天，她却特意强调了这么一句。别人也许不懂，但郑彩桥却再清楚不过——金钰绝对是找不到安全感了，否则不会这样。

很多事情金钰不说，她就不去过问，比如他们分手的事，又比如她一个人在外工作的各种辛酸。

这是母女之间多年来培养出的一种共识，或者说是信任与习惯。

关了灯以后，金钰辗转着睡不着，便细声细气地问她："妈，你睡了没？"

"还没。"郑彩桥转过身来面对着她。

"妈，我是不是还没跟你说我拿着行李要去哪儿？"

"嗯，去哪儿？"

"明天飞北京，然后是上海。"她沉默片刻，又低低地补充了一句，"可能要过几个月才回来。"

郑彩桥轻轻抱了抱她，说道："妈知道了，你在外面照顾好自己，不用惦记家里。"

金钰点点头，然后没再说话。

她不知道自己花了多少时间才渐渐睡着，只记得半梦半醒中，仿佛看到自己孤身一人，漂泊在家乡以外的地方。

在那里，她没有亲人，没有爱人，失去了依靠，犹如孤岛。

金钰从小在沽川市长大，除了偶尔的几次短途旅行外，从没离开过这里。

任之初不喜欢出差，有什么事情都尽量视频会议解决，结果金钰给他当助理那么久，还是没怎么去过沽川以外的地方。

这是她第一次来到沽川机场，好在沽川不是什么一线城市，机场也不算很大。

她懵懵懂懂地办好了登机牌和行李托运，然后去等待安检。

在安检口看到霍思远的那一瞬间，金钰忽然想起来一句俗话——不是冤家不聚首。

她赶忙低下头，装作没看到他，直到霍思远无意中回头，发现了她的身影。

“金钰，你也飞北京吗？”他的语气云淡风轻，眼底却藏着暗喜。

她尴尬地看了他一眼，只觉得点头也不是，说谎更不是。

这种尴尬一直持续到他们并肩坐在同一个登机口的候机区，然后并肩走过登机的云梯长廊，最后在头等舱和普通商务舱的分界处分道扬镳。

飞机需要飞行两个半小时，起飞之前，空姐用甜美的声线讲解着乘机安全须知，金钰迷迷糊糊地听着，不知不觉就坠入了梦乡。

她梦到很多人很多事，却唯独没有梦到任之初。

醒来时飞机已经开始降落，她怔怔地回忆着刚才混乱的梦境，分明能觉察到自己内心的诚惶诚恐。

有些人就像是扎根心头的鱼骨，拔不出，碰不得，连在梦里都不敢轻易触碰。

自从分手之后，她就没再见过他，只偶尔从旁人口中听到一些与他有关的消息，大多还是关于工作方面。

她不再了解他的生活状态，不知道他是否还像以前一样，穿黑色衬衫出门，每天早上喝一杯大红袍，忙起来吃饭很不规律，晚上总是加班到很晚才回家……

如果可以，她甚至希望即将接手的客户能在工作上百般刁难她，也许这样久了，她就可以不那么经常地想起任之初。

事实证明，德鲁与弘理的合作确实能满足金钰的期望——高强度，紧锣密鼓，每个人都兵荒马乱，根本无暇顾及其他。

她在北京的工作是从落地之后三个小时开始的。

与金钰直接打交道的就是之前通过电话的弘理代表。

那个刚刚加入弘理不久的短头发女孩名叫陶子月，乍一看像是没毕业的大学生，实际打过交道才知道她做事有多干练。

“钰姐，关于刚才讨论的方案，我还有几个疑问。”陶子月将自己的笔记本电脑连在投影仪上，“麻烦你再看一下，争取今天下班之前把这几点确认下来。”

金钰点点头，觉得自己这个半吊子销售快要被眼前的强势小丫头给逼疯了。

一下午就在层出不穷的问题和绞尽脑汁的对话中恍然度过，好不容易挨到吃晚饭的时间，金钰借口说晚上要和老板开会，找个机会就从弘理总部逃了出来。

谁知她刚出门，就看到霍思远站在不远的地方，倚着车门，似乎是在专门等她。

才出龙潭，又入了虎穴，金钰眉头一皱，顿时对北京这座城市没了半点儿好感。

霍思远遥遥地叫她的名字，金钰无奈，只得不情不愿地走到近旁，假装和气地与他打招呼。

“这么巧，你也来弘理谈生意？”

他毫不理会她的客套话，直言道：“不巧，我和弘理没有业务往来。我是来找你的。”

金钰抬头看着他，也不知怎么，突然就想趁着这个机会把话都说清楚。

她简单理了理思路，而后一鼓作气对他说道：“如果你来找我是为了任总的事儿，我想我之前已经说得很清楚了，我已经不再是他的助理，也帮不了什么忙；如果你想从我这儿得到关于德鲁的内幕，我只能很抱歉地说一声‘无可奉告’；假如是我想多了，你其实就是单纯来找我聊天的，那么恕我直言，像我这样的普通人，怎么也高攀不上霍总。”

霍思远定定地看了她几秒钟，末了，云淡风轻地笑起来。

“不瞒你说，我这次来北京是有任务在身的。现在看来，任务已经完成了。”他转身上车，没有对她发出任何邀请，只是背对着她说了一句，“金钰，你很配合，虽然我并不喜欢你这种配合。”

任务？她有帮他做什么事情吗？

“你这话是什么意思？”金钰不解地问。

“没什么，以后你就知道了。”不是故作神秘，他只是不愿再多说什么。

金钰从没想过自己还有机会再见到任之初，而且，还是在出差的过程中。

时间一晃而过，转眼间，她已经在北京忙碌了七个星期。

本来她已经预定了下周飞往上海的机票，然而弘理的项目提前结束，上海那边又等得着急，孙凯就临时更改了金钰的出差计划。

金钰打电话将机票改签到明天，然后给自己放了半天假，去城里四处走走。

来北京这么久，她一直过着两点一线的单调生活，都没来得及好好看一看这座生活了两个月的城市。

此时，她在南锣鼓巷的小路上慢慢地走着，才真正感受到属于老北京的那种悠闲和恬淡。

走过下一个转角，她看到琳琅的纪念品店，各式各样的小吃摊，以及一家从招牌到装潢都充满文艺范儿的书店。

周围的一切都显得那么陌生，这种陌生的环境让金钰觉得很舒适。

也就是在这时，她忽然接到了任之初打过来的电话。

许是太久没有联络，金钰在听到他声音的一瞬间，竟觉得他的嗓音动听得令人心碎。

他没有与她寒暄，也没有故意疏远，就像从前一样，自然而然地问道："你是明天离开北京吧？"

"嗯，你怎么……"她顿了顿，自觉把后半句话咽回了肚子里。

"我现在在北京，明天跟你一起去上海。"他总是知道她在想什么，即便彼此已经整整两个月没有联系。

"我不明白你的意思。"对于他的突然出现，金钰只觉得手足无措，不知该作何反应，"我们已经分手了，不是吗？"

"坦诚讲，我从来不相信我们真的结束了。"他一点儿都不避讳感情话题，直白地说道，"其实很多话我早就应该跟你讲，只是前阵子集团里发生了很多事情，我认为时机并不合适，所以才一直拖到了今天。金钰，从我打电话给你这一刻开始，我就不会再逃避什么了。”

他说的每一个字，都清清楚楚地落在金钰的心上。可是为什么，她还是有点儿搞不懂状况？

任之初的意思是不是说他们之间还存在某种联系？如果是，那么，他说的是爱情吗？

失去联络的那段时间里，金钰好不容易才劝说自己接受一个事实，那就是她真的失去了他。

可是他现在突然回到她的生活里，这又算什么呢？

电话里，任之初似乎又说了些什么。金钰紧紧地攥着手机，却一个字都没有听清。

他回来了，世界都跟着天旋地转。这是金钰一团混乱的脑海中仅存的认知。

“我需要点儿时间，”她对他说，“如果可以的话，至少今天不要再联系我，算我拜托你。”

“……好。”他只说了这一个字，却包含了数也数不清的宠溺。

通话结束后，金钰傻傻地在原地站了好久。

她知道自己在发抖，却不知是因为欣喜还是惶恐，又或者是对明天的忐忑。

北方秋季的瑟瑟凉风从巷子的那边吹来，悄无声息地拂过她的脸庞。金钰裹紧了风衣，才发现原来不知不觉间，令人心伤的夏天已经成为过去时。

那么，等到明天来临，上海的秋季又会是怎样？

她想了很久，却不得而知。

第十二章

那时我们将不会分离

启程去上海之前，金钰反反复复给自己洗脑——有些人和事，如果注定逃不开，那就勇敢面对。

然而事实证明，所有信誓旦旦的自我催眠都是弱者无能的表现，当任之初真的出现在她面前，金钰的世界立刻就兵荒马乱了。

关于重逢，她设想过不下一百种方式——尴尬的，疏离的，刻板的，胡闹的，浪漫的，严肃的……

可惜，她全都猜错了。

航班的起飞时间是清晨七点钟，由于首都机场要求乘客提前一个半小时办理乘机手续，金钰不得不起个大早，披星戴月地打车去机场。

出租车很快抵达 T1 航站楼，她开门下车，一眼就看到了任之初的身影。

他微笑着走过来，什么都没说，只是打开后备厢帮她拿行李。

司机师傅收了车费，笑逐颜开地说了一句："小伙子真知道疼女朋友。"

然后，出租车绝尘而去，他拖着她的行李慢慢往航站楼里走去。

在这个过程中，任之初没有跟她说过一句话，甚至也没怎么回头看她。

可是金钰却忽然明白，原来分手的恋人再度重逢，也可以是自然而平和的，就像山间长流的溪水，或者原野上寂静的阳光。

服务台前有很多乘客在排队等着办手续。

任之初停下脚步，回头望着金钰说："你的身份证呢？我去帮你 check in。"

金钰下意识地摇了摇头，答道："不麻烦你了，我自己去办就行。"

"这边排队比较慢，你还是去那边坐着等吧，免得站得久了低血糖。"他的目光落在她消瘦的脸上，心疼不已，"又任性不吃早饭，你自己去照照镜子，连嘴唇都是苍白的。"

久违的关怀，冷不防地刺痛了金钰的心。

她没有再与他争论什么，掏出身份证递到他手里，而后逃也似的往等候区走去。

她的视线总是不经意间越过熙攘的人群，那么准确地落在任之初的身上。

他站在等候的队伍里，只留了高挑的背影给她。金钰遥遥地望着那道身影，只觉得心酸而又欣慰。

他瘦了很多，也许分手这段日子，他一个人过得并不好。

她忽然就在想，自己当时那么坚决地提出分手，那么固执地不愿意当他的累赘，到底是不是做错了呢？

阵阵难过弥漫在心头，金钰忽然就很想和任之初说声"对不起"，哪怕，那并不能弥补什么，也并不代表她改变主意想要重新与他在一起。

金钰从包里翻出手机，思量着到底要不要给他发短信。她低着头想了片刻，不料再抬眼时，就找不到任之初的身影了。

她一时搞不懂状况，只好打电话给他。

任之初很快就接起电话，没等她开口询问，就主动交代行踪："你别乱跑，坐在那稍微等我一下，我在给你买早餐。"

"这样啊，"她小声嘀咕着，"就说你怎么突然就消失了。"

任之初沉默了几秒钟，然后轻声说："金钰，我一直都在，突然消失的那个人……不是我。"

是啊，从爱情里任性出逃的人从来就不是他，而是她。

金钰无言以对，索性直接挂断了电话。

她缓缓俯下身子，把脸埋在双手之间，不知道如何才能缓解内心的煎熬与钝痛。

她一直保持这样的姿势胡思乱想着，与他一起经历的点点滴滴都像过电影一样浮现在她的脑海里。

她甚至能记起很久以前的某些细节，比如五年前的糖坊街。他们一前一后地走在细雨迷蒙的街巷，青石板路凹凸不平，偶尔有水花溅到她的帆布鞋上。

再后来，她几乎拿出所有的勇气追逐他的脚步，最后，却是她自己怯懦地逃开。

如果时间可以重来，她还会逃走吗？金钰想，也许还是会，又或者，她根本就不会给自己机会沉沦。

"我回来了。"任之初出现在她面前，手里拎着两个煎蛋汉堡和红枣豆浆。

金钰听到他的声音，这才回过神来。

也不知是抬头看他的时候动作过猛，还是真的饿惨了，总之，她忽然觉得一阵头晕目眩，连手脚都跟着发麻。

任之初瞧出她的异样，赶忙放下手里的东西，在她身旁坐下，然后不容拒绝地将她抱在了怀里。

“又头晕了，是不是？”他说话的时候，气息不经意间落在她的额头上，温温暖暖地挠着她的小心脏。

金钰懵了一小会儿，才觉出不对劲儿来——大庭广众之下，和前男友抱在一起算是怎么回事儿呢？

她其实是想挣扎一下的，可是没办法，肚里实在是空空如也，连推开他的力气都提不起来。

给自己找了这么一个堂而皇之的借口，金钰心里顿时舒服多了。

“来，先喝点儿热的东西暖暖胃，然后把早餐吃了。”任之初一边说着，一边把红枣豆浆递到了她的手里。

金钰乖乖地喝了一口，咬着吸管含混不清地嘀咕了一句：“任之初，你真的变了好多……”

“变好了还是变差了？”

“算是双刃剑吧。”

他挑眉追问道：“具体说说看？”

金钰犹豫了一下，最后还是摇摇头道：“没什么，我也不知道怎么讲。”

任之初不依不饶地追问：“不用说什么具体的，就简单概括一下呢？”

“那大概就是……变得比从前温柔了很多。”

任之初抿了抿嘴角，似乎是笑了一下。

他拿起自己那杯豆浆喝上一口，莫名有种惬意悠闲的感觉。

两人沉默了一阵子，直到早餐全都吃完，他才再次开口。

“为什么说是双刃剑，温柔点儿不好吗？”

金钰吃饱喝足有了力气，便不再依偎着他，自顾自地去丢垃圾，回来时半开玩笑半心酸地对他说：“谁也不会希望自己的前男友变成中央空调。”

“中央空调，什么意思？”

“就是温柔的大暖男，四处散发光和热，温暖千万家。”

任之初莫名被她的比喻逗笑，忍俊不禁地说：“我可没这么low，如果非得类比的话，我应该是一个规格很小的烤箱。”

“规格很小的……烤箱？”金钰不解其意。

他凝视着她的眼睛，字字清晰地说：“我只能温暖住进我心里的人，而我心里，只住得下一个人。”

由于天气原因，飞机晚点了好几个小时。

金钰和任之初抵达上海虹桥机场时，已经过了午饭时间。

本来任之初在陆家嘴附近一家很有名的港式茶餐厅里预定了位置，然而金钰两点钟约了人，实在赶不及，便只好在机场附近随便找家快餐店，几口吃完，糊弄了事。

这样独立而上进的金钰，令任之初陌生却着迷。

以往，她作为总裁助理，所有的工作内容都可以归结为一句话，那就是“围着任之初打转”。

而今时不同往日，她已经不再是总裁室的花瓶，更不是他个人的附属品。

她有自己的绩效目标，有自己的行事方式，将来，也会有自己的成就和挫折。

任之初送她到金茂大厦楼下，看着她往楼里拔足狂奔的背影，也说不清究竟是欣慰还是失落。

金钰前脚刚走，郑晨的电话紧跟着就打了过来。

他开门见山地说：“任总，林诗音又过来了，看你没在，跑我这儿来闹腾了一中午，您看……”

任之初皱着眉头，干脆利落地命令道："叫保安，再不行就报警。"

郑晨听出他的不耐烦，于是赶忙转移话题说："对了任总，还有件事情需要跟您打声招呼，关于赵瑞麟和秦臻的。"

"说吧。"

"刚刚接到法院那边打过来的电话，终审判决书已经下来了，需要您亲自到高级法院签字确认。"

任之初皱起了眉头，沉声问："最迟什么时候？"

郑晨其实知道任之初此次出差的目的，也知道自家老板根本就不想提前回来。

然而实在没办法，法院这边催得急，他既不是公司法人也不是集团股东，没法擅自处理这种事，也只能硬着头皮回答说："最迟明天下班之前。"

任之初沉吟片刻，仔细地权衡眼下的利与弊。

他很想留在上海陪金钰，可现在不是任性的时候。在那场官司里，法院没少偏袒德鲁集团，这档子人情他还一直没来得及还，更不好在这个节骨眼上弄出什么幺蛾子。

"我知道了，"他低声说道，"那就辛苦你的秘书帮我改签一下动车票，明天中午之后从上海回沽川。"

"没问题，那我这边就没别的事了。"

"那就先这样，明天见。"和往常一样，任之初说完就先收了线。

郑晨对着手机笑了笑，一边在电话联系人里翻自己秘书的号码，一边在心里暗想——任总和金钰闹矛盾，最苦的其实是他的秘书。

说起来，任之初对金钰的确算得上一往情深。

她被调职到销售部那天，任之初去了趟人事部，很明确地跟人事经理说了这么句话：“我不需要什么助理或者秘书，这个名额给郑晨。”

于是，郑晨就这么白白捡了一个小姑娘，一个既服务于他又服务于任之初的秘书……

任之初有些烦躁地将手机扔到旁边的副驾驶座位上，猛踩一脚油门，朝着滨江大道的方向驶去。

他此行不单单是为了儿女情长，还有一部分是和集团最近的生意有关。

上海离沽川不远，任之初一方面有意拓展江浙沪的业务，一方面也在考虑从上海的几家进出口公司商谈原材料采购的事情。

从下午三点一直到晚上七点半，任之初一直在国际会议中心和当地的几位老总面谈。事情比想象中顺利，至少双方都达成了初步的合作意向，其他细节，就可以等他回到沽川之后再做沟通。

对于任之初来说，生意上的事情没什么好担心的，反正胜败乃兵家常事，而他又很少在外人面前掉链子。

真正令他觉得“心有余而力不足”的，还是金钰。

从会议中心出来，他又忍不住拨通了金钰的电话，想问她晚上要不要一起去江边逛逛。

金钰那边还在和客户谈事情，忙得人仰马翻，根本就没注意有电话进来。等她看到手机上那三个未接来电时，已经差不多晚上九点钟了。

她这才恍然意识到，自己还没吃晚饭，而且很有可能，任之初还在等她。

要说分手了就能完全不在意那个男人，那一定是骗人骗己的。金钰怕任之初一直傻等着，于是不惜使尽浑身解数，好不容易才从客户那里逃了出来。

她站在金茂大厦正门外面的天桥上，有些着急地拨着任之初的电话，然而得到的回应却令人失望。

“对不起，您所拨打的电话已关机，请您稍后再……”金钰懊恼地瞪着手机，只恨自己刚才疏忽大意，没能及时联系上他。

然而就在这时，熟悉的声音却从她的斜后方传来：“金钰，这边。”

她循着声音传来的方向望过去，就看到任之初阔步朝她走来，边走边说：“我手机没电了，怕联系不上，就干脆来这儿等你了。”

“等久了吧？”金钰抱歉地说，“实在不好意思，我刚才一直开会，电话静音了。”

“没事，我下午也在开会，刚结束没多久。”

两人一前一后地上了车，任之初转头问道：“晚上想吃点儿什么？”

金钰摇摇头：“我也不晓得附近都有什么，听你的安排就好了。”

“那我们从南京路绕过去，到城隍庙逛逛。”

“好啊，城隍庙都有什么吃的？”

“高档餐馆倒是没有几家，不过遍地都是小吃，到了晚上比较热闹。”

“是像糖坊那样的小吃一条街吗？”

“差不多可以这么理解。”

一路上，他们天南海北地闲聊了很多，却都小心翼翼地避开了与“糖坊街”有关的话题。

从金茂大厦到城隍庙其实只有几站地铁的距离，然而这个时间正值加班结束后的下班高峰，马路上拥堵得不成样子。任之初着急也没办法，只能随着车流缓慢往前移动。

他们抵达目的地时，已经将近十点半。

金钰瞧着眼前的街巷，总觉得这里和她想象中的不大一样。

且不说她，就连任之初也愣了一下。

“怎么都关门了？”金钰小声说，“是不是我们来得太晚了……”

被她这么一问，任之初的脸色更难看了。

他低咳两声，尴尬地回答说：“对不起，是我没考虑周全，忘了营业时间的问题。”

金钰越听这话越觉得耳熟，不禁有些好笑。

曾几何时，她还是任总的小助理。有几次会议和午餐安排得不周道，她也是这样小心翼翼地赔着笑脸，对她的大老板说：“对不起，是我没考虑周全。”

如今风水轮流转，居然轮到她来享受这等高级待遇。

金钰不由得心情大好，笑吟吟地说：“没关系没关系，你看那边还有好几家店都开着门呢，怎么也够我们两个人吃饱喝好了。”

“那就走吧，过去看看再说。”任之初说完，便率先迈开步子走到了她的前面。

他不想让金钰看到他懊恼的样子，甚至都不想承认这种丢脸的事情是出自他手。

也许恋爱中的人，无所谓身份地位，都一样会卑微到尘埃里。

任之初忽然就很怀疑自己的智商，连讨好自己喜欢的女人都学不会，他究竟是怎么把德鲁集团管理得服服帖帖的……

很多时候，突如其来的勇敢告白会让人觉得错愕多过惊喜，而越是琐碎的事情，往往越容易令人心中温暖。

金钰望着他近在眼前的身影，不由得抿着嘴唇笑起来。

她这才后知后觉地发现——原来，能够这样陪在他身边，是那么幸福的一件事。

路过烧烤摊时，金钰小跑两步追上任之初，下意识地扯了扯他的衬衫袖口，一脸诚恳地说："我想吃炭烤鱿鱼……"

他低头看了一眼她那纤细柔白的指尖，心里竟然在一瞬间闪过一个不可思议的念头——要是这辈子都能好好牵着她的手，别说是炭烤鱿鱼，就是炭烤星星他都愿意捧来给她。

也许爱一个人，本来就是如此炙烈的事情，所有渴望都来得简单又直接，容不得半点儿含糊。

因为心有所属，所以盼望地老天荒；因为盼望地老天荒，所以甘愿付出一切，万死不辞。

金钰欢欢喜喜地跑过去买了三串巨大的烤鱿鱼，自己只留下一串，剩下的都递到了任之初的手里。

"没想到居然这么大一串。"她淘气地望着他笑了笑，"我吃不完，你多吃一点儿吧。"

任之初可不想一开场就先用一大堆鱿鱼把自己噎饱，他还想留点儿胃容量，去吃几个颇负盛名的灌汤包。

可是有个成语怎么说的来着？盛情难却。

任之初眼看着她又跑去买了两份臭豆腐，终于明白原来这就是"盛情难却"的滋味。

他几乎拿出了"舍命陪君子"的勇气和决心，于是乎，不论金钰给他拿回来什么，他都来者不拒照单全收。

等到他们终于绕过巷子尽头的街角，来到任之初最爱的那家汤包店，他已经撑得连话都不想说了。

“这家怎么样？”金钰走在他前面，喃喃自语道，“看起来蛮不错的样子，这么晚了还好多人在排队……”

任之初扶额叹息，真想骗她说：“这家很难吃，我们赶紧走。”

可他希望她能玩儿得开心，哪怕他自己觉得这个过程确实有点儿折磨人。

金钰拖着他来到队伍的最后面，开始了漫长的等待。

金钰万万没有想到，他们排了半个小时的队，好不容易才挪到窗口前面，可是铺子里的师傅却说：“不好意思，包子卖完了，我们准备打烊了。”

“一个都没剩下吗？”金钰踮起脚尖，探头探脑地往店里望了望。

“全都卖光了。”

她还是不死心，委委屈屈地说：“您再帮忙找一找，好不好？我从好远的地方过来，排了好长时间的队，好不容易才轮到我们的……”

卖包子的师傅拿她没办法，把蒸笼竖起来给她看，耐着性子解释道：“姑娘你自己看嘛，是真没有了。但凡还有生意可做，我也用不着打烊，你说是不是？”

金钰见此情形，也知道确实是没什么办法了。可是身为一个正儿八经的吃货，她还是需要点儿时间才能接受这个凄凉的结果。

她闷闷不乐地扭头走开，在旁边的长椅上坐了下来。

任之初看着她气鼓鼓的样子，爱怜之余又觉得有点儿好笑。

他仿佛又看到了烂尾楼里那个圆滚滚的小女孩，贪吃贪玩，任性又不讲道理。

也许他正是迷上了她骨子里的这份天真，才这么想守在她身边，藏起世界上所有的晦暗，只为保护她不受半点儿伤害。

他忽而想起她为他哭泣的样子，心头一阵揪痛，不由自主就想对她好一点儿，更好一点儿。

想哄好一个吃货，其实再简单不过了。

“我知道那边有一家很不错的手工酸奶店，我去买来给你，想不想吃？”

金钰抬起头来对上他的视线，那双满是委屈的大眼睛忽闪着眨巴了几下，末了，她很没出息地说了一声：“想吃……”

于是，任之初就这样轻而易举地治好了金钰的不开心，只用一杯加了果仁和布丁的手工酸奶。

他们优哉游哉地走到小吃街的尽头，那里是一个小广场，广场对面修了一座样式古朴的楼阁。此时，楼阁上的红灯笼已经亮起，在墨色的夜空下，显得静谧而温暖。

他们并肩坐在长椅上，遥遥望着眼前如画的景色，谁都没有打破这份难得的静默。

上海的秋夜虽然不至于寒冷，但也有阵阵凉风从耳畔徐徐拂过。

金钰只穿了一件单薄的工装衬衫，在室外坐得久了，难免有些着凉，一不留神就打了个喷嚏。

任之初微微低头看着她，问道：“回去吧？外面有点儿冷了。”

金钰点点头，起身随他往停车场的方向走着。这条路并不长，可他们却走了很久。

将近夜里十一点钟，巷子两旁的商铺都已经关门了。四周很安静，只有星星点点的街灯静静伫立在石板路的两侧。

任之初试探着牵她的手，金钰似乎顿了一下，但到底没有拒绝。

他抿了抿嘴唇，轻声对她说道："金钰，我明天下午就回沽川了。你在这边照顾好自己，事情忙得差不多了就早点儿回去。"

听说他要走，金钰忍不住抬起头望向他的侧脸，有些担忧地问："怎么这么突然？是不是集团那边碰到了什么棘手的事情……"

"没什么棘手的，你别担心，我只是回去给赵瑞麟和秦臻那个案子收收尾。"

"哦。"她点点头，半晌没说话。

两人牵着手往前走，似乎是默认了彼此之间的某种情愫。金钰不由得想，也许一段感情重归于好并没有想象中那么难。

她不需要什么郑重其事的诺言，也不需要轰轰烈烈的追赶。不过是他回来找她，而她没有闪躲，一切就这么简单，却又有着不容置疑的力量。

"对了，你之前在电话里说，有些话必须当面跟我讲。"金钰不知怎么就想起了这回事，"现在我就在这里，你是不是可以说了？"

任之初没想到她会突然提起这个，怔了一瞬才回答说："想告诉你，我从来没放弃过我们的感情。我一直在想，怎么才能让你明白，其实我最痛苦的就是没办法每天看到你，而不是所谓的拖累、负担或者别的什么。”

“现在我明白了。”

“那你……还愿意回到我身边吗？”

金钰垂下眼帘，目光落在他们十指交叉的手上，声音低低地说：“现在这样，还不算回到你身边吗？”

“我只是没有什么信心，分不清楚到底是你心甘情愿的，还是我来追你，你迫不得已才回来。”

“……我明白你的意思。”

她怎会不懂？这种患得患失的卑微感，她曾反复品尝过无数次。如果可以，她真想此刻就对他说——我是真的很想念你，想回到你身边，以后再也不离开你。

可是金钰知道，她还没有攒足勇气，去承认两个月前的出逃是错误的。

她轻轻地叹息一声，小声呢喃道：“我可能还需要一点儿时间。”

“好，我等你。”任之初不动声色地将她的手握得更紧，仿佛在用这种微妙的方式，向她传递着某种坚决的心意。

夜风很凉，可是他手心里的温度足以温暖她那颗不够安稳的心。

金钰很久都没有说话，只是小心翼翼地呼吸着空气里独属于他的味道，一边期许着未来，一边惶恐地等待明天。

自从任之初离开了上海，金钰就变得心神不宁。

一直以来，她都习惯用踏实严谨的态度对待自己经手的每一项工作。可这几天也不知怎么，她总是丢三落四，接连几次在会议开始的时候发现自己又少拿了什么材料，连上海这边的客户都看不下去了，频频问她是不是太累了。

就这么浑浑噩噩地挨到了周末，金钰终于发现了问题。

回顾过去一星期，她一个会议都没少开，而且天天晚上回到酒店还加班整理资料，可结果却是事倍功半，该确认的事情仍然一团糟。

带着情绪继续出差显然不是办法，她思前想后，还是决定给孙凯打个电话。

“经理，我能不能申请提前回总部？”金钰开门见山地问。

孙凯不答反问：“怎么了，遇到什么困难了吗？”

“项目都在正常推进，是我自己家里面的事情。”不愿提起她和任之初的种种，金钰只能随口胡诌，妄图用一个普遍通用的理由搪塞过去。

孙凯其实心里有数，只是表面上故作不知地回答说：“既然这样你就先回来吧，家里事情处理完了再考虑要不要继续出差。”

“好的，谢谢经理！”

得到孙凯的应允，金钰总算是松了一口气。

她二话没说，立刻订了一张星期天清早回沽川的高铁车票，而后又给上海的重点客户一一打过电话，将回去之后的沟通细节都安排妥当，这才彻底放下心来。

这阵子她东奔西走，确实是疲倦极了，彻夜好眠。第二天早上一不小心错过了闹钟，差一点儿没赶上高铁。

金钰出了酒店就开始拔足狂奔，好不容易才在开车前的最后一刻奔上了火车。直到这一刻，她才终于体会到回归的喜悦。

列车在一个半小时后抵达沽川，虽然没有人来车站接她，可金钰还是觉得很幸福。

她熟悉这座城市的一草一木，也熟悉生活在城市里的许多人。最重要的是，她爱的人们都在这里等她回来。

金钰这才知道，原来被人等待和盼望，竟是这般甜蜜的感觉。

她没有直接打车回家，而是拖着笨重的行李箱，直接去了任之初的居所——林谷桃源。

金钰是个不折不扣的路痴，按照常理来说，她只来过这里一次，无论如何都不可能记住从小区门口到那栋别墅的路线。

可是，爱情仿佛是一种灵丹妙药，能将腐朽化为神奇，也能将路痴变成天才。

她一边回忆着那天晚上的场景，一边仔细辨认着道路两边的建筑。

其实一栋栋别墅看起来都差不太多，然而很神奇，她还是凭着女人奇妙的直觉找到了小区深处那栋独属于任之初的房子。

金钰上前按两下门铃，等了大概十几秒钟，便听到从屋里传来的脚步声。

出乎她意料的是，开门的人竟然不是任之初，而是……林诗音。

“怎么是你……”林诗音皱眉。

“怎么是你？！”金钰的眉头显然皱得更紧。

情敌见面分外眼红，两个女人在任之初的家门口对峙不休，一直到郑晨从屋里出来，打破这种僵局。

郑晨看到金钰似乎也有点儿惊讶，不过他很快将情绪藏起来，淡笑着对金钰说：“你能回来真是太好了，任总住院了，我还犹豫着要不要告诉你。”

金钰闻言，蓦地转头看向郑晨，满心焦急地问道：“住院了？怎么回事啊！”

“胃出血，昨天晚上送去医院的，现在应该没什么危险了。”郑晨解释道，“任总让我回来帮他拿一下换洗的衣服，没想到居然碰见你。”

“我要去看他！能不能拜托你带我一起去医院？”

“当然，任总看到你回来了应该很高兴。”郑晨说着，转身锁上了门，很识时务地将大门钥匙递到了金钰的手里，然后扭头看了一眼林诗音，客客气气地问道，“林小姐，您还打算在这儿耍赖到什么时候？”

林诗音垂着眼帘，轻轻咬了咬下唇，一时语塞。

从小到大，她从来都是别人眼中的骄傲女神。她优秀，聪明，漂亮，有自己的矜持和高贵。可是不知从什么时候开始，她嫉妒金钰嫉妒得发狂，不甘心她最爱的任之初被那么普通的女人抢走。

她变得疯狂，变得失去理智，变得无理取闹以至死缠烂打，几乎把自己的脸都丢尽了。

事实上，这次她并不是来给谁添麻烦的。她本来是想好好和任之初道个别，然后就回去，往后再不出现在沽川市。

她也不知道怎么就那么巧，偏在这时碰见郑晨，并且听说了任之初生病住院的事儿。

许是终究还有感情，林诗音也是打心底里担心任之初的。她脑子一热，又忘了此行的真正目的，也顾不得别人的白眼，软磨硬泡地求郑晨带她去看看任之初。

如今，她看到了郑晨对待金钰的态度，心里便在一瞬间明白了很多。

也许是她自己执着了太久，而任之初早已不是从前的他。可惜，她到今天才敢承认——她真的错过了那个她爱了一整个青春的男人。

林诗音站在别墅门前的台阶上，深深呼吸几次，待到情绪平复后，朗朗大方地对金钰说：“我明天就回台湾了，以后不会再打扰你们。临走之前，我有些话想单独跟你说，能给我五分钟时间吗？”

金钰抬头看着林诗音那张脸，忍不住从心底里觉得厌恶。只要一想到自己差点儿就因为这个女人的挑拨离间而失去任之初，金钰就恨不得跟她老死不相往来。

林诗音见金钰没说话，又诚恳地解释道：“你和他之间有些误会，如果我不说，你可能一直都不会知道。金钰，我既然决定回台湾，那就是放下了。如果你真能让他幸福，哪怕你并不够优秀，我也愿意试着帮帮你。”

金钰总觉得林诗音这话说得很是刺耳，可是为了任之初，也为了这份难能可贵的爱情，她终究没有拒绝林诗音的提议。

郑晨欲言又止地看了金钰一眼，最后还是没有阻拦，自己先去车那边等着，只留下金钰和林诗音两人。

“坦白说，金钰，我一点儿都不喜欢你，更不喜欢你跟他在一起。”林诗音叹了口气，“可是你们分手之后，我没看到他笑过，直到最近我才明白，原来我更讨厌的是他这样为难自己。”

金钰沉吟片刻，而后抬头看着她，直截了当地问：“你到底想说什么？”

“有些事，任之初一直瞒着你，你可能会觉得你提出分手他都没有怎么挽留你，也可能误会他没有那么在乎你，但其实不是这样。”

“什么意思？”金钰皱眉。

“秦臻不是什么正人君子，他既然能暗中买通赵瑞麟，自然也能想办法利用你来威胁任之初。虽然我不愿意承认，但毕竟，你是任之初唯一的弱点。”

“可我从来没做过什么亏心事，也没有把柄留在秦臻手里。”

林诗音嘴角微微勾起，似乎在嘲笑金钰的单纯：“那么，你有没有想过，即便秦臻是个中国台湾人，但以他的势力，对付你母亲还是绰绰有余呢？”

想到她说的那种可能，金钰下意识地攥紧拳头，仰头反问：“不觉得这种行径太卑鄙了吗？”

林诗音摇摇头道：“我不想跟你争论孰是孰非，我想说的是，任之初是怕你在这场斗争里受到什么伤害，所以才顺水推舟，暂时和你‘分手’了。”

金钰抿着嘴唇静静听着，什么都没有说。

林诗音继续说道：“你调到销售部以后，大概很长时间都没有接触过实际的销售业务，不仅如此，大概连销售部的例会你都没参加过吧？”

金钰清楚地记得，自己当时特意问过孙凯，可孙凯说销售部的同事很难聚齐，所以不开例会。如今看来，孙凯似乎是有意瞒着她的。

“……你怎么知道这些？”

“别用那种眼神看我，任之初才不会跟我说这些，我只不过刚好拥有正常人都有的推断能力。”林诗音笑道，“那阵子秀利虽然吃了官司，但是人气却被炒得很热，市场份额持续上升，给德鲁造成不小的冲击。以我对任之初的了解，他一定特意叮嘱过销售部经理，这些事情都要瞒着你。”

“我没想到会是这样。”

“你当然没想到，你更想不到那个傻瓜一直拜托霍思远明里暗里护着你，代价是主动将一家集团大客户的供货权转让给致远集团。”

“没错，那阵子霍思远确实常常找我，而且也对我很好。可我还是想不通，任之初为什么不亲自来找我，非要这样藏着掩着呢？”

“你哭着喊着跟他分手，他怎么知道你看到他会不会更难过？”林诗音低着头，脸上的神情里既有羡慕又有悲戚，“我认识他这么多年，从来没看到他像这样保护过一个人，尤其，还是像你这么弱的人。”

这段谈话信息量实在太大，金钰一时还没能完全消化。

她喃喃地问：“你为什么要告诉我这些？”

“为什么？也许是因为我渐渐明白，你对他来说竟然那么重要。”她优雅的面容上泛起一丝苦笑，“而我……舍不得看他再次失去最重要的人。”

金钰轻轻地叹息一声，只觉得脑海里装载了太多的情绪，无法一一整理。

“不管怎样，还是谢谢你告诉我这些。”她对林诗音说完这句话，便率先迈开步子，往郑晨那边走去。

她忽然就不再怨恨林诗音。

也许，爱一个人本来就没有错，只不过有人得到幸运之神的眷顾，得以和爱人相守相依，而有人因为种种原因失去所爱，只能在未来的千百个日夜里，努力控制着名为“嫉妒”的心魔。

没有谁真的比谁恶毒，也没有谁真的可以凭借自己的幸福，就去蔑视他人的痛苦。

第十三章

藏于深处的秘密

车停在医院住院部的西门，郑晨借口说要去外面停车场找个免费的停车位，于是将任之初的病房号告诉了金钰，让她自己先上去。

金钰在 206 病房门外踯躅了好一阵子，好不容易才鼓起勇气，推开面前那扇虚掩的门。

这是一间单人病房，此时正值晌午，窗外阳光落在屋子里，与消毒水的味道混合在一起，带来一种很矛盾的治愈感觉。

任之初侧身躺在病床上，身子微微蜷着，眉心微蹙，看起来似乎仍在忍受着胃部的疼痛。

她放轻了脚步走到他身边，挨着床沿坐下来，静静凝望他憔悴的脸庞，只觉得心疼得难以言说，就像是有什么东西在拼命撕扯着她的心脏。

他睡得并不踏实，似乎是感觉到有人来了，于是缓缓睁开眼睛。

任之初原以为是郑晨拿了东西回来，又或者是集团里其他什么人来看望他。可他没想到竟然是金钰回来了。

他的嘴唇动了动，想说点儿什么，却又不知该从何说起。

金钰轻轻抚摸他苍白的脸庞，小声问他："还疼吗？"

"已经好多了，别担心。"他望着她，沉默片刻又问，"怎么提前回来了？"

她握住他的手，垂着眼帘说："你一走我就什么事情都没心情做，开会也总是弄得一团糟，索性就先回来了。"

他心中似有感慨，什么都没有说，只是反过来握住她的手，将她细软的指尖包裹在他的掌心里，一点一点温暖着。

"你说，这算是心电感应吗？"她对上他的视线，毫不掩饰目光里的爱和心疼，"虽然离得那么远，可你身体不舒服，我还是能感觉到，并且从早到晚心神不宁。当时觉得自己是疯了，莫名其妙就想回沽川。然而现在想想，幸亏回来了。"

"金钰，你……"他欲言又止，沉默半晌才鼓起勇气问她，"我能不能理解为，你这次提前回沽川，就算是回到我身边了？"

"任之初，你这个傻瓜……"

鼻尖酸楚，眼眶湿润，很多刻意掩藏起来的情绪在这一刻迸发，猝不及防地将金钰变成了脆弱的泪人。

他倚着床头稍稍坐起来，伸开修长双臂将她拥在怀里，一边吻着她脸上的泪痕，一边安慰她道："我在这里，不离开你……不哭了，听话……"

结果适得其反，他越是温柔，她就越是管不住心里的委屈，反而哭得越凶。金钰紧紧搂着他的腰，脸颊埋在他的胸口，任凭泪水一点点洇湿他的病号服。

"你……你不用瞒着我，我什么都……都知道了……"她哽咽着说。

他听着她那孩子气的语气，忍不住轻笑着反问："你都知道什么了？"

"你还笑！我今天去你家里找你，刚好郑晨和林诗音都在。林诗音把一切都告诉我了。"金钰从他怀里抬起头来，气鼓鼓地瞪着他。

“任之初，你是不是从来都不相信我也可以很坚强，我也可以陪你走过很艰难的岁月？”她委委屈屈地控诉道，“你一直默默付出，却什么都不肯告诉我。全天下的人都知道你对我好，只有我自己像个傻子一样，一直以为自己是被轻视、被放弃的那个……”

他不让她再说下去，倾身吻上她的唇，温柔得令人窒息。

一吻结束，他仍然舍不得放开她，嘴唇轻轻贴着她的嘴角，小声呢喃着向她道歉：“对不起，亲爱的，是我的错……”

就因为这么一句话，金钰好不容易才忍住的眼泪又泛滥成灾了。

她嘴上虽然没说什么，可心里却是真的在怨恨自己。从来都是她在任性，她在误会他，可是到头来还是他温柔地安抚她，宽容她的一切胡闹，然后敞开大门等她回来。

这样的任之初，她怎么忍心再伤害他？

金钰紧紧地抱着他，字字真诚地说：“直到这次回来，我才知道自己究竟有多爱你。亲爱的，我已经不是从前那个不懂事的小姑娘了。我长大了，明白了什么才是最珍贵的。”

“对我而言，你就是最珍贵的。”他凝视她泛着泪光的眼眸，恨不能每时每刻都像现在这样，将她捧在手心里好好呵护着，不让她受到一星半点儿的伤害。

金钰与他对视良久，末了，笃定地对他说：“同样的答案，我愿意用未来很多年的时间向你证明。”

失而复得的幸福感足以令人眩晕，这一点，只有经历过的人才会深有体会。

这次回到沽川，金钰几乎寸步不离任之初左右。

他住院，她就在医院里照顾他；他出院，她就屁颠屁颠跟去林谷小区，帮他把别墅打点得温馨温暖；他回公司上班，她也销假回去，上班时间在销售部处理工作，午休和下班时间则准时跑去顶层，监督他按时吃饭，按时下班回去休息……

日子就这样甜甜蜜蜜地过去，直到十一月上旬，金钰才恍然想起有句古话叫作“月盈则缺，水满则溢”。

也许，生活注定是由诸多坎坷串联而成的。如果人生是一串糖葫芦，那么不如意之事便是酸中带甜的山楂，而人的傲骨与坚持，则是那根笔直的竹签，顽强地串起整个生命。

金钰不缺乏这种坚韧，可她也从没想过，命运竟会和她开那么大的玩笑。

光棍节那天，任之初决定给集团员工放假半天。

“你又不是光棍，怎么还跟着凑这个热闹？”金钰不解其意。

对此，任老板是这么解释的：“集团里那么多单身贵族，天天看我们秀恩爱也不容易，今天他们过节，所以就……”

“什么叫强词夺理，你这就是。”金钰笑着揶揄他一句，转而换了话题问道，“今天下午有什么活动吗？”

他一边开车一边回答说：“如果你那边没什么特殊安排的话，陪我一起去疗养院看看他，可以吗？”

金钰被他这语焉不详的一句话问愣了，迟疑着反问：“……是说你父亲吗？”

不知怎么，一听到“父亲”两个字，任之初就打心底里觉得反感。

他下意识地拧起眉头，低声说：“嗯，或者如果你实在不想去，我们去看电影也行。”

“喂，你好歹严肃一点儿啊！”金钰哭笑不得地看着他的侧脸，“毕竟是见家长，怎么能随便就说不去了。”

“见哪门子的家长，”他不屑地抿了抿嘴唇，“不过就是今天有空，去看看那个人有没有在疗养院里被人欺负。”

“哪有这样说自己父亲的！”

“父亲？”任之初挑眉反问，“哪有他那样的父亲？”

金钰本来憋了一肚子的逆耳良言，可他这么轻描淡写地一个反问，就噎得她什么都说不出来了。她只想给他一个拥抱，告诉他，从今往后他至少不会失去她。

失去亲人的痛苦她也体会过，可是，失去亲人的同时还要感受亲人的冷漠，这种痛苦她连想想都觉得冰冷入骨。

刚才她多少在心里责怪他不尊重长辈，可是此刻金钰想的却是，如果让她经历他所经历的事情，也许她后半辈子都不会想去看看那个住在疗养院里的任老爷子。

疗养院坐落在偏远幽静的山脚下，从市区开车过去大概要两个小时。金钰和任之初到达那里时，已经是下午三点钟。

沽川的冬天并没有零下十度的低温，然而空气里弥漫着南方城市特有的潮湿，即便是下午的阳光也不能驱散这种荫翳的感觉。

金钰望着眼前的贵宾疗养区，不仅没有从恢宏的建筑里感觉到一丝丝的尊贵，反而错以为自己来到了一个被全世界遗弃的地方。

就算是市区里随便一栋四面漏风的红砖老楼，大概也比这所疗养院温暖一点儿吧。

她跟在任之初的身后往里走，绕过长长的走廊，来到了任老爷子居住的地方。

任老爷子不怕花钱，就怕被不认识的人打扰了清净。高级疗养院里有几栋单独的别墅，他毫不犹豫地选择了其中一栋，还顺带着花钱包下了别墅周围的一大片绿地，算是他自己的私家花园。

冬季来临，花园里有枯木和没扫净的落叶，看起来有些凄凉。

当金钰看到那个坐在轮椅上晒太阳的白发老人时，心中禁不住犯嘀咕——曾经叱咤一时的任老爷子，竟沦落到这种毫无烟火气息的清冷地方，想想也真的可怜。

都说“可怜之人，必有可恨之处”，任老爷子年轻时也确实做了很多过分的事情，可是在金钰眼里，他毕竟是一位老人，而且还是她爱人的父亲。

也不知是不是因为自己已经失去了父亲，金钰忽然想劝任之初放下心中的芥蒂，好好珍惜父亲尚在人世的每一天。

可她不能轻易开口，也知道自己未必劝得动他。于是她只能在心里默默思量着，以后尽自己所能，多抽出些时间来照顾眼前这位老人。

任老爷子虽然身体大不如从前，但脑筋还是很清楚的。

他看到任之初来了，便自然而然地朝那边微笑起来。然而，当他留意到任之初旁边还站着一个年轻女人，那种笑容便在一瞬间僵住了。

任老爷子到底是在商场摸爬滚打了大半辈子的人，他比谁都懂得“不动声色”有多重要。

他一如往常地和任之初打招呼：“今天怎么有空过来？这位是……”

说这话时，任老爷子的脸上依然挂着礼貌的笑容，只是笑得很有些刻意和疏离。与此同时，他的视线落在金钰的脸上，不着痕迹地上下打量着。

金钰被他盯得有些不自在，然而第一次来见长辈，她怎么也不好太主动地自报家门，于是只能微笑着，等待任之初主动将她介绍给父亲。

敏锐如任之初，怎能觉察不到父亲表情里的细微变化？他心底有些不悦，于是也懒得多费口舌，只是不带什么感情地简单介绍说："这是金钰，我女朋友。"

本来金钰还担心任老爷子会盘问她的家境之类的，然而事实证明是她想多了，任老爷子什么都没说，只是淡淡地笑着，轻轻点了点头，就算是同她打过招呼。

金钰主动上前给老爷子问了好，然后递上手里的礼品盒，恭恭敬敬地说："叔叔，我第一次来看您，也不知道您喜欢吃点儿什么，就买了些营养品过来。"

任老爷子也没推辞，笑呵呵地接过这份见面礼，慈眉善目地对金钰说："以后不用这么客气，有空常过来看看比什么都好。"

言罢，他自顾自地转动轮椅，往独栋别墅那边行去。

金钰跟在任老爷子身后，心里还是觉得没底气。她抬头看了任之初一眼，两个人用片刻时间交换了一个眼神，她这才稍稍放心一点儿。

回到室内，任老爷子比较吃力地从轮椅上站起来，缓步挪到沙发那边去。

任之初一直在旁边冷眼看着，完全没有搭把手的意思。金钰实在看不下去了，他走上前去，想扶一扶任老爷子，可是却被他拒绝了。

"我自己能走，谢谢你。"

金钰一脸尴尬地后退了两步，和任之初并肩站在一起，连大气也不敢喘一下。

任氏父子之间的冷气场已经扩散得满房间都是，金钰觉得自己作为一个外人，又是第一次上门拜访任老爷子，就这么傻愣愣地杵在他们父子之间确实不成体统。

默默地看了一眼任老爷子的表情，再扭头看看任之初那张绷得紧紧的俊脸，金钰真觉得为难极了。

就在这时，任老爷子一边把玩手里的核桃，一边开口打破了沉默。

“集团那边现在情况怎么样了？我听说前阵子出了点儿问题。”

“都已经解决了。”任之初显然没有展开细谈的意思。

任老爷子也没多问，只说：“你自己心里有数就好。”

除了集团业务，父子两人没有其他话题可聊，金钰只好站出来打圆场说：“叔叔，刚才过来的路上我们买了点儿水果，哪里比较方便呢？我去洗几个苹果给您。”

“往西边走，转个弯。”

“……哦。”金钰分不清东南西北，求助地瞧了一眼任之初，然而他却一副似笑非笑的表情，站在一旁袖手旁观。

她无奈，只得自己摸索。结果，她按照“左西右东”的理论，成功地走反了……一来二去，她绕着别墅兜了一大圈，过了有一阵子才走回来。

金钰知道任家父子之间关系紧张，可没想到竟然紧张到这种地步，只是一刻钟的工夫，就横眉冷对地吵了起来。

“你有什么资格插手我的事情！”任之初倨傲地站在一边，低头俯视着他的父亲。

任老爷子气得手都在发抖，指着他鼻子：“你、你这个不孝子……”

“那你呢？”任之初冷笑着反问，“你又何曾为我和茜茜付出过什么？”

金钰见这架势越来越不对劲，赶忙上前拽住任之初的手臂，拧着眉头说：“你别这样跟叔叔讲话！”

任之初本来还想说什么，可他不经意间瞥见她脸上的担忧，到底还是把话咽回了肚子里。

场面闹成这样，再待下去恐怕也不合适了。

金钰走过去对任老爷子说：“叔叔您别生气，他就是脾气急，不是真的想跟您吵架。”

任老爷子气哼哼地瞪着任之初，也没搭腔。

她于是又说：“集团那边还有点儿事情等着他处理，我们这会儿就先回去了。您多注意身体啊，改天我再过来看您。”

“走吧！”任老爷子显然气得不轻，连客套话都懒得多说一句，直接摆出了一副赶人的架势，朝他们摆了摆手。

任之初本来就一肚子火，见此情形二话没说扭头就往外走，金钰匆忙和任老爷子道了个别，也追着他的脚步往外跑去。

回市区的路上，任之初一言不发，倔犟的嘴唇几乎抿成了一条直线。他把商务车开得跟阿斯顿跑车一个速度，遇到转弯更是刹车急转地来个大漂移，吓得金钰一阵一阵的心跳加速。

好不容易遇到一个红灯路口，他猛踩一脚刹车，堪堪停在了刹车线的位置。

她苍白着一张脸，扭头看着他道：“任之初你疯了吧！你自己不要命，难道连我的命也打算一起丢了吗？”

他紧紧地攥着方向盘，什么都没说，只不过再上路时，车速就恢复成了平时的样子。

金钰终于不用担心自己这条小命会在下一个路口报销，这才缓和了情绪，语重心长地同他聊起刚才的事情。

“当着叔叔的面，我只能劝你冷静一下，可是亲爱的，你也不好受，我都懂。”

此时，车载音响正在播放 Beauty in the world，音乐很应景地讲述世间美好，而他却忽然发现在某些事情上，他总是如此暴躁。

金钰声音很轻，几乎要融在 Macy Gray 的歌声里。任之初转头瞧了她一眼，心底忽然生出一种错觉——他是生活在混乱市井间的小贩，而她就像一只蜷缩在他身边的乖顺小猫，陪伴他，带给他脉脉温情。

心中温柔难抑，他将车停在路边，侧过身子去拥抱她，近乎呢喃地说：“亲爱的，什么都不用说了，道理我都懂。其实我只想让你明白，有你真好……”

为了爱人的一句“有你真好”，金钰觉得自己可以拼了命去做到更好。

她不擅长说太多的甜言蜜语，却习惯用行为表达爱意。

那天从城郊疗养院回来之后，她就自觉跟着任之初到了集团顶楼，接连几天都宅在总裁办公室里，将那些相对紧急的销售报表整理完后交给任之初过目。

他们谁都没有明确地谈过调职一事，仿佛那是一个不能触碰的雷区。不过金钰并不介意继续在销售部挂职，反而更享受这种两边忙的感觉。

相比于总裁助理，她更喜欢销售这种需要独当一面的工作，而在此基础上，她更喜欢抽出额外的时间来给任之初帮忙。

这不是任务，而是感情。

任之初越来越能感觉到金钰的可贵，这种可贵不仅仅体现在事业上，更多的还是在生活里。她的温存，她的体贴，都像是一种毒品，令他渴求不已。

新年到来之前，金钰搬到了林谷桃源，和任之初一起住。

搬家那天是周六，室外有些寒冷，然而阳光很好，浅金色的光线将沽川的每一个角落都勾勒成明媚的模样。

金钰平日里比较节俭，并没有太多的行李。

他们一大清早就开始忙碌，到午饭之前已经将她所有东西都搬到了任之初的别墅里。午餐没来得及亲自动手，他们在餐桌旁边相对而坐，欢欢喜喜地吃着已经冷掉的外卖。

“等把搬来的这些东西都整理好，我抽空去淘一些好看的小摆件回来，然后再弄几盆绿植摆在客厅，这样就有家的感觉了。”她歪着脑袋想了想，又继续自说自话，“哦对了，还有，厨房什么都没有，这样不行。咱们还得多囤点儿粮食在冰箱里，以后我做饭给你吃。”

任之初轻笑起来，伸手揉了揉她的头发，心满意足地说：“哪儿用得着那么复杂？你在这里，就已经很有家的感觉了。”

对于金钰来说，“家”是一个很多元化的概念。除了两个人的朝夕相对，她还把双方父母也考虑在其中。

元旦前夕，任之初临时有事要去新加坡出差。金钰本来也想跟着一起去，然而新年将至，她转念一想，还是决定留在沽川。

将近一周的时间，她一有空就坐车去城南陪陪母亲郑彩桥，又或者去更远一点儿的疗养院，和任老爷子喝喝茶，聊聊天。

以前金钰总觉得在商场翻手为云覆手为雨的男人，大多冷傲并且不近人情。然而实际相处下来，她才明白什么叫“人心都是肉长的”。

任之初有他的温暖和脆弱，而任老爷子又何尝不是呢？

每次金钰过去看他，他表面上虽然只是客客气气地同她闲聊，可眼神里的喜悦是藏不住的。金钰并不是个很粗心的人，她一直都记得第一次见到这位老人时，他一个人坐在空旷的院子里那种寂寥而孤单的样子。

那是任之初的父亲，她就像爱自己的父亲一样，尽可能地照顾他。

按照原计划，任之初应该可以赶在新年到来之前回到沽川。然而会议进程有所延误，之后又恰巧赶上航空管制飞机晚点，于是他的抵达时间就被拖到了元旦那天下午。

金钰到机场去接他，见了面以后，她看了一眼时间，而后问道："现在已经四点多了，城南和城郊我们大概只能二者选其一，你说今天去哪边？"

任之初想了一下，不答反问："你想去哪儿？"

"我其实都可以呀，不过说真的，我们这会儿去城南的话，我妈妈晚上肯定来不及张罗一大桌子饭。她看到她心爱的准女婿吃不饱，到时候心情不爽，指不定又要拿我的黑历史开涮！"她故意用轻松的语气自我调侃，而后才小心翼翼地试探着问他，"要不然，我们还是直接去疗养院看看你父亲吧……"

他将她那点儿小心思都看在眼里，笑道："好啊，就听你的。"

其实一开始任之初并不理解为什么她总是要去看望那个冷血的老年人，可是渐渐的，他便看懂了其中的道理。

诚然，他并不在意父亲是不是赞同这段感情，然而对金钰来说，家就应该有个家的样子，天伦之乐，和和美美。她在用心经营与他一起的生活，他虽然自己仍然不太愿意和父亲有太多交流，却仍感激金钰为他所做的一切。

任之初去停车场取车，金钰想把手里提着的新年礼物放到后备厢，却不料被他阻止了。他不说原因，她也就没多问，两人一前一后地上了车，然后往疗养院的方向开去。

抵达目的地时，任之初率先下车，绕到副驾驶这边替她开门。

“怎么突然这么殷勤，你是不是有什么阴谋？”她嘴角噙着笑意，不解其意地问道。

“先不告诉你。”他故意卖关子，催促她道，“外面冷，你先进去，我马上就过来。”

“什么啊，神神秘秘的。”金钰仔细打量着他的神情，然而并没有看出什么苗头，于是只好讪讪作罢，“那我先进去，你也快点儿啊，别在外面待久了，要冻感冒的。”

“知道了，真乖。”他像哄逗什么小宠物一样捏了捏她的脸颊，站在原地看她穿过冬季萧条的花园，往别墅那边走去。

金钰来到门外，正准备抬手敲门，却在这时听到屋里传来谈话声。隔着厚厚的门板，她听得不是很真切，然而大意却是听懂了。

此前她从未想过，一个人的未来真的可以在某一瞬间发生逆转。她忽然听到了信仰坍塌的声音，就在这个阳光明媚的冬日下午。

“消息可靠吗？”任老爷子苍老的声音里带着一种说不清的严肃和慎重。

“绝对可靠。”中年男子声音低沉地说，“已经查清楚了，金钰就是金广林的女儿，当时集团给金家支付的赔偿金，就是她去领的。”

“难怪了，一门心思地接近我儿子，还经常来这看我，明显是在找机会报复我们任家呢……”

再后面的话，金钰就一句都没听清了。

似乎有什么隐秘的危险正在她与任家之间悄然酝酿，时刻准备着爆发开来。然而那究竟是什么？她一时还没有搞清楚。

虽然指尖都在颤抖，然而金钰还是努力装出一副平静的样子，等任之初过来了一起进门。

任老爷子看到他们过来，摆摆手叫那个中年男人先离开，而后像什么都没有发生过一样，笑意盈盈地问金钰：“小姑娘，今天想喝什么茶？”

金钰也扯起嘴角勉强笑了一下，答道：“我什么都行，主要看您想喝什么。碧螺春，金骏眉，还是大岩红茶？”

“那就金骏眉吧。”

“好，我这就去给您沏茶。”金钰说着，绕过正厅，去隔壁储存室里取茶叶。

走进储存室，她关上了门。就在这一瞬间，她脸上的笑容立刻烟消云散，取而代之的是某种从未有过的冰冷与笃定。

金钰其实刚进来就看到了架子上那盒昂贵的金骏眉，然而她并没有过去拿，而是掏出手机，在浏览器里输入了这么几个关键词：沽川、新闻历史、楼盘、事故，以及她父亲金广林的去世时间。

关于几年前那场事故，很多人都已经遗忘，然而新闻报道却并不会凭空消失，而身为被害者的女儿，她脑海中的记忆更是随着时间的推移变得越来越深刻。

她一定要搞清楚到底是怎么回事，她必须要知道，任老爷子和父亲的死到底有什么关联。

新闻极少骗人，至少报道这种事故的新闻大多是真实的。

金钰看着网页上显示的内容，禁不住浑身颤抖……

几年前，任江涛曾经涉足房地产事业。当时他盘下了一个楼盘进行开发改造，然而大楼里的电线却意外着火，导致十七人受伤，还有一名施工人员当场死亡。

这名不幸的施工人员就是金钰的父亲，金广林！

金钰并不是空着手回到客厅的，但她手里拿的不是沏好的热茶，而是冷冰冰的手机。

任老爷子打量着她冷然的神情，似乎明白了什么，然而还是做出一副镇定自若的样子，不动声色地问道："怎么了，没找到茶叶吗？"

金钰没有回答，攥着拳头走到任家父子面前，低头俯视着他们。

这时，任之初也察觉到不对劲了。他试图去牵她的手，却被金钰猛地甩开。

"别碰我！"她根本没有看任之初一眼，不带温度的视线直直地刺在任老爷子的脸上，"您不想解释解释吗，关于我父亲的死？"

"什么情况？"任之初拧着眉头看向自己的父亲，只觉得心里升腾出一种不好的预感。

"怎么，贵人多忘事，连自己害过的人命也记不得吗？"金钰恨恨地瞪着面前的父子二人，将手机直接摔到了沙发上，"那就好好看看这条新闻，好好回忆回忆你们任家造下的孽！"

任老爷子不仅没有去碰那个手机，甚至连看都没多看一眼。很显然，他心里比谁都清楚曾经发生过什么。

任之初拿起手机逐字逐句地阅读上面的新闻，每看一句话，心就冷下去一截。

他抬头望着金钰那张苍白的脸，忽然感觉到一种深重的悲哀与绝望。他们的感情，还有未来吗？他竟然到今天才知道，原来他和金钰之间的最大距离，并不是身份与地位，更不是自尊与自卑，而是亲人的生与死。

生死之隔，那也许是他无论如何努力，都无法跨越的鸿沟……

金钰记不得自己是怎么像疯子一样逃离那令人胆寒的别墅的，她的脑海里变得一片空茫，只剩下一个刺骨的念头，翻来覆去地啃噬她近乎崩溃的内心。

父亲的死，竟然是任之初的父亲造成的！她竟然爱上了杀父仇人的儿子，还曾信誓旦旦地以为，自己可以像爱自己的父亲一样去爱那个无情的老人！

究竟是她蠢不可及，还是命运太过残忍？

她跌跌撞撞地往前走着，不知道自己将要去哪里，也不知道这辈子还有没有机会回头寻找曾经属于她的温暖。

亲情，爱情，不论她如何努力去维系，最终还是乱成了一团。也许这就是宿命，也许她终究没办法逆天而行。

任之初眼看着金钰的背影从视线里消失，也心急如焚地跟着跑了出去。离开前，他只给任老爷子留下了一句话："我看你是要毁了所有人的幸福才肯罢休。"

而那，就是他这辈子跟父亲说的最后一句话。

疗养院正门外面是一段很长很荒凉的泥土路，任之初就是在那里追上金钰的。

她循着脚步声回头望去，看到是他，二话不说拔腿就跑，恨不能一直跑到时间尽头，从此再也不与他相见。

任之初此刻完全顾不得什么泥泞不泥泞了，甩开步子就追上去，也不管她挣扎得有多厉害，霸道地将她紧紧抱在了怀里。

“任之初，你就是个彻头彻尾的浑蛋！”金钰声线颤抖着骂道，“在我最无助的时候，我曾经把你当作信仰，我以为是你支撑我走出父亲去世的阴影。可是我没想到，你们任家才是我不共戴天的仇人！”

“我知道我现在说什么都没用，金钰，我不奢望你原谅他，更不奢望你还能接受我……”他痛苦得连声音都在颤抖，“我只盼着你别为难自己。”

“从今往后，我是死是活都与你无关。”她强迫自己冷静下来，语气决绝地说，“放开我，我不想再看到你。”

“至少让我送你回去。”他恳求道。

然而金钰只是冷冷地说：“受不起，我怕你路上撞死我。”

相识这么久，她从未对他说过什么刻薄的话，而今这是唯一的一句，却像是一把锋利的冰锥，直直刺到了任之初的心脏里。

可他却什么都说不出来，只能就这样放开她，眼睁睁地看她一个人越走越远。

在仇恨面前，解释根本就是多余的。他说得再多，都不能让金广林死而复生，都不能将那段痛苦的记忆从金钰脑海里抹去。

他恍然想起任茜病重时，哭着说想见一见爸爸，最终却带着遗憾离开。过了这么多年，他始终记得茜茜望向他的最后一眼，更记得当时的心痛有多么刻骨。

金钰体会过同样的痛楚，而今天，她却忽然发现这种疼痛的来源，竟然和她所爱之人有所关联。任之初明白，这种认知落在心头，绝对不仅仅是痛苦那么简单。

对金钰而言，那应该是生不如死的折磨。

他总说自己很爱她，可到头来，她心灵上的每一道伤疤都是拜他所赐，就连伤口上的盐，也是他亲手撒上去的。

任之初恨着这样的自己，当他的手无意间触碰到衣兜里的首饰盒时，这种恨意就达到了极点。有那么几句话，也许终其一生，他都没资格再对她说了。

直到金钰的背影一点点消失不见，他才讷讷地转身朝自己的商务车走去。

他不是多愁善感的人，也并不像金钰那么细心，可是回城的路上，他却忽然记起了他们在一起的所有细节。

原来爱一个人，就是在不经意间记住她所说过的每一句话，以及她脸上曾经浮现过的每一个神情。原来他的爱，早在几年前的烂尾楼里就已经生根发芽，它兜兜转转地走过了烟雨蒙蒙，也走过硝烟弥漫，走过平淡，也走过那些兵荒马乱的年月。

最后他只得到了一个答案，叫作“失去”。

眼泪猝不及防地滴在手背上，狠狠地灼痛了他的心脏。

在泪水尚未完全模糊视线以前，任之初恍然想起了她去医院看他时说过的话——她说，直到这次回来，我才知道自己究竟有多爱你；她还说，我长大了，明白了什么才是最珍贵的。

凛冽刺骨的寒风透过车窗的缝隙灌进车里，似是要将他的眼泪冻结成冰。

就在他心思恍惚的一刹那，一辆中巴车呼啸着迎面而来，毫不留情地将他面前的车窗撞了个粉碎。

身体被猛烈撞击的一瞬间，任之初丝毫没有觉得疼痛，却终于望着眼前的一片虚无，哽咽不能成声……

第十四章
初心不改，岁月如昨

当绝望逐渐吞噬心灵，沉睡也许比醒来更轻松，死亡也许比活下去更幸福。这是任之初摆脱昏迷状态之后，脑海中浮现出来的第一个念头。

眼前是雪白的天花板，空气里萦绕着消毒水的气味，房间里十分安静，以至于他可以清楚地听到旁边那些医疗设备所发出的极其微弱的脉冲声音。

病床旁边摆放着鲜花，像是有人刚刚来过。有那么一瞬间，任之初觉得很诧异也很悲哀，因为他竟想不起来有谁会过来看望他。

这些年来，亲情和爱情都马不停蹄地离开了他，生活仿佛遭到了什么恶毒的诅咒，就此陷入孤独之中，怎么也抽不开身。

这时，有人推门进来。

他以为是护士，然而来的人却是郑晨。

“你怎么在这儿？”任之初声音虚弱地问。

“霍思远把你送到医院，然后打电话通知我的。”

任之初迟疑着反问：“霍思远？”

郑晨点点头，向他解释道：“当时他刚好路过车祸现场，看到出事的是你的车，就联系了急救和交警。”

“我知道了。”他拧着眉头思量片刻，又抬眼看向郑晨，问道，“我昏迷多久了？”

“三天。”

“这三天……有金钰的消息吗？”

郑晨叹了口气，摇头答道：“没联系上，手机关机，人也没来公司。我昨天去过林谷桃源，但也没找到她。”

任之初静静地听着，脸上是一种近乎木然的神情。

“知道了，还有其他事吗？”

“集团这边一切都正常运行，不用太操心。”他顿了片刻，而后又说，“哦对了，霍思远说今天傍晚的时候会过来看你。”

任之初不置可否地笑了笑，只说：“我累了，想休息会儿。没什么事你也回去吧，这几天辛苦了。”

“好的，那我就先回集团了，午饭我已经安排好了，大概十一点半左右送到。”郑晨说完就离开了病房。

病房里重归寂静，任之初疲倦地闭上了眼睛。骨折的右腿疼痛难忍，他下意识地蹙眉，默默等待自己习惯这种疼痛。

关于金钰，他脑海里闪过千千万万个念头，却理不清头绪。

他无疑是想找到她的，可是找到之后呢，他还能够坦然地面对她吗？再次见面，说不定是对她的又一次伤害，而他不愿亲手去撕扯她的伤口。

任之初就是在这样纷乱的思绪里渐渐睡着的，睡梦中，他隐约记得有人开门送来午餐，可他完全没有食欲，索性就当作没有这回事，自顾自地继续浅眠。

这种半睡半醒的状态一直持续到傍晚六点钟，霍思远出现在病房里。

“我刚才正好在门外碰到了医生，就简单聊了几句。”霍思远一边将水果和鲜花放在病床旁边的小桌上，一边继续说道，“医生说除了右腿骨折比较严重以外，其他都是一些外伤，不用太担心撞坏了脑子什么的。”

任之初看着眼前这个明明陌生，却又不知不觉熟络起来的男人，总觉得可以跟他说点儿什么商场以外的事情，然而憋了半晌，最后只说出来一句颇有距离的“谢谢”。

霍思远在旁边坐了一会儿，随便跟他聊着眼前的布料市场格局。任之初有一搭没一搭地应和着，心思却全然没放在那上面。

“眼看着过去一年市场天翻地覆，很多人都想趁乱当英雄，不过像咱们这样真能看清形势的人，大概也不多……”

霍思远侃侃而谈，而任之初的思路却卡在了某个和金钰有关的节点，一时半会儿都没绕出来。等他终于回过神来，张口对霍思远说的第一句话就是：“我知道最近没少麻烦你，但是……能不能拜托你再帮我一个忙？”

“我们两个的交情什么时候好到这种地步了？”霍思远笑着揶揄了一句，而后又道，“说吧，让我帮你什么。”

“我实在没办法自己开车，能不能麻烦你带我去一趟城南？”

“什么时候？”

“越快越好，最好是现在就出发。”他的语气很认真，一点儿都不像是在开玩笑。

霍思远见这情形也收敛起笑意，一本正经地说：“任之初，你是不是疯了？伤筋动骨一百天，你这个时候偷跑出去，是打算下半辈子和轮椅相依为命吗。”

任之初不卑不亢地说：“我很清楚自己在做什么，希望你能帮我这个忙。”

霍思远沉吟半晌，既没答应也没拒绝，只是低声问道：“你和金钰又怎么了？”

任之初抿着嘴唇不愿回答，很多事情就连他自己都想不清楚，又该如何向外人道。

霍思远也不勉强，无奈地叹了口气，说道：“你自己可得考虑清楚，万一加重了伤势，没个一年半载可养不好，到时候你可别怪致远趁机抢了德鲁的生意。”

他这样说，也就算是答应了。

“谢谢你，”任之初故意开玩笑说，“这样看来，之前那张价值连城的单子还算是没有白让给你。”

霍思远好笑地回敬他：“你少来这套，那张单子本来就是非我莫属的，我顺手卖你个人情，你不感恩戴德也就罢了，怎么还得寸进尺？”

“我不说了就是了，那我们现在出发？”

“你现在这样，打算怎么下楼？”

任之初挑眉说道：“这话好像应该我问你——你打算怎么把我弄下楼？”

“……”霍思远皱着眉头无言以对，只觉得太阳穴抽抽着疼。

之后的一个小时，两位仪表堂堂的青年才俊就完全扔掉了“形象”这种东西，连拖带拽、绊绊磕磕地从病房转移到霍思远的车里。

去往城南的路上，任之初望着窗外飞驰着倒退的夜景，禁不止感慨道：“想不到接连几次帮我的人，竟然会是你。”

“我也没想过会帮自己的竞争对手。”

“那为什么？”任之初转过头来，认真地问霍思远，“是不是不管用什么方式守候她，你都心甘情愿？”

霍思远沉默良久，然后才郑重地说：“我希望她好好的，不管她想要的幸福到底谁能给，我都尽量帮她得到。”

“我明白了。”任之初说完这句，便不再说话了。

诸多思绪在他脑海里翻涌不停，他忽然觉得自己很自私，也很自我。

如果找到金钰的结果是让她痛苦，那么，还不如留给她治愈的空间，把大部分痛苦和煎熬都揽在他自己的怀里。

然而，在他下定决心彻底离开她以前，霍思远已经把车停在了郑彩桥家楼下。

老旧的红砖楼里没装电梯，任之初拄着拐杖，一步一步艰难地爬着楼梯。楼道里很昏暗，有好几次他险些摔倒，多亏霍思远在一旁扶住他。

郑彩桥开门的时候，看到任之初额头上挂着豆大的汗珠，赶忙上前扶住他，满心关切地问道："小任，你腿怎么了啊？快进屋来坐着……"

任之初好不容易挪到沙发那边，坐下来的一刻，只觉得浑身的力气都被抽干了。霍思远将他安顿好，就自顾自地下楼等着去了。

"阿姨，最近这几天，金钰回来过吗？"任之初一边喘着粗气，一边看着郑彩桥。

郑彩桥点点头，原原本本地回答说："昨天刚回来过一趟，说是要出趟远门。但是她没告诉我具体是去什么地方，只说这次可能要忙个一年半载的。"

任之初想了一下，又问："那她有没有说过，这段时间怎么联系家里？"

"哦对，你不提我倒差点儿忘了。"郑彩桥回到卧室拿了一张小卡片，递到任之初面前，"这是她新换的电话号码，你也留一个吧。"

任之初将那张卡片攥在手心里，像是濒临绝境的人拼死地攥着一根救命稻草。

郑彩桥叹了口气，对他说道："金钰跟我说，你们两个结束了。我问她原因，可是她什么都不跟我说。小任啊，你能不能跟阿姨说句实话，你们到底是怎么回事啊……”

任之初痛苦地闭上眼睛，良久没有言语。

有些真相，连金钰都承受不起，他又怎么能让郑彩桥知道？

“阿姨，我和金钰之间有些误会，也许将来某天我们能把事情说开，可是最近这段时间，我唯一能为她做的就是不去打扰她。”他诚恳地说，“不管结果怎样，都希望您相信我，我从来没想过伤害她，而且也一直在努力保护她。”

“我都明白，你是个挺不错的孩子，阿姨不会看错的。”郑彩桥顿了顿，又对他说，“金钰不在沽川这段日子，你有空就自己过来，阿姨给你做好吃的。”

“阿姨，我……”我承受不起这样的好意。

可他话还没说完，郑彩桥就将他打断，继而说道：“好了好了，你什么都不用说了，没有人会怪你的。我去叫刚才那个小伙子上来，你这样子还是赶紧回到医院去养着，阿姨抽空就去医院看你。”

任之初也知道自己坐在这里解决不了任何他和金钰的问题，于是也就顺着她的意思点了点头。

从郑彩桥家离开之后，任之初回到车里，神色严肃地问霍思远：“如果我拜托你帮我照顾她，你能帮我这个忙吗？”

霍思远定定地看了他几秒，干脆地回答说：“不可能，你最好想都不要想。”

“算我求你……”

“求我？那是你的女人，你自己不去付出不去照顾，还有闲情逸致求我？！”霍思远素来淡定的脸上难得出现了怒意，“金钰爱的是你，幸福也好，痛苦也罢，那都是因为你。任之初，我一直敬你是个重情重义的人，别让我瞧不起你。有些责任是属于你的，你推不掉！”

任之初不再与他对视，默默移开视线望着窗外，放任千般感慨在心中奔腾不息。

话说到这个份儿上，霍思远已经没有余力帮他更多。能不能真正清醒过来，能不能走过这段困顿的岁月，说到底，也只能看他自己如何抉择了……

金钰孤身一人来到北京，租了一间十五平方米的地下室，找了一份企宣的工作，就这么开始了背井离乡的北漂生活。

一切安顿下来之后，她给家里打了个电话。经过一番拐弯抹角的试探，她才知道任之初去找过郑彩桥。有那么一瞬间，她分明能感觉到心脏处传来尖锐的疼痛，那是再多的疲倦都无法掩盖的、深入骨髓的痛苦。

信仰坍塌了，爱情迷失在过往的仇恨里。

郑彩桥还在话筒那边叮嘱个不停，然而金钰却像个逃兵似的，匆匆说了句“我还有事”就挂断了电话。她将脸颊埋在双手之间，除了安安静静等待心痛过去以外，似乎别无他法。

过了不知多久，她又给乔幸打了个电话。

乔幸见显示的是陌生号码，于是接起电话客客气气地说：“喂，您好？”

金钰犹疑片刻，开口说道：“……乔幸，是我。”

“芋头？”乔幸显然有些吃惊，“你这是什么情况，怎么换成北京的号码了……”

“就是我换了工作，以后就不在沽川了。”她努力让自己的声音听起来平静一些，可是还有一丝无法压抑的颤抖，隔着遥远的无线信号传到了乔幸的耳朵里。

“怎么了这是，出什么事儿了吗？”

“我和任之初……分手了。”

雷厉风行的乔幸下意识地问道：“你的错还是他的错？”

“感情上的事，哪有绝对的谁对谁错呢……”金钰闭上眼睛，不愿意继续回忆那些令她心碎的事情，只是低声说，“总之，就是不适合在一起了。”

乔幸没有说话，过了好一阵子才说：“既然这样，那就别管什么任不任之初的了。你照顾好自己，等着姐周末过去请你吃饭！”

“好。”金钰勉强笑了笑，又打听了一下乔幸的近况，这才结束了通话。

收线的一瞬间，金钰忽然感觉到一种空茫的孤独。

也许从此往后，只有自己才是唯一的信仰。她不愿再把心灵倚靠在别人身上，更不能接受将来某一天，再次面对那种全盘坍塌的绝望和无助。

如果说，没有不经历痛苦就能成长的好事，那么此时，金钰觉得这种痛苦就是她人生中不得不走的成长桥梁。或许，坚强地走过这段苍茫的岁月，她就能明白什么是从容和淡定。

金钰常常觉得，北京就是一座打了鸡血的城市。

她工作的那家新公司其实在市场上还没有什么影响力，顶多也就是个稍有起色的创业公司。

金钰的顶头上司是北京当地人，脾气有点儿急躁，时不时就用他那纯正的京腔数落手底下的员工。

起初她觉得上班简直是度日如年，不过后来和大家慢慢熟悉起来，才发现其实每个人都还算友善。

公司的大老板是个很讲义气的人，每次开会都说大家跟着他打拼不容易，公司业绩但凡有点儿提高，他都会主动给每个员工涨工资。

这么一来二去，金钰也就在这家名不见经传的小公司安定了下来。

她虽然算不上高薪一族，但也不至于月光。除了应对每个月吃喝玩乐的开销，给郑彩桥转一些生活费，她甚至还能存点儿钱，考虑什么时候把地下室换成明亮朝南的大开间。

日子就这么无波无澜地过了三年，她很少回去沽川，即便偶尔回去也只是去看看郑彩桥，隔天便以“没有更多的假期”为由，匆匆回到北京。

她没有再联系任之初，而他也从来不曾打过电话给她。金钰知道，郑彩桥已经把她的新手机号给了任之初，于是她理所应当地认为，他们这就算是彻底断了联系。

转眼到了中秋，本该是阖家团圆的日子，可她却被老板指名道姓地留在了公司，开启中秋连续三天加班模式。

就在她忙得焦头烂额时，郑彩桥打来电话。

“妈，中秋快乐！”她歪着脑袋夹住电话，解放双手继续在笔记本键盘上敲个不停，“这会儿打电话过来，是有什么事吗？”

“刚才任之初带着月饼过来看我了。”

听到“任之初”这三个字，金钰手上的动作蓦地一顿，夹在耳边的听筒差点儿掉到桌子上。

太久没听到这个名字，她几乎以为自己已经忘了他。

然而此刻，她才恍然意识到，原来有些故事就像是封存在贝壳里的珍珠，即便它是痛苦的代名词，也无法被岁月轻易更改或是消磨。

她才知道，虽然几年过去，她的情绪还是会被他轻易打扰。

金钰放下手里的工作，握着电话深呼吸了几次，等到情绪渐渐平复下来，这才对郑彩桥说："我知道了，等我什么时候回沽川了再当面谢谢他。"

"他今天晚上的飞机，去马来西亚出差，大概傍晚六点多从北京转机。"郑彩桥试探着问，"你要不要替我谢谢他，请人家吃顿饭？"

金钰一秒都没犹豫，一口回绝了这个提议。

"妈，我这几天加班，事情非常多，今天晚上安排了好几个会议，根本走不开。"

"……这样啊，那你看着安排吧，有空再给家里打电话。"郑彩桥也没多说什么，她知道，金钰有自己的主意，强扭的瓜不甜。

挂了电话，金钰怔怔地盯着电脑屏幕上尚未完成的企划案，却再也无心工作了。

也不知是什么心理在作祟，她鬼使神差地打开浏览器，搜索今天晚上所有从首都国际机场出发的航班。D7317，北京飞往吉隆坡，任之初搭乘的应该就是这趟航班。

当她意识到自己正在盯着航班号发呆时，金钰像是犯了什么错误一样，懊恼地揉揉头发，赶忙关掉了网页。

她不喜欢这种无法自拔的感觉，仿佛不论她如何努力，都逃不出他的掌控。

都说情深不寿，可是他们曾经爱得那么深切，为何过了这么久，这种感情还是那么固执地钉在她的心里，痛苦却又不舍得拔去。

金钰想起很多年前，她在烂尾楼里第一次见到模样落拓的他，以为他不过是个街头混混；再后来，父亲过世，她在他的只言片语中找到一点儿可以信赖的微弱光芒，就这么坚持着走了很久，直到有一天，终于走到他身边。

再后来呢？她不愿意继续回忆。

这几年她独自在北京打拼，其实也曾无数次想起他，想起那些回不去的往事。有些时候，她会觉得如果真的有机会，自己说不定可以重新面对任之初。

任老爷子这辈子犯过很多错，伤害过很多人。她是受害者，而任之初又何尝不是？他因为自己的父亲，让最疼爱的妹妹抱憾而终；也因为自己的父亲，失去了最亲密的爱人……

想到这里，金钰忽然觉得没办法再恨他。

心脏隐隐作痛，时隔多年的心疼感觉似乎又要将她淹没。金钰望着眼前堆积如山的工作，赶忙收回越飘越远的思绪，埋头继续和企划案死磕。

次日早上七点半，她被生物钟准时闹醒，像往常一样一边去卫生间洗漱，一边拿着手机刷微博，看看当天有什么搞笑段子或者新鲜事。

然而，今天的微博却被一个大事件刷屏了——马航 D7317 航班失联，目前尚未查明飞机坠落地点……

看到这个消息的一瞬间，一种巨大的惊慌忽然笼罩在她的心头。这种空前的恐惧像是海啸一般席卷而来，令金钰几乎连站立的力气都丧失殆尽。

她甚至连脸都顾不上洗，随手翻出一件外套，披在身上就急匆匆地出了门。

一路堵车，金钰一言不发地坐在出租车里，脸色惨白，仿佛随时都会晕倒。

司机师傅也听说了早上的特大新闻，又见她是去机场的，忍不住同情地对她说："哎，小姑娘，你也别太难过了……"

金钰死死地攥着手机，只觉得浑身上下都止不住地颤抖。

难过？当一个人的灵魂都被掏空了，她哪里还会知道什么是难过！她忽然就觉得如果任之初真的随着那趟航班一起消失了，那么，她存在与否似乎也并不重要了……

原来江湖陌路这么久，他仍然是她的信仰，只是她一直不敢承认。

这个上午，首都国际机场挤满了心碎的人们，而金钰也是其中之一。

当她赶到的时候，遇难者家属已经将机场服务台围得水泄不通，她努力往里挤，却还是被重重人群阻隔在很远之外。

她听不清工作人员是怎么解释的，只隐约听他们说正在调查，一定会给遇难者家属一个交代。

"我们不想要什么交代！我们只要自己的家人平安回来……"也不知道是谁哽咽着喊了这么一句，一时间，全场骚动。

金钰本来只是不知所措，然而听到这话之后，忽然感受到什么叫作痛彻心扉。

她木然地站在原地，就这么猝不及防地落下泪来。

直到这一刻，她才后知后觉地意识到什么才是最重要的。没错，她想不要什么交代，也愿意放下曾经的仇恨和冷漠，她只想要任之初能够平安回来。

可是，事到如今，他真的还能回来吗……

"金钰，你怎么在这儿？"熟悉的声音从她身后传来。

这是……任之初？！

金钰愣了半晌没敢转身，她不确定这到底是真的，抑或只是她的错觉。

“……金钰？”任之初以为自己认错了人，走到她的身旁，又试探着叫了一声她的名字。

她傻傻地望向那张熟悉的脸庞，终于明白那不是错觉，任之初真的就站在她的身边，用她熟悉的温柔眼神看着她。

失而复得的狂喜掠过心头，她再也不愿记恨什么，也不愿多说一个字。

金钰转身面对他，倾身上前，紧紧、紧紧地拥抱住他，任凭眼泪濡湿他的胸口。

不知就这样哭了多久，她终于稍稍平复了情绪。

“任之初，还好你没有事……”

“刚巧临时有事，误了那趟航班……”堪堪与死神擦身而过，他也颇为感慨，“可是直到刚刚为止，我都不觉得死亡有什么不好，我以为再也没机会拥抱你——”

“我不许你再说这样的话！”她蓦地打断他那不吉利的话，抬头凝望他的眼眸，哽咽却坚定地说，“任之初，我这辈子……都不会再放开你！如果你还爱我，我们就……就一起爱着；如果我……还是恨你，我们就一起……一起恨着！”

任之初一瞬不瞬地凝视她很久，却什么都没说。当爱情走过生死之门，一切言语都成了多余。

四周仍有人在哭，他和她成了最格格不入的幸福之人。

不顾人来人往，他用尽全力拥抱着她，而她小心翼翼地听着他的心跳声，终于听懂了什么是爱，什么是信仰，什么是他和她拼尽全力去追寻的漫漫余生。

（正文完）

番外

爱的仪式感

清晨六点半，摆在床头柜上的小闹钟准时响起，尽职尽责地唱着甩葱歌，将金钰从美梦中唤醒。

金钰迷迷糊糊地关掉闹钟，懊恼地揉了揉头发，不晓得自己为什么要在美好的周末醒这么早。她对着天花板愣了好一阵子，这才想起今天安排了一件十分重要的事情……

她和婚庆公司约好了今天上午八点钟见面，在那之前，她除了梳洗打扮以外，还需要整理出一百多张精修的婚纱照以及三首钢琴曲，用以制作婚礼当天的电子音乐相册。

忽然意识到时间紧迫，金钰一骨碌从床上爬起来，匆匆洗漱完毕，立刻坐到电脑桌旁忙碌起来。

任之初的电话是在七点半打过来的。

“我到你楼下了，收拾好了就下来吧。”

她望着U盘里一团乱的照片，垂头丧气地说：“我是收拾好了，可是婚庆公司让我准备的照片还没整理完。”

“现在还差多少？”

“还差一大半……”

任之初不禁失笑：“你昨天晚上是不是又偷懒去追电视剧了？”

“……”面对如此了解她的男人，金钰顿时无言以对。

“好了，你先下来吧，见面再说。”

金钰别无他法，也只好乖顺地应一声，然后出门往楼下走去。

早秋十月，秋老虎仍在沽川市横行霸道，空气里充斥着令人烦躁的闷热感。车载空调徐徐送来清爽的凉风，可金钰还是觉得额头冒汗。

“那个，照片怎么办？”金钰心虚地摸了摸鼻梁。

任之初好笑地瞧了她一眼，打趣道：“凉拌。”

“我没跟你开玩笑，说正经的呢！”

“左右你也没整理完，除了迟一点发给婚庆公司，还能怎么办？”

“就知道问你也是白问！”金钰赌气地扭头看窗外，不想再搭理这个帮不上忙的家伙。

任之初故作无辜地说：“你讲不讲道理，自己偷懒耽误了事情还冲我发脾气。”

金钰气鼓鼓地瞪着他，不悦地反问：“家是讲理的地方吗？”

趁着路口红灯，他停下车静静打量了她几秒钟，清楚地意识到一个事实——这姑娘今天气血过旺，有要吵架的态势，宜哄、宜宠、宜顺从，不宜讨论和争辩。

识时务者为俊杰，他立刻温柔地赔笑，哄她道：“好了好了，不生气，都是我的错。”

“那你说说你错在哪了？”每个女人都会用这个问题来刁难男人，这就像是一种天生的本能，融在了每个女人的骨子里。

他庆幸自己早有准备，不急不缓地答道：“我不应该笑话你，应该诚实地告诉你，其实我提前准备了婚庆要用的照片和音乐，以备不时之需。”

这回金钰真的无言以对了。

她本来就懊恼自己，经他这么一对比，她更觉得自己一无是处了，仿佛除了搞砸事情以外，就只会无理取闹。也不知怎的，金钰忽然就觉得情绪低落得无以复加。

她声音低低地问："任之初，你会不会后悔娶我？"

"傻瓜，我昨天说过，前天也说过的。"他耐心地重复着自己的答案，"我不后悔，反而觉得能拥有你是最大的幸运。"

事实上，任之初听说过这么一个词——婚前焦虑症。

他想，金钰大概就是婚前焦虑的典型代表，不然以她平时那个大大咧咧的性格，绝对不至于每天问一次"你是不是真的爱我"以及"你会不会后悔娶我"。

因为懂得，所以慈悲，他的一切耐心都源于对她内心痛苦的真切体察。他懂得婚姻对一个人来说意味着怎样的信任，也正因为如此，他甚至感恩她莫名其妙的小脾气。

任之初明白，这阵子的守护只是开始，等到这个傻乎乎的小女人真的把自己的一辈子都托付在他的手上，他还将用这样的温柔守护她未来的几十年。

车停在婚庆公司门外的停车场，任之初牵着金钰的手，两人并肩往店里走去。

金钰抬头望着婚庆公司的牌匾，抑制不住从心底而生的紧张，不知不觉间，手心已经被细蒙蒙的汗珠浸湿。

任之初感觉到她的异样，什么都没说，只是更用力地握紧了她的手。

她抬头望着他的眼睛，就像以往一样，从他英俊的眼眸里看到了坚定的温柔。

有那么一瞬间，金钰忽然觉得，其实交付一生也并不是那么令人胆怯的事情，只要那个人是她深爱的。

负责接待他们的是一位戴眼镜的年轻姑娘，店里人都叫她“陈老师”。

“让两位久等了，”她在金钰对面坐下来，开门见山地问，“请问两位的婚期定在什么时候？”

“两周之后。”金钰答道。

“这应该是第一次来我们店里吧，之前自己有准备过什么吗？”

“是第一次过来，之前有电话沟通过，准备了一些婚纱照片。”

“如果现场布置还有婚礼当天的流程都还没敲定的话……”陈老师顿了一顿，如实说道，“两周的时间确实比较紧张了。”

金钰望了任之初一眼，一时也不知该说些什么。

任之初对她笑了笑，用眼神示意她不要担心。而后，他转头对陈老师说：“说不定您了解了我俩的情况之后，就觉得两周时间绰绰有余了。这样吧，先麻烦您大概介绍一下婚礼的主要流程，还有公司这边提供的套餐和报价，然后我们再具体讨论。”

“没问题，那我先简单介绍一下典礼之前的那些习俗……”陈老师虽然年纪轻轻，然而在婚庆这行工作了几年，业务已经非常熟练。但有的时候，婚礼的惯用习俗并不适用于每一对新人，她直到今天才深刻意识到这一点。

“先生，你去女方家里接亲的时候，要给岳父岳母敬茶，然后改口叫‘爸妈’，这个地方摄像师会跟随录像。”

一提到双方父母，金钰和任之初就都沉默了。

然而，陈老师低头看着报价单，并没有留意到面前这对新人的异样表情，于是又继续介绍说：“然后把新娘子接到新房的时候，婆婆要在门口接盆，也就是我们常说的‘喜盆’，再然后进新房里，新娘子给公婆敬茶改口，流程就和之前的差不多一样了。”陈老师一口气说了十几分钟，然后才抬头看向金钰和任之初。

“刚才提到的这些流程，如果有问题可以跟我……呃，可以沟通。”很显然，她终于后知后觉地发现了状况不对。

没等金钰开口，任之初就率先说道：“我父母和她的父亲都已经去世了，您刚才说的那些烦琐习俗对我们来说貌似没有什么参考价值。”

陈老师愣了一下，赶忙换了一套说辞：“其实这些习俗确实比较过时，现在很多新人都跳过这段，直接安排新婚典礼。”

“我岳母一个人请不来太多客人，我们同辈的朋友大多在外地，所以能出席我们新婚典礼的人全部加起来也超不过三十个人。”

金钰心里很清楚，任之初说的都是实话，他们两个人的婚礼确实不能奢望有什么排场。

事实上，早在刚领证结婚的时候，她就曾提出过两人一起去外国旅行结婚。但是任之初一口否定，说是一定要给她一个像模像样的婚礼，那很重要。

她不明白婚礼为什么那么重要，但她愿意相信他的决定，哪怕是很小规模的婚礼，只要是他带给她的，那么她就一定好好珍藏与之相关的所有感动。

想到这里，她看着任之初的眼睛，无言之中向他传递着某种热切的温柔，以及不问来由的追随和相信。

任之初从她的目光里读懂了她未说出口的话，心中不禁感动，更决意要将婚礼安排妥当，不让她担心，只将婚礼中最为浪漫美好的部分呈现于她。

坐在他们对面的陈老师第一次遇到这种情况的新婚夫妇，一时之间也没了主意，只好低头看手里的报价单，半晌没有言语。

“您也看到了，我们两个情况比较特殊，中式婚礼确实不太容易实现。”任之初率先打破沉默，语气诚恳地问，“不知道您能不能跟经理问问，帮我们策划一场西式婚礼？”

“这个……”陈老师有些犹豫，推了一下，“我们之前也没有做过纯西式的。您二位先稍坐一会儿，我去跟我老板问一下。”

任之初和金钰点点头，目送她起身往隔间走去。

大约过了一刻钟，陈老师又回到他们面前，同时带来一个好消息：“林经理说可以做成西式婚礼。经理比较擅长这方面，所以接下来就由他亲自来帮二位策划。”

为了给金钰一场未知的浪漫典礼，之后的两个星期，婚庆公司的工作人员都是越过金钰，直接和任之初沟通的。

堂堂德鲁集团的一把手，就这样摇身一变，彻底变成了金钰专属的公关小弟。

很多事情都是想着容易做起来难，准备婚礼尤其如此。任之初曾以为张罗这件事情需要的更多是脑力，然而直到他亲自上阵，才知道它考验得更多的是体力和耐心。

连续十几天，任之初一下班就开车去婚庆用品采购一条街，大包小裹地将请柬、糖果和喜酒搬回家，然后还要给林经理打电话，仔细讨论婚礼当天的现场布置情况。

对于任之初来说，这是人生中最为重要的一个项目，而他期望签订的合约只有一个内容，就是金钰一辈子难以忘怀的幸福。

任之初不善言辞，但他很懂浪漫。这一点，不论是金钰还是他自己，都从未怀疑过。

时间倏忽而过，转眼已是十月下旬。天气转凉，秋意渐浓，任之初和金钰就在一场缠绵多日的秋雨中迎来了他们的新婚典礼。

清晨五点五十分，金钰洗漱完毕，乖乖地坐在客厅里等着跟妆师上门给她化妆。

约好了六点钟见面，可是跟妆师还没个影子，倒是任之初的电话先打了过来。

“已经起床了吧？”他的声音很温柔，但又带着某种微妙的味道，似乎并不完全是喜悦。

金钰有点儿纳闷，但也没有多问，只回答说：“早就起来了，我都等了好一阵子了，可是跟妆师到现在还没来。”

他沉默片刻，似乎在犹豫如何向她说明情况。

“呃，婚庆公司的林经理刚才给我打了个电话，说是他们手头都有急活儿必须赶紧处理，一时半会儿可能走不开……”

金钰蒙了，喃喃地问：“那我们的婚礼怎么办？”

“这个……”任之初也不知道如何解释，“不然我先去接你，然后咱们见了面再说？”

“也只能这样了。”金钰苦笑着挂断了电话，一种难以言说的不安顿时涌上心头。

等待的过程似乎格外漫长，每一秒钟都像是经过了特殊的慢进处理，给金钰带来足够多的煎熬。

她不知道将要发生什么，心中惴惴不安，忍不住想起从前他们一同经历的诸多坎坷。

其实金钰从来都知道，生活里没有不经历风雨就能见彩虹的好事，她和他一路走来并不容易。然而正因为如此，她才一直暗暗期盼，盼着这场婚礼可以顺利，可以完美无瑕。

而此刻，她忽然从灰姑娘的美梦里醒了过来，清楚地意识到一个事实——所谓现实，就是不断地遇到麻烦，然后勇敢地解决它。没什么大不了的。

这样一想，金钰便不再那么担心之后的事情了。

不管婚礼仪式变成什么样子，任之初都还是好好地和她在一起。他们认真地爱着彼此，这才是最重要的事情。

她起身走向洗漱间，对着镜子里的自己微笑起来，默默在心里给自己灌输着正能量。这时，门铃响了起来。

金钰给任之初开了门，淡淡地对他微笑，问道："接下来是什么安排？我应该在家里把婚纱换好吗？"

"嗯，现在就去换上吧。"他望向她的目光很平静，然而平静之下似乎隐藏着某种暗涌。

金钰总觉得他故意瞒了她一些事情，也许是好事，又或许是坏事。不过既然他选择隐藏，那么聪明如她，也就选择故作不知。

她一边往卧室走着，一边对身后的任之初说："那你进来帮我一下吧，这个婚纱后面是绑带的，我自己搞不定。"

他没有推辞，跟在她身后进了卧室。

任之初送给金钰的是一件质地极佳的抹胸齐地式婚纱。

蓬蓬的婚纱裙摆上有银线绣成的晶亮而细致的纹路，腰身剪裁得恰和她的身形，梦幻而精致的蕾丝装饰随处可见，这一切的一切都让金钰产生一种不真实的幸福感。

她穿上这件婚纱的时候，分不清自己究竟是在梦里，还是在童话中。

此时，金钰穿着唯美到极致的纯白婚纱，坐在卧室的梳妆镜前笑意盈盈地看着他，等着他来帮她整理身后的丝绸绑带。

他一步一步地靠近她，每向前一寸，心跳就不由自主地加快一点。他就像是偶遇梦中女神的青涩小子，满腔挚爱竟不敢随意表达。

他用修长的手指将丝带一点点整理好，有那么几次，他的指尖不经意地划过她背上的肌肤，那比丝绸更柔嫩细腻的触感令他沉醉不已。他真想就这么一直将她捧在手心里。

金钰紧张地望着镜子里的自己，注意力却全都集中在他细微的动作上。两个人相识这么多年，共同度过离合悲欢，没想到她最紧张的时刻竟在此时。

她隐隐期待着他能说点儿什么甜言蜜语，或者吻她一下，这样她或许会稍微自然一些。然而任之初好像是故意和她作对一般，从始至终都保持着沉默。

也不知过了多久，婚纱终于穿好，他庄重而虔诚地为她穿上红色高跟鞋，然后牵起她的手，将她一步一步带到玄关处。

他温柔地凝望着她娇俏的眉眼，很绅士地问道："金钰，我可不可以抱着你下楼？"

金钰在心里拼了命地点头，嘴上却结结巴巴地说："我……我可以自己走的。"

任之初一瞬不瞬地瞧了她几秒钟，莞尔道："你的确可以。"

然后，他二话不说就将她打横抱起，就像骑士终于将倾慕已久的公主拥入臂弯，霸道而坚定地守护她，再不允许她任性逃离。

她抬起一双藕臂，乖顺地搂着他的脖子，任凭心跳变成脱缰的奔马。隔着西装和衬衫，她仍能清楚地感觉到他手臂和肩背的肌肉纹理。

此刻的金钰幸福得如坠云端，因为现在抱着她的男人，是她迷恋了许多年的任之初。

他是她的男人。

婚车一路向北行驶，金钰坐在任之初的身旁，有些紧张地轻轻拉扯着婚纱上的精致绣线。

她觉得自己就像是一名演员，即将登上一个未知却备受瞩目的舞台。

窗外风景飞驰着倒退，透过车窗的缝隙，她隐隐能感觉到秋风吹过的轨迹。

终于，车停在了意料之外、情理之中的地方——糖坊街的入口处。

任之初率先下车，绕到金钰这边来，像出门时那样将她打横抱起，微笑着说："你就假装这一路我都是这么抱着你过来的，好不好？"

金钰抬头凝望他的侧脸，不答反问："我们的婚礼……是在这里吗？"

他半开玩笑半认真地看着她问："是觉得这儿不够上档次吗？"

她傻傻地摇头，答道："不是不是，是觉得有些意外，没想到糖坊街也有举办婚礼的场地。"

"的确不太容易找到。"他轻声笑着，笑声里有掩藏不住的得意和幸福。

"那你是怎么……"

金钰还想问些什么，任之初回以她一个温柔的眼神，她便咽下了所有的疑问，留给他一个安心又妥帖的笑容。

此时正值上午，糖坊街上并没有太多的行人。偶尔有人从他们身旁经过，无不投以羡慕的眼光。

秋风有些凉，路过的人们都将风衣裹紧，金钰只穿着抹胸的婚纱，却一点都不觉得寒冷。

曾几何时，他和她一前一后地走在这条路上，身侧是蒙蒙细雨，脚下是古旧的青石板路。而今，秋日艳阳当空，洁白的云朵与她纯洁的婚纱相得益彰，而她在他怀里，他在她的心里。

任之初就这么抱着她走过一整条街，转过街角，终于抵达了婚礼现场。

金钰已经有些日子没来过糖坊街了，她从未想过熙攘热闹的市区里竟然有这样令人眼前一亮的开阔绿地，仿佛是专门为他们的婚礼预留出来的。

任之初一直抱着她走到花门的正下方，才小心翼翼地将她放下。

金钰本来一直觉得自己可以平静地完成这场婚礼，然而，当她真的站在花门下，眼泪还是猝不及防地湿了眼眶。

她这才知道，原来偶像剧里那些在婚礼上流泪的女人不是矫揉造作，而是真情使然。

花门被一簇簇鲜花点缀成曼妙的模样，与之相连的，是玫瑰花瓣铺就的浪漫 T 台。

司仪正站在 T 台尽头，微笑着等待他们走近。

玫瑰道路的两旁，零星坐着几个人。金钰的目光从他们身上一扫而过，感受到一种难以言说的幸福。

来宾虽然少，但都是对他们而言极为重要的人，有她的母亲郑彩桥、乔幸，还有霍思远……

他们纷纷转头望向花门这边的新人，脸上带着祝福与欣喜的笑意。

“两位新人，准备好了吗？”司仪的声音朗然响起，“如果准备好了，就请携手走过这属于你们的浪漫花路，走向属于你们的神圣殿堂！”

话音将落，音乐恰好响起，任之初轻轻将她的手放在他的臂弯，引着她一步一步往前方走去。

当他们走到司仪身侧站定，司仪继续说道：“现在请两位新人四目相对。”

他们依言转身，相对而立。

此时，司仪恰到好处地沉默着，将短暂又漫长的三十秒钟留给他们二人。

金钰望着任之初深邃的眼眸，仿佛一瞬间，在那双眼睛里看到了属于彼此的一生一世。

他的温柔，他的过往，他的炙热，他的未来……

所有欲说还休的情愫和百转千回的过往，似乎都在四目相对的一瞬间爆发开来，如同漫长岁月里蓄积已久的洪水，忽然就冲破了心灵的防线。

耳畔音乐渐渐停止，取而代之的，是司仪略微低沉却穿透人心的话语，“新郎任之初先生，你愿意与你面前这位美丽的姑娘结为夫妻，无论贫穷还是富贵，无论健康还是疾病，都将陪在她身边，一生一世爱护她、照顾她吗？”

“我愿意。”简简单单的三个字，却承载了数不清的温柔与坚定。

金钰看到他眸光中的晶亮，终于明白，原来对男人来说，爱的誓言也同样令人感慨万千。

如此一来，她勉强忍住的泪水便彻底决堤，沿着冰凉的脸颊，一直滑落到嘴角。

眼泪虽是咸的，然而滋味融入心里，却变得无比清甜。

而后，司仪将目光转向金钰。他重复着刚才的誓言，最后问她："你愿意嫁给任之初先生吗？"

她哽咽而虔诚地对他说："我愿意。"

"那么，从此刻起，任之初先生和金钰小姐正式结为夫妻！"司仪将结婚对戒递到他们面前，继而说道，"现在，请新郎新娘为对方带上见证幸福的戒指。"

任之初从丝绒首饰盒中取下属于金钰的那枚钻戒，紧紧贴在心脏的位置，几秒钟之后，才将戒指戴在金钰左手的无名指上。

当他俯身亲吻她的手背时，金钰终于泣不成声。

这个男人将这份爱情保存在心房最重要的位置，这一切的一切，她都深深刻在了心里。

金钰将对戒的另外一半戴在任之初的手上，然后主动上前一步，紧紧地拥抱着面前的男人。

"他将是你的新郎，从今以后他就是你一生的伴。他的一切都将和你紧密相关，福和祸都要同当；她将是你的新娘，她是别人用心托付在你手上，从今以后你要加倍照顾对待，苦和甜都要同享。"耳畔音乐再度响起，金钰听着那首《给你们》，终于相信这世上真的有命中注定的姻缘。

爱是什么？她追寻了那么久，此刻，心中终于有了答案。

就如同《哥多林前书》里说的——爱是永不止息。

后 记

我从小生活在旷阔而豪迈的北方，虽然有着东北姑娘该有的直爽，却还是忍不住对江南烟雨的浪漫心存向往。长大之后，我开始四处旅行，足迹几乎遍布东南一带。而金钰和任之初的故事，就是从一场旅行中开始的。

那时候恰是夏季，我一个人在南方小镇悠哉闲逛，邂逅了一场漫漫细雨。我没有带伞，却也没有躲雨，只是沿着青石板路慢慢走，任由雨水和思绪融在一处。

我忽然渴望这样一种爱情——它从荒凉处生根，得到阳光雨露的照拂，历经情仇痴念，最后在人们的心中灌注温暖。

也就是怀着这样的念想，我开始动笔写下金钰和任之初的故事。

每个作者都很爱自己笔下的人物，他们就像我的孩子一样，在糖坊街的烂尾楼里告别了长辈的庇护，而后一路跌撞前行，心痛却又勇敢地寻找着属于自己的海阔天空。

每个人都有自己的故事，可我想，在那些千般迥异的故事背后，一定有什么东西是所有人都体会过的。比如说，因爱而生的自卑与骄傲，爱与恨的模糊边缘，宽容与计较的平衡关系，以及沁入心脾的酸楚与浪漫。

故事里，金钰是自卑的，任之初也是。故事外，我曾深切地体会过这种自卑，或许正在读这本书的你也是。

我们都曾渴望以完美的姿态拥抱爱人，却发现自己总是难以做到最好。我们因而自卑，因而痛苦，因而彷徨，因而凭空生出一些倔强与骄傲。

然而，当岁月长河静静流淌而过，我们终将明白——这世间从来没有人是完美的，我们能做的不过是清醒地认识到这个事实，接受它，并在此基础上继续前行。

金钰和任之初的爱情就是从这种挣扎中走过来的，所以他们值得越过悲戚的命运，从而获得幸福。

关于爱恨，关于宽容与计较，关于心酸与浪漫，其实我并不想在后记中重复赘述。因为它们就像血小板一样，自然而然地融到了每一段爱情的骨血里，身为读者的你，一定比我更懂得其中的微妙。

每一个故事都是一段人生，数百个日夜，我与书中的他们并肩同行，为他们的快乐而快乐，也为他们的忧伤而忧伤。

当我写完最后一句话时，空茫和失落的感觉便将我笼罩，仿佛与我告别的不单单是金钰和任之初，还有过去那段漫长而又扣人心弦的时光。

故事结束，我们作为看客，便失去了围观他们的资格。然而金钰和任之初的人生还很漫长，我由衷希望他们能够幸福，在我看得到以及看不到的地方。

写作是一种修行，我剖析自己的内心，然后讲故事给你听。

我渴望在这场修行里结识与我投缘的人们，渴望有人听懂我想传达的声音，也渴望与这些人在茫茫人海中相知相聚。

感谢每一个认真看故事的人，唯愿我的讲述能够为你带来温暖、希望，以及微弱却有分量的光芒。